国家出版基金项目
NATIONAL PUBLICATION FOUNDATION

国家出版基金资助项目

项目编号：2018~076

"一带一路"大型系列丛书

总策划　戴佩丽
主　编　孙春光　副主编　马庭英

任茂谷 ◎ 著

新疆是个好地方

牵着心海的湖岸线

中央民族大学出版社
China Minzu University Press

图书在版编目（CIP）数据

牵着心海的湖岸线／任茂谷著．—北京：中央民族大学出版社，2019.2（2020.4重印）

（"一带一路"大型系列丛书．新疆是个好地方）

ISBN 978-7-5660-1639-3

Ⅰ.①牵… Ⅱ.①任… Ⅲ.①散文集—中国—当代 Ⅳ.①I267

中国版本图书馆 CIP 数据核字（2019）第 028543 号

牵着心海的湖岸线

著　　者	任茂谷	
责任编辑	戴佩丽	
责任校对	胡菁瑶　肖俊俊　杜星宇	
封面设计	舒刚卫	
出 版 者	中央民族大学出版社	
	北京市海淀区中关村南大街 27 号　　邮编：100081	
	电话：(010) 68472815（发行部）　传真：(010) 68932751（发行部）	
	(010) 68932218（总编室）　　　　(010) 68932447（办公室）	
发 行 者	全国各地新华书店	
印 刷 厂	北京君升印刷有限公司	
开　　本	787×1092（毫米）　　1/16　　印张：15.75	
字　　数	207 千字	
版　　次	2019 年 2 月第 1 版　2020 年 4 月第 3 次印刷	
书　　号	ISBN 978-7-5660-1639-3	
定　　价	68.00 元	

"一带一路"倡议中，新疆定位于丝绸之路经济带核心区，并以日益凸显的区位优势和辐射效应，与21世纪海上丝绸之路逐步衔接。

在第二次中央新疆工作座谈会上，习近平总书记强调，要在各族群众中牢固树立正确的祖国观、民族观，弘扬社会主义核心价值体系和社会主义核心价值观，增强各族群众对伟大祖国的认同、对中华民族的认同、对中华文化的认同、对中国特色社会主义道路的认同。近年来，在以习近平同志为核心的党中央坚强领导下，新疆文化事业得到长足发展，对经济社会发展的引领作用不断增强，特别是随着稳定红利持续释放，文化创新呈现快速增长。实践充分证明，以习近平同志为核心的党中央治疆方略高瞻远瞩、英明睿智，只要坚定不移地贯彻落实党中央治疆方略，新疆形势就能朝着全面稳定的方向发展、就能实现社会稳定和长治久安，新疆经济就一定能够贯彻好新发展理念、推动高质量的发展。

"一带一路"倡议的实施是新疆地区走向现代化、融入现代化潮流、发展现代文化的一次新机遇。在这一背景下，《一带一路大型文化系列丛书——新疆是个好地方》出版项目正式推出，其目的就是要围绕中心、服务大局，弘扬主旋律，传播正能量，为推进新疆稳定发展提供了强有力的文化支撑。

丛书坚持党性与人民性相统一，不断增强中国特色社会主义道路自信、理论自信、制度自信、文化自信；坚持正确文化导向，团结、稳定、

鼓劲，弘扬正能量；紧紧围绕社会稳定和长治久安总目标，使文学作品服务大局，形成文化艺术的强大合力。丛书作品内容注重创新意识、创新观念、创新内容、创新形式，切实提高文学作品的传播力、引导力、影响力和公信力；坚持"高举旗帜、引领导向、围绕中心、服务大局、团结人民、鼓舞士气、成风化人、凝心聚力、澄清谬误、明辨是非、联接中外、沟通世界"。

丛书的出版发行，将对发展新疆区域文化产生积极的正面效应。基于此，我们遴选了疆内的数十位知名作家，通过报告文学、散文、诗歌、小说等形式，从不同的角度反映新疆现代文化发展，展示各民族同胞践行社会主义核心价值观以及逐步形成的进步、文明、开放、包容、科学的理念，讴歌各民族同胞团结互助的精神风貌和浓厚氛围，进一步增强各民族同胞之间的认同感，更好地维护新疆地区的长久稳定和繁荣助一臂之力。丛书视角独特、文字量浩繁、信息量巨大，让新疆人民可以真正全面地知道自己，让疆外的读者可以全面地认知新疆，也让世界客观地了解新疆、了解中国。

丛书得到了中共中央宣传部新闻出版署、中共新疆维吾尔自治区党委宣传部审读处、国家出版基金的大力支持，使得这部丛书得以顺利出版。

编　者

文学是我命运的回归

（代序）

　　我从小爱幻想，爱做梦，只要闭上眼睛就做梦，想着事，就可能直接进入梦中。有时做几层梦，一层醒了还有一层，真醒了，似乎还在梦中。梦与现实相连，一直半梦半醒。听过很多奇奇怪怪的故事，幻想自己是故事中人。到了一定年龄，自然就做起了文学梦。

　　中学时读到一本残破的《荷马史诗》——《伊利亚特》和《奥德赛》，被书里的英雄神话深深吸引，幻想能做古希腊哲学家式的超人。既是体魄强健的思想家，又是智慧超常的英雄。空有幻想，没有强于同龄人的聪明，还有先天性的肺气肿加肠胃孱弱，经常气喘咳嗽，嘴唇发紫。小时候说话很晚，三虚岁才学语。隐约记得人们笑话我是哑巴，医学上称"言语迟缓"。母亲说："贵人语迟，大器晚成"。再大一点，全家用《家用玉匣记》里的办法称命。我的命最轻，只有二两多。这并不能让我减少幻想，反而与命运对着干。偏不认命。以不可为而为之的蛮劲，证明自己，干各种危险的事情。受伤无数，但未危及生命，还从中找到平常少有的乐趣，进而助长了喜欢冒险的天性。

　　我们公社所在地有一位老拳师，数九天在冰窟窿里耍水，穿短裤背心跑步。那时不懂冬泳，只知道那是仙道奇人的做法。每年"六一"儿童节，他给我们表演瞄子流星。我非常崇拜他，没有事也瞎练。再大

—— 1 ——

几岁，求村里的石匠哥打了一只四十多斤的石锁，经常练得浑身青紫。20世纪80年代，全国武术热，我和几个同学订了各种武术书刊。看图学艺，互为师傅，比划了好多年。

少年时，常常躺在庄稼林里，迷着眼，看绿叶间射入的太阳星光。幻想缪斯之神出现，给我诗的启迪。躺半天，似乎真有灵感附身的感觉，写起了诗歌，即兴编唱秧歌。秧歌是我家乡的地方文化，现在已被列入国家非物质文化遗产名录。每年正月闹秧歌，伞头即歌手，举一把花伞，几十秒之内即兴编唱四句式的押韵秧歌，幽默智慧，引人发笑，余味悠长。家乡还流行许多民歌。我就模仿一切像诗的文字排列形式，写个不停。

身体孱弱，才貌平平，笨嘴拙舌，却内心冲动，不着边际地幻想。如果不是赶上恢复高考的好运气，我的命运也就是跟着父亲放羊，长大娶妻生子，儿子养大继续放羊。享有的文化生活，最多是放羊时，唱一些心痒事不成的酸曲子。就算跟头绊子考上中专，不过是毕业当个干部，娶个非农户媳妇，生个带城市户口的孩子罢了。所以毕业分配时，毫不犹豫报了回本县工作。

恰在此时，命运给出了一次更加重大的选择。我得到了新疆引进大中专毕业生的消息。那份对年轻人极具鼓动性的宣传材料，一下子就激起我对远走人生的渴望。那时信息还很闭塞。在家乡亲人看来，去遥远神秘的新疆，简直是生死未卜。远有什么可怕，行万里路，读万卷书，远行的人生才能放大。我对种种不可预知的可怕一概听不进去，脑子里确实在异想天开。想着大漠戈壁、雪山草原、民族风情、守卫边疆、甚至流血牺牲的浪漫与英勇，急切地想远走高飞。说到底，是骨子里的基因在起作用。我孤身一人就来到了传说中的新疆。

几十年过去，新疆给了我远行的收获，文学梦充实了我更多的生活内容。我学的会计专业，做了与文学无关的职业，却始终怀揣文学梦。一阵子痴迷，一阵子浅淡，似乎要断时，又会续上。刚来那些年，青春

的热血高速涌动，一边不记得失地工作，一边忘情于文学。日日写文，夜夜做诗。每天写上一篇一首，便过得踏实，否则寝食难安。每有"得意之作"，与朋友分享，搜遍腰包，沽酒作乐，顾不得吃了上顿没有下顿的困窘。偶有发表，得十元稿酬，花三五十饮宴，乐得精神享受。柴米油盐，家长理短，金钱粪土，全不在眼里。娶妻生子后，工作生活，职责使然，与文学渐远，但从未割断。记账打算盘，写经济文章之余，偶尔发表一篇（首）散文诗歌，也是个念想。

新疆的博大神奇，极大地满足了我的英雄情结。失去家乡亲人的监督，我的冒险不受约束，一点都没有随年龄增长而消减。有人说我不成熟，不着边际的瞎浪漫。确实是，每有新的想法，只盘算成功的可能性，基本不考虑失败的风险。甚至有意留着悬念去挑战。来新疆的第一年，刚刚熟悉周围的环境，就在一个周末，独自一人，背了几个馕，一壶水，去爬看似很近的博格达峰，差点儿迷路丢命。第二年夏天，与同事到天山深处考察岩画。第三年，独自去了巴里坤草原，爬到东天山的雪线之上……

我天生亲水，很小就在家门口的水潭里学会狗刨。随着长大，远行，游过能见到的所有的水。先是家乡的小河，再是小川河的每一个水潭，抗旱的水井，陌生的水库，直到挑战极限，畅游大湖大海，黄河长江。为避开人们的劝阻，常常独自（或者说偷偷）去游大的江河湖海。水是冒险的乐园，一次次涉险成功的快乐，给我一次次生命与自然轮回的思考。我觉得水能给人灵性，是最有文学情愫的物质。

夏天里，我到处找水，游遍乌鲁木齐周边所有能游的地方，最衷情的是红雁池水库。我的游泳水平一直是个"野路子"，正规游泳是2000年参加冬泳之后。工作十几年，在单位除了正常业务，不知不觉成了个能写材料的角色。领导讲话，工作总结，调研报告，堆山积海。下班还熬夜写自己的文字。周日得准休息时，以不正确的姿势躺在床上看书。超负荷运转加不良习惯，除原有的毛病，又增加了严重的颈椎病。四处

求医，一次次小针刀刮骨疹治，不能根治，坐一会儿就头晕，到了无法正常上班的程度。医生建议游泳，正对了我的爱好。由此与冬泳结缘，开始了一年四季日日不断的游泳。冬泳是一项极端的运动，每年长达半年的寒冷，让肉体和意志在极度疼痛中锤炼。冬季的每一天，面对零度的冰水，鼓起勇气跳下去。寒气倒逼呼吸，面门七窍像被冰冻的厚墙全部封死。咬紧意念，屏住呼吸。顶住打夯般压迫心肺的寒气，把一口气呼出来，把一口气纳进去。头盖骨在寒冷中变薄，冰冷像锥子直入脑髓。全身冻得麻木，每一个细胞像被针刺穿。从冰水中出来，披一身薄冰，走回更衣室。打开笼头，用凉水融化僵硬的身体，等待体温回升。一次从肉体到灵魂的炼狱，得到战胜自己的成就感，让我不停地思考活着的意义。日复一日，年复一年，身体有了根本的改观。结实的外表与冲动的内心基本相符，不再是过去一副自不量力的样子。

2002年是值得纪念的年份。那一年，新疆游泳界的一批精英，策划横渡中国最大的内陆淡水湖——博斯腾湖。我这个"野路子"硬是往上凑。这是极限挑战，有着我"英雄"事业前所未有的高度。我一点点克服内心的怯懦，整个夏天，在红雁池水库苦练。把挑战距离化整为零。二十多公里，就是二十多个一公里，两百多个一百米，上一百级楼梯，也就是走一百次一个楼梯呗。简化困难方程式。别人能做的，我当然也能。每次训练，只比别人游得多，绝对不能少。技术水平差，硬在一个"苦"字上拼。肉体的极限，增加了生命的耐磨性。过程一波三折，深秋来临前，横渡成功。我经过8小时25分钟，到达终点，再次踏上坚实的大地，感觉自己到了灵魂的彼岸。

想象总是跑在行动的前方，每一次超越，定将助力它飞得更高。我从跟着别人，到自己寻找挑战目标。两年后，2004年7月26日，经过大半年的苦练准备，挑战人类有记载以来，单人横渡中国十大淡水湖中纬度最高、温度最低、唯一与北冰洋相连的湖泊——乌仑古湖。个人英雄主义让我吃尽苦头。伤病，大风，技术不足。五级大风中下水，撞运

气式的蛮干，用时 9 小时 53 分，完成了又一次生死考验。

再一次生死飘摇，游过三十公里水面，匍匐于坚实的大地，我僵硬的身躯，感受到这片土地再生的温暖。我与新疆有了生死之交，它成了我的又一个故乡。我从此再不用有思乡之苦，而是拥有了两个家乡。

之后的这些年，我制定了游遍新疆的计划，游了新疆所有的河流湖泊，包括主要的水库。喀纳斯湖、塞里木湖、卡拉库里湖、克孜尔湖、沙漠深处幽深无底的鱼湖。塔里木河、孔雀河、额尔齐斯河、龟兹川、和田河。我一边游，一边想，紧迫地阅读各类相关的书籍，阅读新疆之水的神圣。它们发源于神奇的昆仑山、英雄的天山、金色的阿尔泰山。所有河流的理想，无不是归向大海。这里的水，除了额尔齐斯河，都放弃了大海故乡，养育了一片片绿洲，用尽自己的每一滴水。如同这里的人，来自四面八方，把这里当作新的故乡。

苦与痛，思与悟，不是一时的刺激，而是生命的升华。新疆的山与水，人与物，历史与现实，在心智的慢步中渐渐升温，让我不得不拿起书写的笔。

粗略理一理过往的行迹，稍加总结便恍然大悟：此生与文学的缘分早已注定。所有的幻想、冲动、挑战，一切的一切，都在为加固这个缘分营造力量。到了人生后期，职业晚期，重新沉湎于文学，原来就是命运的回归。

文学给了我丰厚的回报，能陪我走到生命的终点。

2014 年 5 月 18 日 23：39 时于哈密鸿德宾馆 811 房间
2014 年 5 月 21 日改于巴里坤万和宾馆 323 房间

牵着心海的湖岸线

一

那一天，横渡博斯腾湖，从白鹭洲到金沙滩，几十千米之外，看不见的湖岸线，是我挑战极限的生命线。早晨，视线凌驾秋风，扫遍阻挡日出的阴霾。仰望博湖（博斯腾湖的简称，以下统称为博湖），心成大海，托举我微小的身躯飞入水中，开始漫长的游泳。自从离开母亲的身体，从无知到有知，心从简单地跳动到丈量未知和远方，积攒几十年行走的力量，再次回到水中呼吸。跟着一天的时光，去到自己的灵魂深处。

那一天，驾着波浪，手臂随意念生长，长到能够着遥远的彼岸。我想起传说里擒蛟伏龙的英雄，神话中渡海指路的神仙。还有长不大的哪吒，不惧龙王，嬉戏闹海。我跟在他们的身后，与博湖亲密拥抱；又变成湖里的一滴水，与每一滴水生死相依。极限疲劳，灵魂与肉体一会儿重合，一会儿又分离。把皮肤到经脉的疼痛，渗入骨髓的寒冷，当作一种修炼与享受。超越自己，飞在无边的波浪之上，与博湖轻轻对话。告诉它，有了今天的横渡，便与你有了一生无尽的情爱。八小时二十五分，再次踏上坚实的大地，再生般钻出水面，站上了水陆交接的湖岸线。这条在夕阳里轻轻摇摆的水线，从此牵挂着我的心海，成为生命的一条标尺。由此出发，我在以后的岁月里，横渡了与北冰洋水系相连的乌伦古湖，游过黄河、长江，东海、南海……游遍所有遇见的湖海河流。每遇一片新的水域，这条湖岸线便浮现心海，撑起我从容面对的胆气。

这条湖岸线，是博湖留驻我心的美丽曲线。每一次来看望，上升一寸，便欣喜几分；下降一寸，就心疼万分。

二

那天告别时与博湖约定，我要上溯天山雪峰，看清冷的冰川滴水成溪，汇溪成河，源源流成一个大湖；从源头追踪，看微小的水滴如何长大，成大海一样。下行塔里木深处，看它流出去的"水孩子"，是怎样的感恩与回报，流淌和生长。

第二年秋天，胡杨如金似火的时候，我如约来到博湖扬水站，看湖水如何流出，成为一条大河。无论人间还是自然界，这都是一件大事情，就算在新疆这样的大地方，也是一个大场面。何况我与它们有着特殊的亲情。

湛蓝的湖水烟波浩渺，呈现出秋天特有的透彻。层层微波起于天际，如天上之水，垂幕般向脚下涌来。湖水从一个山包分流，左右两边各是一条喇叭形的水道。茂密的芦苇和红柳，簇拥在两岸，为将要成为河流的湖水夹道欢送。这些水克制着将要奔腾的激情，带着滋养万千生命的担当，平静地流向两座先后建成的水闸。闸口是两个巨大的漏斗，不停把湖水打成漩涡，吸入，又送出。我在轰鸣的水声里，听到博湖分娩的自豪与疼痛。心中为它欢呼，又暗暗祈祷：那曼妙的湖岸线，千万别被吸出缺损。

孔雀河诞生了。两条人工河道盛满湖水，并行而去。

我固执地寻找湖水的自然出口。跑到阿洪口，看青青蒹葭，掩映着幽深明亮的水面。博湖原来从这里溢出，形成许多连在一起的苇湖，乌图诺尔、海尔诺尔、古尔温郭勒、查尕拉克其诺尔……直到荷叶田田的莲花湖。这些大大小小有着好听名字的小湖，汇成一片很大的湿地。鱼游兽走，鸟语欢歌，诗意地赞颂，缓慢地涌动……这才是一条大河源头应有的铺排啊！

现在的孔雀河，改由两个巨大的闸口，免除孕育的烦琐直接生成。听从人的安排，增加或减少流量。它不再是一条自由流淌的散漫河流，以水的柔软和强大，成为满足人意愿的"如意河"。丝绸之路通往南疆的咽喉要道"铁门关"，钢铁般牢固的"天下最后一关"，建成新疆最早的干流水库，最大的水电站，为五县一市的人们输送光明与动能。完成重大使命的孔雀河，顺便滋养出阳光与水滴重合的绝世香梨，让库尔勒享有了"梨城"的美誉。还在这座城市反复回旋，留下闪闪灵动的环城水系，让这座沙漠边缘的城市充满水色葱茏的诗意。然后再去与塔里木河相会，一路浇灌无尽的生长。

三

塔里木河是大海嫁得最远的女儿，把它嫁到塔里木这个瀚海茫茫的家。孔雀河被列为塔里木河向心水系的一支，真正的身份是塔里木河下游相互依偎的姊妹河。它们有各自独立的河道，在亿万年漫长的岁月里，几经合分，共同养育着这里的生灵。

魏晋前，塔里木河由普惠流入孔雀河道，两河合流从北注入罗布泊。那时人们耕种了不多的田地，罗布泊"广袤三百里，冬夏不增减"。魏晋之后，楼兰国衰亡。塔里木河重回故道，孔雀河也从尉犁下面的铁门堡，经依列克河流入塔里木河道，向南流经台特马湖、阿不旦、喀拉库顺湖，最后注入罗布泊。20 世纪初期，塔河在英买里冲宽

了灌溉草场的渠道，形成拉依河，再由普惠进入孔雀河，沿魏晋后干涸的铁板河北入罗布泊。20世纪50年代，人们在英买里的拉依河口筑坝，塔里木河再回故道，孔雀河与塔里木河分离，分别由各自的河道流入罗布泊。此时罗布泊仍有广阔的水面。《山海经·西山经》曰："不周之山，……东望渤泽，河水之所潜。"说的是罗布泊潜入地下，成为黄河之源。《史记》《汉书》《水经注》皆附会其说。直到近百年，才真相大白。黄河是一条现实的河流，也是中华文化源流的母亲河，由此说来，塔里木河和孔雀河，与黄河的文化源头密不可分。我在历史的河流里，读到了和它们更多的亲情，更加牵挂它们与人类共同的命运。

人类在征服自然的道路上成长，往往想长得更快，得到更多。有时难免冲动地想凌驾于自然之上，反倒欲速则不达，破坏自然也被自然打翻，招致两败俱伤。这恰恰也是人类长大绕不过去的路程。

20世纪60年代，塔里木河与孔雀河里的流水，诱惑着人们饥饿的眼睛，把开垦、灌溉与丰收的关系看得过于单纯。耕地像风一样扩展，河水被干渴的田地狂饮而去。普惠大坝和阿克苏甫大坝相继建成，截断了孔雀河与罗布泊的联系。恰拉水库和大西海子水库，使塔里木河也衰弱到无法向下游流动。台特马湖干涸了，喀拉库顺湖干涸了，罗布泊也彻底干涸了。面对三个大湖最后干枯的眼睛，两条河古老的下游河道，伤痛到流不出一滴苦涩的泪水。

我在一片河水远去的沙漠，看到了胡杨之死。那样惨烈，那样难忍。一大片站立和倒下的胡杨，像一尊尊顽强不屈的雕塑。枝叶没有了，树皮剥落了，躯干残裂了，还原成一具具剥去肉身的骨骸，坦露出各自生前身后的故事。像龙，像虎，像狮，像海豚，像强壮的汉子，像智慧的老人。它们在呐喊、在诉说、在沉默。走近它们，让人生情，令人起敬。这些死去的胡杨，倾诉着超越物种的忧伤和奋争，我的心里一阵一阵复杂地泛潮、疼痛，眼泪对着这些树的魂魄流淌。

一个硕大的沙包上，我又看到了胡杨之生。一棵苍老的胡杨，树干

扭曲着干裂的斜纹，树冠被狂风折断，倒垂下来，弯曲成一个不规则的拱形。大部分树枝干死了，少数几枝活着的，依然乐观地抖擞着金子般的叶片。躯干折断处，挂着疙疙瘩瘩的胡杨泪，泪痕中竟然长出一条鲜活的嫩枝，酷似即将死去的老爷爷双手撑地，用枯槁的脊梁顶起刚刚出生的小孙子。它还尽力昂起头，看着身旁一棵年轻的胡杨。沙包上散落着一层残枝树皮，沙包里深埋着代代相连的树根。千年不死的胡杨，下承祖根，上举儿孙，一棵便是一个顽强的族群。

胡杨的死与生，让我看到了沙漠的极端与残酷，对水有了更加急切的渴求。

水是生命之源，在塔里木盆地，水的流向，决定着生命的走向；有多少水，决定有多少生命。是水决定着人的生存状态，改变着人的生存方式，以及历史与现实的衔接和延伸。一座城市，因为有河而灵动；一片土地，因为有水而成为绿洲，才有了旺盛的生命。失去了水，土地就会成为沙漠；水告别一片土地，生命就会同时消失，这里就会荒芜到与生命产生相当的距离。如果人非让一个地方得到更多的水，另一个地方就会死去，死去的沙尘就会飘荡在活着的上空。

沙漠的残酷令人生畏，也让人警醒，极端的残忍激发人极端的决断。幸好时间不算太久，人们还来得及痛苦地回头，补救自己的过失。向塔里木河下游输水，让台特马湖恢复生机。我这才明白，博斯腾湖出水口，那两个闸口张着大嘴，是为几百千米之外的台特马湖解渴。

可是，我仍然看到，有人在沿河的滩地开荒。丰收的棉花，让种植的主人，快乐地漫灌自己的田地。我到阿克苏，喀什，和田，到处看见新开的田地。到了阿拉尔，喀什噶尔河、阿克苏河、和田河三河交汇的地方，没有看到塔里木河汇聚成大水浩渺，汹涌澎湃的壮阔，只看见人类精心修建的水利工程。走遍塔里木盆地的所有地方，游遍见到的所有河流，观察它们的容貌，感知它们的脾性，不得不伤心地承认，塔里木河上游的支流水系，早已与它貌合神离，有的甚至彻底断绝了联系。

事情明白了，是博斯腾湖的水，拯救台特马湖和塔里木河下游的生态。我的心在疼痛，穿越千里，都能看见，那条湖岸线，正在无情地下降。虽然有开都河源源流入，也不能完全确保它不会重蹈罗布泊的悲剧。

再去看望博湖，果然印证了我的担心。它真的是一副病痛深重的模样。金沙滩不再是金色的沙滩，湖水快速下降，露出水下沉积的污秽，还来不及让新生的芦苇遮蔽。此岸与彼岸之间，起码缩短了三分之一的距离。我到湖里游泳，水里散发着含混不清的咸涩味道。

我不能抱怨博湖不堪，只能为人类的行为羞愧。

四

听说塔里木河的水多了。树叶金黄的季节，我又一次沿河行走。黎明时分，站在塔里木河岸边，抬头看正在暗淡的星辰，低头看静静流淌的河水。塔里木河不再疲弱，真正显示出一条大河的气魄。浑浊漫溢的河水，浩浩荡荡。我到对岸沙山上去看太阳升起时的大漠胡杨，看晨光里塔里木河长满胡杨的美丽河湾。一大片水淋淋的滩地生机盎然，直到极目以远。委婉曲折的塔里木河分泌出的无数水潭，在静谧中滋养出高大的胡杨，丛生的芦苇，以及隐于其中的生命欢动。

站在水边的胡杨一派威势。同一根部，几条躯干同时长起，像几个站在一起的兄弟。每条躯干枝叶盘虬，相互茂密地交织为一簇，被透着反光的金色树叶笼罩成一个整体。一簇又一簇，躯干各自独立，树冠枝叶相拥，聚成一个强盛的家族。

这一夜，我在胡杨林里露宿，帐篷撑在横跨塔里木河的小桥。轰轰隆隆的水声从身下滚过，在我安然入睡的梦中，成为震耳欲聋的大地生长。

曾经截断塔里木河主流的大西海子水库，已经接近一个自然的湖泊。水天相连，芦苇成荡，坦然辽阔的样子似乎从未犯错。我惊讶它的

水，如同婴儿无邪的眼睛，清澈透明。通过大坝的闸口，纯洁天真地向外奔涌。凉凉的水气迎面而起，湿润了呼吸，给心里传递了极大的快乐。我跟着塔里木河，在胡杨金灿灿的欢歌中，直奔台特马湖。

啊，远远看见一片无边的蔚蓝！

公路在湖水的中间，汽车像小船穿行。水面无涯，草木丛生，鸥鸟成群，完全是自然生态的景象。

我带着博湖的亲情，看望台特马湖。站在湖边，感慨万千。回首遥望博斯腾湖，既然塔里木河进入丰水期，台特马湖的水面大到历史之最，那里一定也是一派丰盈。

我不禁叹服塔里木河的成熟与宽容。看见人类停止犯错，做出"封河育林、轮段禁牧、洪水漫溢、禁止凿井"的改过行为，仅仅几年的时间，就恢复了少女般美丽纯洁的形象。人类没有任何理由，再来伤害这条无私的母亲河。攫取的同时，更要懂得感恩。

再次见到博斯腾湖，终于长舒一口气。湖岸线淹没了全部沙滩，与曾经远远的绿色直接相连。

距离那次横渡，整整过去了 15 年。我带着心中的牵挂，无数次地来到，这一次，终于看到它最大的水面，最美的容貌。我像婴儿投入母亲的怀抱，尝着湖水淡淡的甜味，再一次尽情地游泳。

横渡十年

横渡十年之后，我才再次来看乌伦古湖。

十年前，2004年7月26日，我用了九个多小时，完成了人类有记载以来，第一次单人无辅助横渡乌伦古湖。那一天的水中搏击和到岸后的激情欢呼早已远去，乌伦古湖却一直在我心中荡漾。十年，不时有熟人突然在湖边打电话，带着风浪般的激情，说正看我横渡过的湖，说我当年的横渡事，难免会掀起我心中的波澜。

十年的记忆，十年的沉淀，促使我完成了30万字的长篇散文《心在横渡》。十年后的秋天，我开车走在去往湖滨的路上。天色阴似湖色，沉积着厚厚的浓云。小雨如织，遍地秋黄，草木湿淋淋地低垂沾地，天地间呈现出一派浓浓的追忆氛围。我的心绪凝重又惆怅，不停地翻滚着当年的风浪。往事已远，此时我悄然而来，重游十年横渡地，混入游人有谁知呢！

停车在通往湖区亦即景区的大门口买票，左右观看，下意识里似乎想找个熟面孔。工作人员提醒我：买票，每人20元。我赶忙买票进门，心绪里多了一丝慌乱。我想这湖，来看这湖，这湖还认识我吗？

　　从售票处往湖边走还有十几千米。我开着车，看着满眼湿湿的秋黄，心绪更加惆怅。到了湖边停车场，看着指示牌才找到去往湖岸的路口，真是有些陌生了。

　　步行去湖岸，经过一个小集市。第一家是卖烤鱼的摊点，摊位后面宽阔的场院里，横着竖立了几个木杆大架子，上面成排成行地挂着燕翅撑开的腌鱼，很是壮观。一个十来岁的少年双手飞快地摘取。真是一幅绝妙的"飞鱼图"。我拿着相机去拍摄，小伙子有点害羞，总拿鱼挡着半边脸。我换着角度拍了几张，准备转身离去时，一个黑瘦汉子从身边走过去，又转身回头看。略微迟疑后开口问："你是×××，那年横渡的那个人？"我心里顿时升温，惊讶地反问："是啊，你怎么知道？"他说："咳！我家有你的照片，当时给你献花的女孩是我女儿，现在广州上大三。"一个身穿红色碎花衣服的小女孩，立即从我的记忆里走出来。当时，我横渡到岸，刚刚换好衣服，正被很多人拥着拍照。小女孩手捧着一大把自己采的野花跑过来，高高地举到我的胸前，好多照相机按下快门，记录了那个感人的瞬间。

　　我们一起走到他的摊点前，他递给我一张名片，上面写着"杨娃子烤鱼店，杨庭忠"。此时生意火得不行，他站到摊位后面，对着围了一大圈的顾客，手里不停地忙碌，嘴里重复着一句话："今天不讲价。"后来才知道，他的烤鱼店一直很火，是这里的"名牌产品"。我插空向他打听老崔，当年帮我测定横渡线路并负责导航人的电话号码。他回答："崔卫国啊，在海西，海子边当年开船的那些人还在，你去问他们，都知道。"

　　我急速走到湖边，见几个男人用木杠抬着一台发动机，往一条快艇上安装。我问指挥的汉子贵姓，答姓杜。是杜老板。问他老崔的电话，果然知道。我向几位抬木杠的汉子打招呼，有一位叫吉根的，正是当年横渡时的开船人。他盯着我看了一会儿问我是不是那年横渡的人，我答是。对方很快热情起来。我站在他们旁边，与他们合影，而后给老崔打

电话。

电话接通，自报姓名，我们激动地简单讲述了彼此的现状。老崔早已不当老板，回团场当了连长，负责海西旅游风情园。他热情地邀请我去海西。

短短个把小时，我通过"杨娃子"见到杜老板和当年开快艇的吉根，又联系上了崔卫国，情绪快速升温，感受到与乌伦古湖久别重逢的"亲情"。是的，作为第一个横渡者，此湖与我有着终生难忘的"亲情"。

我站在岸边，仔细端详这个久别的大湖，欣慰地看到水位没有下降还略有上升。当年作为码头的一座水泥桥断卧水中，像很久以前的遗迹。人们在湖边搞了个简易的铁梯作为临时码头，供游艇停靠，游人上下。游艇抵近岸边，游人上下很安全。湖边的沙滩还是那样暄软纯净，泛着小麦般温暖的金黄。两座草亭，大片芦苇。游人无不感慨水的纯净，岸的原始。沙滩，游艇，供游泳人更衣的小房子，公厕，离岸有一段距离的小集市。该有的有，不该有的没有，多好呀！

我顺着湖水眺望当年测定横渡方向的地理标志，对岸山峦间的那个朦朦胧胧的缺口。水波涟涟，自由自在地在云层变薄变淡的天空下荡漾，让我更加深沉地怀念。怀念十年前的那一天；怀念那条看不见的漫长水路和近十个小时的横渡；怀念一臂一臂划水的疼痛与孤独；怀念到岸后的沉重与欢呼……几只鸥鸟贴着水面翻飞鸣叫，打断了我的怀念，让我专注于眼前的湖水。十年，没有变瘦而是变得更加丰盈满溢，虽然是阴雨天仍然荡漾着内在的喜悦。不像我两年前去看博斯腾湖，同样是横渡十年之后，那个湖却瘦弱了很多。水位大幅下降，裸露出许多曾经沉没很深的不堪，湖水也增加了许多伤心的咸涩。乌伦古湖水位上升，说明这里的生态在变好，我感觉到它的品味也在上升。

从湖边回来，花60元买了杨娃子的两条烤鱼，味道果然很好。想再买一些带走，排队的人实在太多，我要赶路去看海西的老崔，只好下

一次再买。

离开黄金海岸，绕湖60千米到达海西，就是湖的西岸，也是我当年横渡时举行出发仪式的地方。见到迎候的老崔，他头发变得灰白，但人很精神。我们忘情拥抱，手拉手走到湖边。

他指着湖说："怎么样，乌伦古湖还是这样漂亮，你再游一场吧！"我本来觉得自己也是一个游客，只不过多带了一些回忆的亲近，何况水也凉了，在众目睽睽之下下湖游泳不大好。他说："一般人到这个时候肯定不让游泳了，你不一样，什么时候来都能游。"他找了个空着的蒙古包，让我进去换泳衣。我就不客气了，换了衣服，也不管有多少相机和DV找准扫射，大大咧咧下水，游到深水里蝶、仰、蛙、爬换着泳姿尽情扑腾。回到岸边，老崔立即过来摸我的身体。说，身上还有温度，不像那一次横渡上岸后，全身冰凉像一块冻肉。十年了，他还记着我当时的体温，简单一句话，就透出了他从心底对我的深深关切。

我穿好衣服，坐在湖边的餐饮平台旁，点了四道特色鱼，与家人一起享受着乌伦古湖特有的美味湖鲜。想着当年的横渡，除了自己心中时起波澜、永远难忘的记忆之外，还能在这里留下些什么呢？

杨娃子家里的照片；一个女孩曾经献花的故事；船老板张海波成了我走之后的游泳好手，一次能游两千米；老崔对我体温的记忆；不时有人在湖边打来的电话……十年，今后，这些记忆终将完全消逝。

一个人能与一个大湖有这样亲密的交融，难道还不够满足吗？

冬 泳 树

一

那年深秋，冬泳池将要结冰的时节，我偶尔仰泳，看见五米跳台上突然间长了一棵小树。筷子粗，手臂高，就在跳台边上，像个直直立定准备跳水的小人儿。它在蓝天映衬下微微抖动的样子，一下就进到了我心里。

我们冬泳俱乐部游泳池的深水区边有两个跳台，低的三米，高的五米。我参加冬泳的早些年，只要池水没有封冻，就一直有人从上面跳水。潇洒，刺激，相互鼓励之下，越来越多的人爬上去往下跳。有一年，出于安全原因禁跳了，但跳台依然立在那里，每年开春照样维修刷油漆。我仔细回忆，小树是什么时候长出来的？也许是那年春天，也许是更早的时候，反正是在人们不经意间就长了出来。可是，在那高高的刷着油漆的光溜溜的钢筋水泥台子上，怎么就能独独长出一棵树？它能长多久？长多大？

五米跳台像长颈鹿的脖子高高伸在半空，撑着小脑袋一样的小台

子。上面没有土，没有水，是一粒怎样神奇的种子？怎样神奇地落在上面？神奇地不被大风刮走？地处西北的乌鲁木齐干旱少雨，一场雨与一场雨相隔很久。这粒神奇的种子怎样神奇地发芽？即使在一场雨水里发芽，又怎样神奇地生根？神奇地扎牢于何处？怎样神奇地走出生命的第一步？神奇地长成一棵小树？怎样在长期的曝晒中神奇地不死？我想爬上去看个究竟，旁边挂着禁止上去的牌子，只好忍着心中的好奇，每天对它仰望。无法想象，它在看似毫无生长环境的跳台上，以怎样顽强的基因生长。难道它能神奇地从五米之下的游泳池里吸水吗？我看着小树细小却卓然而立的样子，刹那间涌起了物我相通的感动，开始牵挂它的命运。

从那一天起，我每天到游泳池除了游泳健身，又多了一项内容，就是抬头看那棵小树。看它还在不在，好不好。看到了，就心安了。偶尔外出或有脱不开的事不能去游泳池，心里由不得还要惦记它，晚上做梦会梦到它，担心它会遇到什么不测突然消失。它看起来实在是太弱小了。

二

乌鲁木齐春秋两季多风，每季都会刮几场制造种种不幸事端的大风。秋色渐浓，大风如期来临。

一天半夜，我做梦闯入一个恶魔狂舞的世界，在悬崖深谷里，被一股巨大的力量驱使着上下翻飞。像蹦极一样，一次又一次急速下坠，几乎就要撞上绝壁，掉入深渊，一点都不能控制自己的身体，耳边还呼啸着巨大的声响。我心惊肉跳地翻飞着，意识到自己梦魇了，使劲挣扎着，希望有人能推我一把，把我从梦魇中拉醒。我挣扎，挣扎……终于呼的一声挣脱魔魇惊醒了。我在惊魂未定中看到双层铝合金窗户整体忽闪忽闪地晃动，整座房子似乎也在摇晃。窗外阳台上发出惊天动地的巨响，有什么东西哐啷啷、哐啷啷地四处撞击。我平复着自己的心跳，愣

了半天神，才意识到是刮大风了。继而想到，阳台上的声响是扫把铁锹水桶等一应杂物翻飞碰撞的动静。只好稳定神经，硬着头皮起床，头上顶了个硬纸箱，冒险开门到阳台，把所有能动的物件全部收拾进屋。

第二天早晨出门去上班，看到一路的狼藉。还未来得及完全变黄的树叶，伴着各色的塑料袋漫天飞舞；许多大树的枝杈折断倒垂着；不时见有广告牌掉下来，砸到停着的汽车上；公交车上的广播带着嘶嘶啦啦的风声报道着哪哪儿、哪哪儿被风制造的灾难。我想着跳台上的那棵小树，估计它一定难以幸免，一定是在大风中顽强抵抗一阵之后，被扯起，飞到不知什么地方去了。我想着小树那样一个神奇的生命，可能被大风无情摧毁，整个上午都在一种似乎绝望情绪中煎熬。好不容易挨到中午，顾不上吃饭，急匆匆赶到游泳池，冲到跳台边，手搭凉棚挡着风向上看。小树竟然还在，只是在风中痛苦地起来倒下，倒下又起来。游泳池周围的大树无助地摇晃着，树枝无辜地被大风肆意扭曲，它们只好努力摆脱树叶的拖累，随着树叶被纷纷甩落，才勉强能偶尔抬头向上。再看跳台上的小树，忽一下前扑，忽一下后仰，忽一下东倒，忽一下西歪。它薄薄的皮在被抽打，嫩嫩的杆在被弯折，正经受一场前所未有的酷刑。可是我观察半天，看它倒下起来，左躲右闪，好像没有伤到筋骨。大风刮了一夜加大半天，它还能坚守自己的阵地，我由衷地期盼它能扛过这一劫。

大风终于停了。我再到游泳池，看大树一个个像掉了毛的斗鸡，枝杈乱杈着狼狈不堪。小树依然直直站立跳台，头顶上的细叶像一束收敛的浅黄轻轻晃动，像一支向天空书写秋意的笔，写着战胜大风的自豪。

秋天的大风一场接着一场，几场大风惊心动魄地过去了，小树竟安然无恙。经过大风考验，似乎显得更加自信，让我更加相信了它的神奇。

三

冬天来了，我又开始担心小树的命运。北疆的树木，许多需要人为

— 14 —

保暖才能过冬。连不怎么冷的吐鲁番，葡萄树要在秋天深埋，春天再挖出来上架。从乌鲁木齐到精河博乐沿天山北坡一带的果木，冬天都要保暖防护，或深埋，或绑草帘，或裹其他东西。小树虽然野生耐折腾，但在高高的空中，无遮无挡，没有任何可供取暖避风的依靠，在我看来，稍微寒冷就能将它细小的身躯穿透。这可如何是好呢？

这一年冬天冷得稍晚。第一场雪姗姗来迟，先是飘着大片像被霜露打湿的雪花，后来变成沉沉的雪粒，落地即化，最后奇怪地变成了冻雨。边下边化边冻，天地一派湿冷的灰暗，树木的枝杈不时被越积越多的湿冰压断。跳台上的雨雪也越积越厚，小树被无情地压倒，无情地覆盖了。看着小树的不幸，我的心也被这鬼天压得一片沉暗，伤感又遗憾。真正的严冬还未来临，小树很可能被这场雨夹雪摧残折断了。

雨雪连下两天，我的心也阴沉了两天。几经磨难又注入我深深牵挂的小树，这个神奇的生命，难道会从此消失吗？我忐忑不安又无法甘心。

第三天，天空放晴，经过两天洗刷后变得格外湛蓝。太阳一反一场雨雪一场寒的规律，也格外温暖明亮，把所有积存的冰雪快速化尽。我来到游泳池，惊喜地看到，跳台上的小树竟然神奇地站起来了，像我们刚从冰水里游过一场冬泳，也显得格外精神。

我的心情也立即放晴，感到格外舒畅，更加赞叹小树神奇非凡的生命力！

真正的严冬来到了，大树的叶子全部落光，小树头顶的浅黄也消失了，变成一枝独独的细条。游泳池的水面完全冰封，只有人工横向开出几米宽的水槽供我们冬泳。

大雪下了好几场，到处堆积着厚厚的冰雪，跳台上也铺了厚厚的一层。小树在跳台边缘，依偎着白白的雪墙静静站立。

气温到了零下二十几度，每次下水都是一场彻骨的寒冷，全身万针钻心般地疼痛。游五十或一百米，出水走回更衣室的几分钟，沾水的皮

肤就会结一层薄冰，头发冻成硬壳，发梢上挂满一排冰晶。每次游完，彻寒之后又是一种难得的轻松。我们就这样日复一日地历练自己的身体和灵魂。

再看跳台上的小树，站在那里一动不动，仿佛一小节顽强凝固的钢筋。我不知道它是否还能感知寒冷和疼痛。如果是个小人儿，我多想伸手摸摸，看它的额头是否还有温度，身躯里是否还有生命的迹象。零下十几二十几度，持续几个月，多么漫长的寒冷。就那么一块钢筋水泥板的厚度，持续几个月寒风扫荡，如果小树还能在上面存活下来，该有多么强大的生命基因。我还是心存万分之一的侥幸，希望它能安全度过这严酷的寒冬。

四

长冬被我们一天天熬走，沉积一冬的冰雪开始融化，北方大地渐渐苏醒了。

冬泳人最早享受渐渐升温的阳光，外面的人冬衣还未离身，我们每天中午，就只穿一件泳衣在游泳池边晒太阳，沐浴着和煦的阳光做运动。

游泳池边的树木和我们的皮肤同步感知着春天的温度，开始柔软，开始舒展，开始发芽。我每天看跳台上的小树，也在伸展腰肢，向春天频频招手。它在我久久的期盼中，终于也返活了。我长舒一口气，似乎感觉是自己的生命得以回归。

我再次赞叹小树的神奇。经过严冬的锤炼，它站得更加坚定，随着天气一天天变暖，信心十足地发芽了。

春天的大风与秋天不同，总有几场会带着昏天黑地的沙尘。沙尘暴一旦刮来，伴随着地动山摇，整个世界变得暗无天日。这一年的那场风暴似乎专为考验小树而起，比往年更猛更劲爆，刮得人无法出门。等风稍小一些，我赶到游泳池，想看小树是否安好。整个跳台都淹没在昏黄

的天空里，小树是否还在，根本看不见。

我不禁感叹：就算是一棵小树，生长在这里多么不易，没有强大的基因和顽强的禀赋，如何面对多舛的命运。一个生命在这里顺利生长是多么难得，饱经摧残是多么正常。不奢望江南，就算是内地的北方，仅仅是个生存，何须如此惊心动魄！

我暗暗祈祷：小树啊，你已走过千难万险，张牙舞爪的风暴无非在虚张声势，千万不要迷失生命奋发有为的方向，一定要咬紧牙关，再坚持一步。迈过这一关就是真正的春天。

大风过后，又是无数的广告牌落地，无数的树木被折断。我再到游泳池，抬头看跳台，小树不负我心，像一个历经生死考验的老朋友，向我微微点头致意。它果然像我期待的一样坚定，一场又一场的大风过去了，在我的目光中一点点变绿，又长出新的枝叶，和我们一同来到艳阳高照的夏季。

五

一天又一天，一年又一年，几个年头过去了，小树没有再长高多少，但始终坚定地站在高高的跳台上。就像我们冬泳人，有年近80的老人，有大病初愈的癌症患者，有男有女，有胖有瘦。各自的身体状况不同，走在人群中，并不比其他人显得强壮，但每个人都拥有一颗历经严寒的心，信心满怀地走过一个个春夏秋冬。

有一天，我抬头看着小树，忍不住说出了自己的感想，竟然立即得到大家的赞同。我这才知道，其实这么多年，许多冬泳人与我同样关注着跳台上的小树，同样与它有着深厚的感情。

它到底是一棵什么树？到底是怎样神奇地生长？我实在不能抑制想近距离看它的渴望。征得管理人员同意后，爬上去看个究竟。

原来，跳台边裂了一条细细的小缝，里面长满了绿茸茸的苔藓，一棵红柳就长在苔藓中间。

就是这么一棵普普通通的红柳，却智慧而又顽强地生长在跳台上，让人们天天对它深情凝望。

它在冬泳人的心中，显然不是一棵普通的小树。而是一棵独一无二，与人们共度寒冬，象征一种精神的冬泳树。

左手磨坊 右手巴扎

　　盖孜河从帕米尔高原流下来，一条水渠穿过库那巴扎村。水渠流到村中心。村小学，幼儿园，村委会。中间增加了一个大鱼塘，镜子似的水面照着人们的心，像水里的鱼一样欢动。

　　中国农业银行新疆维吾尔自治区分行的干部，来到库那巴扎村，看望"结亲周活动"认下的亲戚。他们来到鱼塘边，看到老桑树下，熟透的桑椹落了一层。住在旁边的人家听到说话声，出门看了看，转身拿来一块大被单。男人脚蹬树干摇树枝，女人招呼人们抻开被单接桑椹。水泡泡的白桑椹、紫桑椹，雨点一样落下来，甜蜜蜜兜了一大包。人们大把抓着吃，甜得舌头转不动。拧开这家菜园里的自来水，冲洗两手上沾的汁液。咂摸着嘴唇，鼻子吸入面粉和烤肉的香味。目光飞过整齐的菜园，看到左手一座新磨坊，右手一座新巴扎。两种香味从不同的方向飘过来。

一、磨坊

　　水磨坊的墙皮一块一块往下掉，外面的土一个劲地往里刮，磨面的人迟迟不来。祖农·茹则，成了磨坊孤独的守候人。里面太空寂，他在房子后面冲磨的水渠边，看映在水里的自己，捋着全白的胡须，回想从前。

小时候，跟着爸爸看爷爷磨面。爷爷不在了，和爸爸一起磨面。爸爸不在了，自己成为主人。一家三代承包村里的磨坊。那时候，路上都是厚厚的土，一脚踩进半条腿。人们带着一身土，赶着毛驴车来磨面。他披着一身面，忙个不停。所有的人，包括毛驴，身上不是面粉就是土，眉毛同样抖着粉尘。一年四季，从早到晚，水磨坊是村里最热闹的地方。

这些年，到乡政府塔什米力克的路修好了，村里也修出像老婆子年轻时的辫子一样黑黑的柏油路。毛驴车越来越少。很多人骑电动车，有人开上小汽车。人们开始吃机器磨的面。来磨坊的人一天比一天少。房子眼看要塌。

祖农伤感：150年的水磨坊，要在自己手上倒掉吗？

村里来了自治区农业银行的"访惠聚"工作队，要帮大家脱贫致富。祖农不知道，乌鲁木齐来的干部，能给村里做些啥？

天气暖和起来。工作队总领队，比县委书记还大的大干部，光腿光脚，踩着泥土来磨坊。祖农惊讶，这个人除了戴一副眼镜，皮肤黑黑的，长得结结实实，和村里人真是没有什么两样。他叫白雪原，会讲维吾尔语，给自己起了个维吾尔语名字：阿克·阿里木。工作队的其他人也起了"双语"名字。村里人都说这个工作队亲切得很。阿里木领队问了他很多事情，说要建一座新磨坊，把好的东西留住。以后村里的地，要种不上农药化肥的小麦、玉米和豆子，要把水冲石头磨出的面，大价钱卖到城里去。新磨坊建好了还让他承包。

天哪！这样的好事情，会是真的吗？

从这一天起，阿里木领队忙完别的事，就研究建磨坊。他研究维吾尔族民间建筑有十年了，找到4000多张从过去到现在的房子图。

苞谷刚长一拃高，他拿出自己设计的图纸。请来村里的老人，有手艺的工匠，一起开会。让提意见，出主意。人们七嘴八舌，说新磨坊像300年前的样子，又是现在的样子。事情定下来，大概要花三十多万元，全部由他想办法。祖农想，这样的大干部，做这样高级的事情，花这么多的钱，给我的面子，比爸爸的爸爸的爸爸，加在一起想要的面子还要大。他晚上睡不着，白天到处找着想干些啥。脚后跟有个兔子往上跳，走路轻快得回到年轻时。

图纸上的新磨坊，里外三道门，外面是木砖雕花大门，里面一道月亮门，一道小弧形门，是三个不同时期维吾尔族风格的门。七个窗户是不同的样子。房子里面外面立十根雕花立柱，上面要刻徽子花纹、鱼鳞纹、麦穗纹……很多好看的花纹。这些花纹异彩纷呈。房子建成后，里外两间功能不同。里间放三台水磨磨面；外间布置挂毯、地毯、民俗物品，是个微型博物馆。大家心里都喜欢得不行。

7月1日是个好日子。天蓝成了海，清清的，亮亮的。早晨在村委会升起国旗，磨坊建设正式开工。好些年不再接活的老木匠艾拉吉·艾撒来了。村里的铁匠、木匠、瓦匠、泥匠、漆匠都来了。八十五岁的约麦尔·奥斯曼和他一辈子离不开的好朋友阿卜力孜·托合提也来了。两个白胡子老人，自己干不动了，要当义务监督员，看着年轻人把活干好。这么好的磨坊，一点儿指甲盖大的毛病也不能有。

新磨坊选址在村里河渠的中段，鱼塘的左手。地基下好，周围成了一片大工地。

那棵活了一百年，绿荫能遮一群羊的老桑树下，拉来电线，架起一台大电锯。很多人把家里的树杆子拿来，不用登记。做贡献，不要钱。电锯整天呲呲响个不停。那堆树杆子，在呲呲啦啦的响声里，变成一摞一摞新木板。黄灿灿的锯末积成一座山，苞谷面一样散出浓浓的香味。新鲜木料的味道，让村里人的鼻子竖起来，比闻到抓饭肉的香味还兴奋。没事的时候就跑来，围成一圈看热闹。

一排白杨树下，几个人用普通红砖，磨宽度厚度角度一模一样的菱形小块。磨好的成品，拿在手里，光滑得像一块羊油。这些小砖块要在墙面上，弧形门上，严丝合缝，拼成自然生长的美丽图案。开始的时候，磨砖的人压根儿不敢想，自己和泥巴种苞谷的手，磨出的砖块，能拼出乌鲁木齐国际大巴扎那样高级的墙。红色粉末飞到脸上，汗水冲出小河沟，手再一抹成了画。他们露出白白的牙齿，开心地笑，说对方的脸是吃剩下的"五麻食（注：南疆农村的一种糊状食物）"。

艾拉吉·艾撒是真正的木匠老师傅，徒弟遍布搭什米力克乡，一般人不敢开他的玩笑。过去多少年，他做得家具耐用又好看，都是抢手货。请他上门做活，主家会觉得很有面子，上宾对待。现在的年轻人，结婚都买那些新式不耐用的东西，他也上了年纪，早就封手不干了。这一次，工作队要给村里重建磨坊，他闲不住了。比年轻时结婚建新房还激动。不等去请，自己找上门，要拿出一辈子练就的好手艺，亲手制作最核心，最精巧的水轮。水轮形似车轮，放在河渠中，传送水流的力量，转动石磨。做叶片的木板要特别结实，只能手工砍削，精确拼装，不能有一根头发丝的马虎。别人做不了，能做他也不放心。在他眼里，水磨坊是这个村子最值得留住的东西。他在树荫下干活，旁边雕木柱的，做门窗的，不时过来请教。村里的男男女女，放学后的小学生，小娃娃，经常过来围着看。那些尊敬的目光，放电一样给他长劲。心里高兴，手里干着活，嘴里不时唱几句木卡姆（注：维吾尔族的一种传统歌舞形式）。

库那巴扎村从来没有这样热闹。过去村里谁家盖新房子，嫁女儿，娶媳妇，也就热闹几天。今年天天都有新鲜事。整个夏天，人们在磨坊工地，干活，逗乐。工作队时不时给做一顿羊肉抓饭。日子过得香喷喷，油汪汪。

祖农·茹则的心轻飘飘地飞着收不住。红红的太阳下，老桑树上的嫩枝条，唱着歌儿，跳着舞儿，撒着花儿，一天就长一大截。真是奇

怪，树木花草年年长，过去咋就看不出它们的快乐呢？想想自己的两个巴郎子（儿子的意思），做了不好的事情，咋就大白天眼睛拉雾不管好呢？他到村里转一圈。家家门口铺水泥，贴瓷砖，养鸡鸽，喂牛羊，栽花种菜，搞庭院经济。整个村子在穿新衣裳，最漂亮还是自己的新磨坊。

农业银行的干部和村里人结对子，"民族团结一家亲"。亲戚嘛，常来常往常走动。一回生，二回熟，三回就成亲弟兄。亲戚们每次来，看过各自的亲戚，都要来看新磨坊。房子没有建好，祖农举起个刚做好的窗户框，把自己框成大照片。所有的亲戚拿出手机对着他拍，别人一介绍，都知道了他是磨坊的承包人。男的女的都和他合了影。他在心里偷偷笑：哎！你们全村人家的亲戚，嗨麦斯（注：维吾尔语全部的意思）和我亲。

10月1日国庆节，水磨要开始磨面了。

工作队干部抽空捡石头，一夏天修成通到新磨坊的路。两边竖起白天收太阳，晚上放光明的太阳能大路灯。祖农·茹则踩着路，一步一步往前走，如同去揭红盖头。抬头再看新磨坊，方方的房子亮亮的窗，大门拼出六层花。四根木柱一抱粗，上下雕着十种花。赤橙黄绿青蓝紫，天上彩虹到人间。他天天在现场，看着磨坊一点点地变化。不由得伸出左手，拍到脑门上。喊出一声：天哪！

截走的渠水改回来，三台石磨前面，是一块透明的大玻璃。祖农站在玻璃上，看着下面的渠水，把三只水轮转成白白的水花，石磨轻快地唱起歌，三只进谷的木斗跳起不知停歇的麦西来甫（注：维吾尔族的传统民间舞）。

白苞谷进去磨白面，黄苞谷进去磨黄面。祖农·茹则像城里的医生，穿着白大褂，重新做起磨坊的主人。把磨出的面粉，装进工作队特制的袋子里。两千克一小袋，不多也不少，袋子上印着自己的照片。看着自己的样子，像电视里的大明星。渠水一直流，石磨一直转，面粉不

停地流出来，卖出去。祖农忙不过来，打工的老三小巴郎辞了外面的活，回来和他一起干。他看到玻璃下面，清清的水里有一幅画：儿子的儿子，儿子的孙子，一百年，两百年，在这磨坊里体面工作的样子。他为脑子里想出"工作"两个字暗暗得意。自己现在这个样子，和正式工作有啥不一样？盖孜河水不会干，地里的庄稼年年长，有阿里木领队这样的好人帮着，好日子怎么会停下来？

村里的人路过磨坊，都会投去亲热的目光。那些修建过磨坊的人，还要多一分亲近，像看自己的巴郎子。人们有事没事，都会跟着自己的脚，来到磨坊。看里面摆放的祖祖辈辈用过的好东西，大玻璃下面转动的水轮，水一样不停地流出去的面粉。小娃娃就爱往这里跑，永远带着新鲜劲。他们长大后，无论走到什么地方，心里自然会装着水磨坊。

阿里木领队说，这是一座博物馆。村里人说，里面放着他们的心。

二、巴扎（集市）

麦海提·马木提说，小时候的事情，像村边的苦豆子草，牢牢地长在心里。越拔越长，越长越高。沤成肥料上到瓜地里，结出的甜瓜比蜜甜。七八岁时，他跟着大人在亲戚家的婚礼上吃羊肉抓饭。抓饭吃过多少次，之前的全忘了，这一次却在心里扎了根，记得真真的。

亲戚家的院子里，妈妈和女人们切羊肉、胡萝卜和皮牙子（洋葱）。爸爸和男人们搬来半个大油桶做成的铁炉子，架上能装十只羊的大铁锅，烧起杏树木头红火苗。清油烧热了，羊肉煎香了，胡萝卜皮牙子放进去，淘好的大米放进去。红红的火苗轰轰轰地烧，白白的香气滋滋滋地冒。他站在火炉旁，看到红火苗和白香气里有一群活蹦乱跳的小精灵。小脸烤得烫烫的，咽下很多口水后，锅盖打开了。一把洗干净的大铁锹，在锅里上下翻。羊肉大米胡萝卜，被浓浓的香味均匀地拢在一起，好吃又好看。他痴迷羊肉大米胡萝卜变成抓饭的奇妙过程，从此迷上做饭。用红火苗和白香气里的小精灵，把粮食、蔬菜、牛羊肉，变成

薄皮包子、拉条子，好多好吃的东西。长大后，他成了喀什饭馆里的学徒工，成了做饭的大师傅。一直干到 50 岁，还在别人家的饭馆打工，每月工资两千多。经常梦见自己是老板，醒来依然是个大师傅。

去年夏天，麦海提回来给自家的苞谷地浇水。干完活，到修磨坊的工地看热闹。前些年愁成苦瓜的祖农·茹则哥，乐出一脸核桃花。远远地和他打招呼："哎，麦海提江，你回来可是太好了，看看今天的好天气，肯定会有好事情。"

他抬头看看天，真是少有的晴朗。

晚上去村委大院的农民夜校学国家通用语言，也和乡亲众人见个面。学习开始前，阿里木领队讲了一件事。他说村里正在修磨坊，过些天还要建巴扎。咱们村的名字，"库那巴扎"，就是"老巴扎"的意思。过去就是老巴扎，现在要重新建起来。他说村里不少人在外面开饭馆，做生意。鱼塘右手那片破破烂烂的大院子，就在去阿克陶县的公路边，正好建巴扎。先修一排门面房，让有手艺的人免费使用当老板。咱们建棚圈，搞养殖，种蔬菜，养了几千只鸡、鸭、鹅，产的蛋，长的肉，都要变成钱。巴扎建成后，星期一到星期六，对应全村 6 个小队。每天安排一个小队的贫困户免费进场经营，每户一晚上赚 50—100 元，一年 52 周，户均收入几千元，就能达到脱贫目标。第一期开起来，还要建第二期，第三期。全部建成后，会有很多门面房，能做很多生意。南疆的巴扎，农贸市场大集市，商品流通的活水渠。阿里木领队说，巴扎是个神奇的好地方，能变出财富，变出快乐，改变生活。他说正在四处找资金，大家也要做准备，只要有本事，就来当老板。让塔什米里克乡上的人，阿克陶县那边巴仁乡人，都来咱村赶巴扎。

麦海提的心里一阵哆嗦，觉得这些话是专门说给他听的。散会回到家，心跳得怎么也按不住。肚子里有一只小羊在吃草，拱他的心，舔他的肺，痒得一夜睡不着。可是，不但，而且，所以……他想了这个想那个。又在想，建巴扎要花很多钱，阿里木领队说正在四处找资金。资金

又不是河坝里的石头，想找就能找得上？

他像热馕烤在馕坑里，翻来翻去一整夜。第二天去找工作队。说他小时候吃抓饭的事情，说他在喀什饭馆里当大师傅的事情。说他懂得红火苗里的红精灵，白香气里的白精灵，能让它们变成好看又好吃的羊肉抓饭，薄皮包子。他说得眼睛流出水，绕着眼眶往外涌。工作队明白他的话，知道他有做饭的好手艺。让他把心放在肚子里，巴扎一定能建成，免费给他一间开饭馆。

麦海提还是喀什饭馆里的大师傅，心里却想着不一样的事，盘算着老板怎么当。有空就往村里跑，看巴扎建成到什么样。

磨坊开始磨面时，巴扎的七间房子也建起来了。祖农哥穿着白大褂，守着三台水磨，神气得像城里的医生。他看得心里又痒痒。心里想，等巴扎的场地清理好，自己的饭馆开起来，也和祖农哥一个样。

2018年元旦，巴扎开始试营业。七间房子七家店，裁缝服装店，电子商务店，啤酒烧烤店，百货小超市，拉面店，还有麦海提的抓饭包子店。20个蓝色货柜一长排，都给村里人免费用。特色小吃，日常用品，儿童玩具，一下子有了很多东西很多人。为建这个新巴扎，阿里木领队个人捐款15万，其他队员每人捐款两万元。受他们的感召，朋友、同学、企业家，捐资达到80万。新巴扎要有新管理，工作队组织成立库那巴扎村"新希望农民合作社"，28家商户第一批入了会。

又一个春天来临，库那巴扎村正式成为星期三巴扎，在方圆左近几十里，有了的市场地位。南疆人生活离不开巴扎，人们到巴扎做买卖，见熟人，品美食，通信息。每个巴扎都有固定的巴扎日。每到星期三，库那巴扎就是固定的交易市场。到了这一天，物流人流像河里的水，自然会流到这里来。

巴扎连着地里的生长，卖得是村里人的智慧和手艺。麻花、饮料、窝儿馕，凉粉、曲曲、面肺子、烤鸡、烤蛋、烤羊肉，吃的东西就有几十种。自家产的东西，吃着放心，一点儿不比喀什饭馆里的差。巴扎的

烟火和香味，吸引着本村人，外村人，来来往往过路的人。农民夜校结束后，几百人来到巴扎上，吃烧烤，喝啤酒，跳一阵麦西来甫再回家。

麦海提的抓饭包子店，一天收入七八百。正式开张三个月，现金攒了18000元。"六一儿童节"，他拿出10张沾有抓饭香味的红票子，给小学捐款1000元。回头转到水磨坊，笑眯眯地看望祖农哥，说："今天的天气真好啊！"

三、春节

"往上一点高，再往上一点高。"

艾则木·库尔班指挥梯子上的儿子阿力木江挂灯笼，孙女穆乃外尔手扶梯子，睁着灰蓝色的大眼睛帮爸爸纠正方向。春联福字贴得正正的，挂国旗和灯笼的杆儿绑得紧紧的，太阳照得红红的。一家三代看着自家的大门，装扮得像新娘子结婚一样。心中的欢喜，嘟嘟嘟直从嗓子眼里往外跳。全家人都出来，在门前拍下一张喜庆的合影。

过年了。库那巴扎的春节，被吉祥的红色点亮了。全村人第一次欢欢喜喜过大年。

除夕这一天，工作队组织放假回村的学生和青年志愿服务队，挨家挨户送年货，给孤寡老人洒扫庭除。全村家家户户贴春联，贴福字，挂灯笼，做年饭，年味浓浓的氛围让人陶醉。

正月初一一大早，图迪罕大妈家来了贵宾。阿里木领队来拜年，送上节日礼物和100元红包。村里70岁以上的老人，他们嗨麦斯上门慰问，送同样的礼物。小孩子们穿新衣，戴新帽，一群一伙儿，远远看见工作队的人，齐声拜年："新年快乐！身体健康！恭喜发财！红包拿来！"拿到红包，合影照相，又笑又跳。五岁的喀迪尔江举起红包对着太阳看，他告诉邻居家的玉素甫江哥哥，看到好多个红红的太阳。图迪罕老人眼里笑出泪花，说："太好得很了啊！连树上乌鸦的叫声都变得好听了！"

中午12点，纳格拉鼓敲起来，村中心广场的"迎新春文艺表演"准时开场。小学生，年轻人，跳舞唱歌演小品。维吾尔人血液里流淌的表演才能，让节日的色彩欢快艳丽。演出进入高潮，工作队给每家每户又送上专门定制的精白瓷茶壶。

晚上九点，夜幕降临，村中心广场鸣鞭炮，放烟火。烟花绽放星空，乡亲们心中也开出久久不散的绚烂缤纷。

去年正月初四，城里的春节假期没有过完，工作队9名队员就入驻村里，给正在转暖的天气，增加了新的暖流。他们放下行囊，入户走访。家里几口人？每个人什么状况？几亩地？几只家畜？有什么困难？什么想法？全村500多户，2100多人，人均收入不足2500元，是个深度贫困村。贫困的阴霾下，每家有每家的难事，各人有各人的愁事。上门一次又一次，坐在土炕细细谈。建档立卡，所有人的事情一件一件清清楚楚都记下。

生活要改变，心劲儿先要聚起来。一棵树要长好，根部的杂苗要铲掉，乱长的枝杈要剪掉。人要长心劲儿，消极散漫得赶跑。怎样赶？亲人的话是治病的药。工作队要做村里人的亲人。真正的亲，要心里头亲。心里亲的事，眼睛要能看得到，耳朵也能听得见。农民夜校办起来，各种宣讲开起来。文化多的人，文化少的人，大家一起学习，学技术，学习世上的新事物。

糖一样的话不一定甜，真心真事暖人的心。工作队找资金，想办法，一件一件做实事。

小学换了新桌椅，新建电教室，买来新校服。上初中的大孩子有了赠送的自行车。大手牵小手，带小学生到县里，到喀什，到乌鲁木齐看世界。孩子们的笑声甜起来，全村的心情好起来，心劲儿像树苗长出来。

麦苗青了，杏花开了。帮贫困家庭盖新房，修棚圈，搞庭院经济，做得好的发奖金。每家的院子变整洁，种植蔬菜作物，养起牛羊鸡鸽，

赶巴扎时能有东西变钱。

秋天到了，庄稼收割了，新建的磨坊磨面了。

冬天来临，这个叫巴扎的村子，名副其实，有了自己的集市。生意做起来，生活有了更多选择。地里的生长结束，心里的生长像旺旺的炉火。工作队员轮流住到村民家。房子差的先去住，困难多的经常住。穷的人家高兴了。"工作队跟前嘛，我的面子多多的有。"

同胞嘛，亲人嘛，同吃一锅饭，同睡一盘炕，说出心里话，呼噜打成一个调，才是真正的一家人。

人都长出了新舌头，会说两种话。相互见了面，工作队员用维吾尔语问候，村里人用国家通用语言回答。奇妙的错位，平添出很多的风趣和亲近。

事情扎扎实实做，节日高高兴兴过。各民族的节日妇女节、诺鲁孜节、劳动节、青年节、儿童节、肉孜节、古尔邦节、国庆节……高兴的节日加高兴，快乐的心情加快乐。

这一年，做的事情加起来，等于过去很多年。老人们扳着指头仔细算，12345，数到256。真是了不得，工作队做了这么多的好事情。难怪他们起得早，睡得晚，皮肤晒成和村里人一个样。粗略算算账，花钱超过500万。东来的，西来的，东南西北捐来的。谈感恩，道感谢，总归一个理，捐钱捐物的所有人，都觉得贫困的人应该帮，把钱花在这里，是最该做的好事情。

工作队员该回城与家人团聚过年了。中国人，无论离家有多远，春节都要回家团圆。都是正当壮年的顶梁柱，一年不在家，父母、爱人、孩子、亲朋，多少事情等着办。乡亲变亲人，都舍不得他们走。知道他们不能不走，只希望过了春节再回来。

春节像个性格着急的人，刚一念叨，就来了。离别很伤感，亲人们还是一次一次来道别。

突然传来新消息，工作队要留下来，和乡亲们一起过春节。连续三

年不回去，直到全村人把贫困帽子扔到戈壁滩。

吃惊，高兴。知道了这个消息，乡亲们心里又疼得很，实在是过意不去呀。

工作队员们定下神，想想也就想通了。融入这个村子，和乡亲们一起过大年，小家的事，再难也要舍得下。

"既留之，则安之"，过个别样的春节是必须的。他们准备过年的每一个细节，自掏腰包凑出10000多块钱，要给全村的老人孩子送红包。还留了一个小秘密。

阳光翻过帕米尔高原的雪山，洒在古老的村庄，让节日的红色，闪耀起火一样的热情。家家门上的红对联，红福字，红灯笼，在阳光里灵动。犹如维吾尔族传统舞蹈里飘逸的红色衣袂，舞成吉祥幸福的中国红。这喜庆的红，正气的红，无畏的红，与初春阳光暖暖的红，融合成扩展延伸的乐观和真诚。

维吾尔族队员艾力卡木的妈妈，和汉族队员的爱人、孩子，结伴从乌鲁木齐飞来了。原来这就是他们的小秘密。村里人压根儿没有想到，这些亲人们最亲的人，也来村里过大年。

白雪原上初中的女儿告诉爸爸，来这个维吾尔族村庄过年，看到的、听到的、想到的，会永远留在记忆里，铭记新疆这个博大的家乡。

86岁的约麦尔·奥斯曼，专门找到白雪原，双手握住他的手说："阿里木书记，这么重要的节日，你们不能回家，不能看望自己的父母。你们为了什么，我们都懂，都知道。感谢你们。活了这么久，见过很多事，看到村里变得这样好，真是无比幸福的事。"

白雪原握着老人的手，心里潮水涌动。2018年，这个红色点亮的春节，在新疆大地，城市乡村，所有的地方，所有的人，第一次一起欢度。成千上万的人，离开自己的家，与不同民族，不同血缘的农牧民结为亲人。睡在一个屋檐下，吃着一桌年夜饭。这个春节，有了鲜红的包容，鲜红的成长。红色的春天赋予了全新的机缘。

他感到一份沉重的责任，一份光彩和荣耀。人类进步的车轮由千万只手一起推动，自己幸运地成为其中的一人。一只手加入千万只手，微小的力量汇合到强大，就不会随时光飘逝，成为永存。这一天，这一刻，沉入心底，给平凡的人生增加了一份历史的重量。

南疆春来早。不远处，传来盖孜河水流淌的声音。那分明是历史的年轮轰轰隆隆，引发天空回响，大地震动。自己的血液随之振奋，又和谐合拍地律动。

过一年，长一岁。他看着自己的手，心里有一棵树在长。古老的村庄因为新的颜色，新的包容，也在长大。

四、亲戚

快过新年时，麦麦提敏·约麦尔知道了，与他家结为亲戚的干部，要来家里同吃、同住、同劳动、同学习。亲戚来过好几次，每次都送吃的用的很多东西，还问家里有什么困难需要帮忙。他在外面跑大货车，真是太不巧得很，几次都没有见到。这次要住一星期，他又高兴，又着急。心里想，人家是大城市来的人，住咱家里习惯吗？咱家做的饭，也不知道爱吃不爱吃？他和妻子阿依谢姆古丽商量来，商量去，一定要把亲戚招待好。全家卫生大扫除，腾出一间空房子。院子转一圈，两只公鸡和一群母鸡扑扑棱棱正骚情，想着先吃哪一只呢？他得意家里的新厕所，靠着后院的围墙，几根柱子立起来，一个台子修上去，下面的开口对着后面的玉米地。踏着台阶走上去，上面盖了小亭子，拉了电线，安上电灯，墙边新放了一筒白白的卷筒纸。

2017 年最后一个星期一的上午，我们一行十几人，到了库那巴扎村。我和老张、老李三人一组，一起参加亲戚家活动。老张在南疆生活很多年，当过几个地方的行长，懂维吾尔语。老李长期生活在北疆阿勒泰，也当过行长，懂得哈萨克族乡亲的生活习惯。如此一来，我们这个组合就容易与亲戚沟通，交流中也生出许多奇妙风趣。

没有挑也没有选，因为路顺，先到我的亲戚麦麦提敏·约麦尔家。刚到大门口，麦麦提敏和阿依谢姆古丽听到动静迎出来。麦麦提敏比我矮一些。头戴深咖色坎土曼帽，敞怀穿着灰蓝薄棉衣，里面是套头保暖衣，掭着大肚子，大鼻头，厚嘴唇，络腮胡子大圆脸，灰中带黄的大眼睛。他伸出两只大胳膊，直接给我个大拥抱。

第一次见面，怎么就在三个人中认出我呢？麦麦提敏右手拍着我的肩，左手握住我的手，表情急切地说："哎呀，亲人你来啦！太好得很了！太好得很了！"补充说："照片里见过你。"

一句"亲人"，叫得我心里热乎乎的。进了家门，穿过门廊，走进特意准备的一间房子。新刷的墙壁白白的，火炉烧得旺旺的。一家人忙着往炕上铺的地毯上铺绣花棉坐垫，铺餐布，摆干果点心。我说："别着急，今天就住你家里。"他一下放了心，高兴地说："真的吗？这就太好得很了！"

人心知人心，眼睛看，鼻子闻，耳朵听，说话与吃饭，嘴巴其实最管用，能品出实实在在的味道。语言是通心的路，吃饭是相交的桥。我们商定，结亲生活从做饭开始。带了大米清油羊肉，各样蔬菜葱姜蒜。到谁的亲戚家，谁主厨做饭。把城市的饮食带到乡村，在乡村感受生活的原味。第一顿饭在我的亲戚家，自然由我操刀。

麦麦提敏宣告似的说"亲人，你们放心，随便吃什么都可以，我在乌鲁木齐的乌拉泊当了六年炮兵，我的家嘛，哎来呗来讲究的事情没有。"

我发现"哎来呗来"是他口头禅，好话坏话都能用。他说有一次在喀什吃烤鸽子，老板给烤了一只小鸡。他说，哎，你少哎来呗来。老板赶紧捂住嘴，不让说话。钱不要了。

他把我带到后院，指着两只公鸡说："亲人，你挑一只，晚上吃大盘鸡。"

一只大红公鸡昂首挺胸挺傲气，一只黑毛公鸡行动敏捷挺善斗，领

着一群叽叽咕咕的花母鸡。公鸡母鸡关系这样好，吃一只，所有的鸡都不愿意。我说："大盘鸡今天不吃。"

他一听就急了。"哎，亲人，公鸡没有不愿意，母鸡没有不愿意，它们哎来唛来的事情没有，我哎来唛来的事情也没有。"

哎来唛来好一阵，我不让他宰公鸡。比年龄，拿出各自的身份证。我是哥哥，他是弟弟，弟弟要听哥哥的话。老张老李走出来，也不让他宰公鸡。院墙边有个铁丝笼，里面关一只灰兔子。麦麦提敏说，刚刚前几天，我从亲戚家里抓来，专门等你们（来吃）。看他公鸡一样伸长脖子急眼的样子，我们只好同意牺牲这只兔子。

兔肉有腥气，又是"百味肉"，和什么肉一起做就随什么味。宰好的野兔和我们带来的羊肉，切成小块混在一起，是今晚的"硬菜"。

麦麦提敏一家三代七口人。他和阿依谢姆古丽两口子，大儿子一家三口人，21岁的女儿美合日妮莎，14岁的小儿子喀迪尔江，加我们一共十个人。两间房子烧着旺旺的炉火，所有的锅碗瓢盆铺排开。这个时候，语言不是问题，口味不是问题，同一个屋子里，所有的不同融合到一起。我当掌勺总指挥，老张老李洗菜切菜打下手。习惯操持家务的阿依谢姆古丽和儿媳女儿，只管和面找东西。上初中的喀迪尔江用手机录像，把我做菜的过程录下，留给妈妈姐姐们看。麦麦提敏当翻译，哎来唛来话最多，跑前跑后挺忙乎。

这样的温度，这样的人气，热得我脱掉外衣脱毛衣，上身只穿短T恤，挥汗如雨。拿出多年不用的老手艺，出手就是肉烫铁。右臂一挥，呲啦一声烙上烧红的铁皮烟筒。一片透亮的燎泡，在一屋子人的惊呼中蹿起来。

铁炉里的煤烧红了，火力轰轰往上顶，相比城里用的煤气炉子，简直就是小太阳。这样的火候，只要手脚足够麻利，炒菜烧肉真是过瘾。大铁锅里的清油冒烟了，一大勺白砂糖放进去。铁勺缓缓搅动，深棕色泡沫层层涌起。泡沫刚消散，剁成小块，混在一起的羊肉兔肉倒进去。

浓浓的白气，吱吱啦啦，升腾而起，充斥了整个房间。氤氲每个人的鼻孔，穿越心的距离，感受相同的温度。不一会儿，鲜肉变成棕红色。加入葱姜蒜青辣椒，虽然没有八角花椒酱油，红烧兔子也成功了。麦麦提敏一家人的眼睛都亮了，做了几十年饭的阿依谢姆古丽一脸惊奇。

"噢哟，这个就是红烧肉吗？我当兵的时候，只知道红烧肉就是那个肉（他说得那个是穆斯林不吃的那种肉）。"麦麦提敏说出了自己的疑惑，又自说自答："哎呀，我知道了，牛肉、羊肉、兔子肉，哎来呗来嗨麦斯的肉，都能（做）红烧肉。"

他惹得大家开怀大笑。老张还解释，红烧只是做肉的一种方法，特点就是好吃得很。一家人看着锅里吱吱冒气的肉，显然在想象吃到嘴里的味道。

加足料的红烧肉铁锅，添水端到另一间房子的炉子上煨着。另一口铁锅坐在火炉上，我继续挥汗如雨。西红柿炒土鸡蛋、羊肉炒芹菜、酸辣土豆丝、素炒大白菜。四样大盘菜出锅，红黄绿白，和油光闪闪的红烧肉，围成一幅诱人的图案。

南疆农村，人们习惯吃大锅菜。清油炝锅，加入皮牙子（洋葱）生姜大蒜辣椒西红柿，芹菜白菜土豆片等一些简单的蔬菜，偶尔能有切成小块的带骨牛羊肉。加水炖到烂熟，拌拉面，就馍馍，泡干馕。香软可口，可总吃就觉得单调。主食多，蔬菜少，久吃容易发胖。现在搞庭院经济种蔬菜，引导消费是主要出口。我们有意多炒蔬菜，调动全家人的胃口。一点一滴，感染生活的底片，融入更多的色彩和滋味，提升生活的质量。这样的初衷，让我闲置退化的烹调手艺，有了超水平的发挥。当天的几盘菜，色香味，刀功火候，品相真的上档次。大家先拿手机拍照分享。我分享到新建的结亲微信群，换来一大波点赞。右臂的水泡胀得像一串水晶珠子，火烧火燎地疼痛，却掩不住心里的得意。

乡村的夜晚，墨色深沉。原本相距遥远的人，围坐在一盘土炕。美食润滑舌头，软化肠胃。知心的话儿畅通无阻，与柔和的灯光，浓浓的

香味，在空气中自由流动。

第二天，我们要去老张的亲戚阿比罕家。

喀什比乌鲁木齐时间要晚一小时。八点起床，天未亮。摸黑在门前的公路走个来回。从村东头到村委会，大约两千米。遇见打着手电去上学的小学生，像大人一样与我握手，大声问候："老师好!"发音标准的童声听着真舒心。

回到家，麦麦提敏端来热茶和用果木烤的柴火馕。说早晨先吃一点馕，胃不会疼。

刚嚼一块馕，阿依谢姆古丽端来"尤布丹"，一种很特别的汤面。清水氽二寸长的小羊排，煮到汤浓肉烂，加入恰玛古一种有药用价值的根茎植物、杏干、擀到硬币厚、切成半拃长的玉米面条。这是一种功夫饭，工序多，费时长。阿依谢姆古丽一定起得很早，才做出这样好吃的待客饭。

吃着玉米汤面，麦麦提敏说："亲人，我嘛今天要上山，不能陪你们了。"他替老板开车，轻易不能停，要上帕米尔高原拉矿石。吃过早饭，不无遗憾地走了。

离开麦麦提敏家，看到路边有家卖煤的，顺便买了200千克，让老板直接送回去。我们照例准备了大米清油蔬菜羊肉，来到阿比罕家。

阿比罕40多岁，个不高，头发是新理的板寸，脸刮得青光发亮。他在门口等候多时，一见面，拉住老张的手，眼里闪着泪花，不知道如何开口。幸好老张会说维吾尔语，很快打破了僵局。

老张一进大门，就像来过好多次，看牲口棚圈，问地亩产量，收入开支。边走边说，基本情况便了然于心。真不愧是基层工作多年的老行长。和多数人家一样，阿比罕家只有2亩地，养了1头牛3只羊。他和大儿子艾克热木在外面打工。妻子海里且姆古丽给村小学食堂做过饭，手脚利落，讲话总用排比句，是家里的主事人。其他三个孩子都是学霸，大女儿美日邦古丽去年考上珠海的内地新疆高中班，老张寄去

1000元，每逢开学放假，在乌鲁木齐接送，给了孩子很多鼓励。这次来又买了衣服用品一大堆。

阿比罕两口子把心拿出来，要感谢老张。院子收拾得干净整齐，房子里新刷的墙上，贴了一圈油光纸的新年画。十几个透亮的高脚玻璃小盘，盛满杏仁、巴旦木、核桃、葡萄干、香蕉、苹果、小橘子，干果鲜果，摆了满满一炕桌。精致的不锈钢茶壶冒着热气，旁边放着一大盘子冰糖。

老张盘腿坐在炕上，喝了一碗冰糖茶水，注意力就转向孩子们的学习。检查小女儿麦思吐茹木的作业和考试卷，看到两个100分，眼神慈爱得像一头护犊子的老牛。二儿子阿不都需库从乡中学放学回来，他又开始新一轮的查看询问。要做饭了，当仁不让当起主厨，一上手，还真有几把刷子。做饭手艺好，做事有办法，不动声色就解决了一个难题。按规定，我们要按天给亲戚家支付伙食费。关系处成一锅抓饭里的大米和黄萝卜，早就不分你我，付钱肯定是哎来呗来的麻烦事。老张和阿不都需库打赌，下次来看学习成绩。进步了奖励，退步了罚款。说现在给你200元押金，输了要倒给400元。一只大手，一只小手，小拇指拉钩，手腕翻转，大拇指的指肚相抵在一起。动作默契，一看就是经常玩的游戏。小儿子把钱收下，阿比罕两口子不好推托。老张为解决相同的问题做了示范。

饭菜刚上桌，麦麦提敏一身寒气裹进来。他说开车到上帕米尔高原的山脚下，刮起11级大风，不能走，心里想着亲人，搭车回来了。刚进门，冻得一脸煞白。一杯热糖茶下肚，话就多起来。他开大车走的路多，每条路上捡几句，开口就说不完，尽是一些俏皮话。他说自己嘛，除了毛病，什么病也没有。夹一筷子西红柿炒鸡蛋，说这两个东西嘛，天生般配，是两个结婚的好东西。说来说去，自己发愁的事，昨晚没有说出口，今天在阿比罕家里说出来了。他说给公司开车，运费按吨公里结，跑一趟山上赚好几千，自己只拿250元。现在公司想改制，旧车作

价 13 万元，让个人出 5 万，欠 8 万用运费抵补。不是建档立卡贫困户，不能享受扶贫贷款，个人贷款没有抵押物。他拉住我的手，声音很低地说："亲人，我想贷款，咋办呢？"我心里一紧，才知道这个爱面子的兄弟，过得并不轻松。

第三天，我们在老李的亲戚如则·亚森家。憨厚的如则从父亲手里分到三亩地，种麦子和玉米，地里没有杏树，农闲时做小工。三个孩子，大女儿智障，小女儿上初中，儿子上小学三年级。院子里有一头大牛，一头小牛，四只鸡。享受三份低保，是建档立卡贫困户。

老李给二女儿阿提古丽带来物理化学辅导书，给家里实用农业科技书。我们坐在炉火旁，和如则聊天。老张翻译，老李说，家里再困难，也要让孩子好好上学。只要学习好，他一定支持到底。冬天没有什么事，干点啥呢？养几头牛，百十个鸽子，二三十只鸡，我们可以帮忙销售。如何启动，一直好好地做下去呢？炉子上的水壶吱吱响，窗外的阳光，一点点移动。老李出去给如则家买煤，本来说买 300 千克，结果买了 500 千克。煤买回来，如则眼睛里流泪了，他老婆眼里也流泪了。

我们在院子里帮他劈柴，谋划一棵两抱粗的老树根。老张说，过去这里的人，给女儿的对象考试，第一次上门，父母如果看不上，就让他劈一棵老树根。劈开了谈论婚事，劈不开拉倒。老张开玩笑，说现在招标，一小时劈开这棵老树根，奖金 1 万元，作为如则家的扶贫资金。我对着树根轮起斧头功，如则的邻居扛着利斧来帮忙，胳臂震麻了，只啃下一些木头渣。树根长了几十年，根须众多，千层万结，别说一小时，一天也无法劈开。脱贫攻坚岂是一天两天的事？

下午七点半，老李主厨开始做菜。麦麦提敏和阿比罕一起来了。他说："看到阿比罕在路边生气，说他的心情让亲人带走了。我说，别的人不请你，我请你。我就把他带来了。"

他们不请自到，还来这么一番话，引得一场大笑。

老李故作严肃地说，请客应该到自己家，怎么请到这里来了。

麦麦提敏的道理，像路边的杨树一样直："亲人在这里嘛，只能请他来这里。"

他接着说："你们（是）亲戚嘛，我们（也是）亲戚，我们嗨麦斯（全部）（是）好亲戚。"

老李做好菜，特意请了工作队领队白雪原。开始时，白行长说开会来不了。如则听到，满脸的期盼失落成一条长茄子。过一会儿，白行长打电话说调整了时间能来。如则高兴得眼睛里头又流泪。

麦麦提敏说："（如则）这样老实的人，（做上）龙的肉，也没有人来。"他又说："他（指如则）嘛，蜡（烛）的灯一样的人，只看见地上一点点的地方；我嘛，电灯一样的人，看到远一点的地方；你们嘛，太阳一样的人，看到远得多的地方；你们三个人，金子一样的人。"

既然都是好亲戚，当晚高高兴兴大聚会。

第四天，星期四，巴仁乡的巴扎日。巴仁乡是个大乡，新建的巴扎规模很大。我们结亲的十几人，约好包了一辆中巴车，每人带一位亲戚，一起去巴仁乡赶巴扎。坐在车上，说亲戚家的情况，说几天都做了什么事，相互开玩笑。我感觉像回到家乡，带着农村的兄弟姐妹去办年货。到了巴扎，真是衣食住行样样齐全。我们三人与亲戚俨然成了一家人，结伴采购。一方要买，一方不让，拉拉扯扯，推推搡搡。最终为各自亲戚家的所有人，每人买了一份衣服或鞋子，另外买了些暖瓶铝锅生活用品。老张出资，请嗨麦斯（全部）的人吃抓饭烤肉拉条子，还给每家带回十个烤包子。

星期五的早晨，老李在麦麦提敏家，用老张带来的普洱茶，烧阿勒泰风味的正宗奶茶。阿依谢姆古丽带着儿媳女儿小孙子，穿起昨天在巴扎买的新衣服，专门来给我们看。坐在一起来喝奶茶，一起用手机照相。

几天相处，感情明显升温。女眷们来和我们一起吃饭，是完全当一家人了。阿依谢姆古丽用小汤匙给不到一岁的孙子艾力凯木喂奶茶。小

宝贝睁着小水潭似的大眼睛，喝得好高兴。喂得慢了就着急。

阿依谢姆古丽爱养花。夏天来时，院子里围着房子架了一圈木板，摆着上百盆的鲜花，有很多平时少见的品种。这些花收在她和麦麦提敏住的房子里，占了大半盘炕。他们睡在花盆的缝隙里。难怪麦麦提敏有那么多浪漫的俏皮话。看过她的花，我打电话联系贷款的事。临近年底，和几家金融机构简单沟通，办事得等到元旦后。

七天一眨眼。我们要走了。前一天下午，美合日妮莎发微信，说晚上要给我礼物。我回她，千万别买东西，你的成长就是最好的礼物。

晚上睡觉前，全家人一起拿来一面锦旗，上面写着："民族团结一家亲，手拉手，心连心"。我们愣住了，不知如何表达当时的心情。锦旗上写着我的名字，其实是麦麦提敏一家，甚至是全村人，对农业银行的一片心意。

最后一天凌晨，村里的鸡还没有叫，亲戚家的烟囱里都冒起炊烟。家家都在为亲人送行。我感觉天亮得比往日慢，有意掩饰我们眼睛里流出的泪。阿依谢姆古丽给我打包了五个大馕。既是礼物，也是路上的盘缠。

回到乌鲁木齐，我一直与工作队联系麦麦提敏贷款买车的事。后来，高原上的铁矿影响环保关闭了。又托喀什的朋友，帮他联系到别处开车。找了几家公司，都担心他年龄偏大。

夏天再来村里，工作队和我一起与他们两口子商量。劝麦麦提敏，年龄大了，不宜再开大货车，风里雨里不安全。村里的巴扎一天比一天热闹，还守着一条大公路。外面的人跟着路来，什么生意都好做。阿依谢姆古丽会养花，这里的人们都爱花。工作队支持他们在后院建养花大棚。她是花主人，花听她的话，当花棚的老板。麦麦提敏嘴巴哎来呗来会说话，在花棚干活，还在巴扎当卖花老板。风险小，辛苦少，种花卖花发花财，过漂漂亮亮的好生活。

五、夜市

初夏时节，麦子初黄，杏子未熟。农事不忙天气好，正是巴扎红火的时候。

浓绿的桑树结满胀鼓鼓的桑椹，散发着水甜的味道。树下的鱼塘清波荡漾。左手磨坊，右手巴扎。周围的农家，庭院齐整。菜园里的蔬菜品种众多，棵棵长得精神。黄瓜茄子葫芦瓜，豆角辣椒西红柿，这些过去在这里少有的菜，结得稠密均匀，摇头晃脑等采摘。一年前杂乱的村子，像一条滚在尘土里昏睡的汉子。如今灰尘洗净，换了新装。虽然还是村子，堪比一个小乡镇。

我们此时来到，亲戚家没有多少农活要帮忙，把蔬菜蛋禽多多变现才是正事。巴扎便成了每天午后的活动中心。

现在的巴扎，水泥硬化的场地，搭起高大宽敞的遮阳棚，彩色招牌一派喜色。七间门面各具特色，各种经营积攒了一定的名气。麦海提的抓饭包子，图尔苏的拉面，阿不都热伊木的铁炉烤鸡，每天都有本村和外村的人排队等候，每天准备得总是不够卖。

烧烤是南疆所有巴扎最丰富的美食，烤鹅蛋却是这里的特色。工作队给贫困户发的几百只鹅下蛋了，队员阿克拜尔自制了木炭烤蛋炉，当起"蛋司令"。每天下午骑着电动车，拿两个柳条筐到各家收蛋。第一次见他收蛋回来，两只筐里有 70 枚，摆在那里煞是好看。每天晚上，烤蛋炉最夺人眼球。硕大的鹅蛋烤出来，吃得的人两手烫得拿不住，左手右手来回倒。他笑着要回来，一刀切成两瓣，放在小盘里，洒上自创的秘制调料。那种带着热气的蛋香，让吃的人永远难忘，每天也是很多想吃的人吃不上。

夜晚来临，几十张桌子坐满了人。工作队另一位队员祖农·艾山，是义务"账房先生"。给各家记账结账。巴扎上的麦西来甫每夜进行，啤酒烤肉肯定会卖光，包括花生葵花籽。

　　我们请亲戚在巴扎吃夜市，所有的家人一起来，所有烧烤和美食上一份，让亲戚们好好吃一顿。

　　这一天，巴扎来了新加坡的客人，一辆面包车，大小十几人，占了三张长条桌。几个皮肤白嫩头发油黑的少年，吃着过去没有吃过的食物，睁着新奇的眼睛，看着巴扎夜市的风情。在旁边的农民家里住了一夜，体验这里不同的生活。

　　我们临走的前一夜，巴扎迎来一场婚礼。贫困户奥布力喀斯木的儿子艾力江，牵着新娘努尔斯曼古丽的手，就在巴扎的夜市上，开始味道十足的新生活。

　　婚礼不能没有麦西来甫，所有的人都跳起来。工作队外号伯爵的队员，和他的包户，78岁的艾尼排罕一起跳舞。老太太住在村委会旁边，每天路过都会见到，给她一个糖果，她会笑着与你拥抱。伯爵以绅士的礼节请了她，她吃了我送的一个葫芦包子，流着口水就跳开了。在她的基因里，跳舞和吃饭一个样。伯爵原地不动，只伸出手臂，微笑着，看着她，做着跳舞动作。像久别的儿子看母亲，或者凝视心中的情人。老太太跳得有些疯，像情窦初开的少女。他们跳，周围的人们停下来，齐声鼓掌。他们跳跳跳。伯爵始终微笑，直到她有些趔趄。他们停下来，他给她一个拥抱。

　　艾尼排罕说，她小时候的巴扎，就是土路上有很多人。不像现在的巴扎这样好，每夜都能来跳舞。

　　巴扎的灯光，在乡村的夜晚，异常明亮。伴着音乐与人声的嘈杂，远远望去，显出一种吸走黑暗的神奇。人由不得就要走进去。巴扎能变出很多东西，把人变得开朗。除了财富，变出更多的是快乐。巴扎上有没有爱情不知道，但能产生真情。人们喝酒，长谈，能沟通很多心里的事情。

　　这片灯光，照亮村子的生长。让夜里的梦，有了方向。

丝路上的阿恰

吐鲁番盆地到帕米尔高原，从低到高，途经库尔勒、阿克苏、喀什，有2000多千米，是丝绸之路的一条传统线路。阿恰正好居中，是地图上难以找到的一个小点。碱大，水少，光照强烈。长途旅行的人们却要在阿恰停下来，好好吃一顿。因为这里的盐碱地出产两样好东西，恰玛古和碱地羊肉。恰玛古炖羊肉，就用当地的水，好吃，大补。

阿恰是阿克苏地区柯坪县的一个乡。我去年来时，路边的胡杨树正黄。秋天沙尘少，天像雨洗过一样干净。胡杨带有天然蜡质的叶片，在蓝天下黄灿灿地抖擞着，像满树金子撩拨人的眼睛。有树即有荫凉，所以每棵树下都有忙碌的人。小四轮拖拉机突突突地开过来，男人上去打开白色塑料编织袋，把满袋子带土的恰玛古倒下，堆成小丘。女人们围着分拣，装成五千克十千克的小袋。国道上过往的车辆，不时停下来，买几袋十几袋子拉走。

莫哈白提·阿不拉站在一排平房前，以他为分界线，左边是大堆待拣的恰玛古，右边是一大片装好的青绿色编织袋。袋子五千克装，正面印着"药膳恰玛古"。他是一位退休副乡长，成立了阿恰第一家恰玛古

农民合作社，想把这种品质绝好的土特产销往外地，带动农民脱贫致富。恰玛古学名叫芜菁或蔓菁。物竞天择，这个物种竟然选择柯坪县这个地方扎下根，成为当地独一无二的物产，然后代表一个地方走向其他的地方。恰玛古在很多地方都有种植，我家乡的秋蔓菁专门腌酸菜，一大瓷瓮从冬吃到春，在新疆更是人们普遍食用的一种蔬菜。到处都有恰玛古，唯有阿恰的水土长得最好。恰玛古选择了阿恰，于是成了柯坪一宝。民间传说，深秋月圆之夜，用木刀把长在地里的恰玛古平削开上盖，挖去中间的部分果肉，放入一小块冰糖，吸收了日月精华的恰玛古，会自然渗出甘露般的汁液，早晨日出之前，用小木勺舀出清澈的汁液，长期服用，润肺解毒，清肝明目，生发美容，强筋健骨，百病不生。莫哈白提说，他委托自治区中药院做了科学检测，证明恰玛古有很多营养成分，还有很多能治病的元素。我们叫"药膳恰玛古"有根有据，这样的好东西必须做成一个产业。

合作社刚起步，农行支持了 20 万元贷款，现在到期还不上，我和当地同事来了解情况，协商一个解决办法。

恰玛古大的像大人的拳头，小的像婴儿的拳头，圆圆的一颗中间收个圆圆的尖，带着细细的小辫。莫哈白提从腰间抽出小刀，从大堆里挑了一颗很圆的，削了皮递过来。我在黄河中游的黄土高原长大，小时候，生产队收秋蔓菁时，饿着肚子的人们总是先吃几个再干活。想着从前的记忆，我高兴地接过来，边啃着吃边和他说话。真是名不虚传，肉瓷，甜，细，没有一丝柴质，嚼着满口生津。他说在乌鲁木齐赛马场有仓库，有一辆面包车，他的大儿子负责给菜市场销售，卖得好，可还是不够多。

合作社社员合力力·艾买提的恰玛古还长在地里。我们开车离开国道，从克孜勒库木河的盆口拐入土路，尘土的大墙超过汽车两个高，追着跑了十多千米。车不能开了，下车步行半小时，到了一片平展展的地头。目测大约七八亩，像萝卜缨子的绿苗扒着地皮，行距很宽苗很稀，

好似小学生画得不规则的细道道，只有少数低洼处长得像大人的拳头。合力力身穿皮夹克，和我身上的比，多了点风沙，少了点保养，质量不算差。他说地里碱大，水少跟不上。上半年是白地，八月五日下种，每亩能收一点五吨到两吨。我估摸，若让我80岁的老父亲管理，每亩至少能产四五吨。问他上半年为什么不种点其他庄稼，别的长不了，种一茬青苗做羊饲料也行呀。他说，不行的，恰玛古肥料一点也不上，只浇水，全部是纯绿色的。他在告诉人，这块地一年四季只长一种东西，是他一心一意种的东西，是干干净净的纯粹的东西，是和心差不多一样的东西。哎，这样种地，要增加收入何其难呐。

好的东西，会沿着古老的大路，去很多地方。路过阿恰的人，停下来，吃一顿恰玛古炖羊肉。碱草养成的肉不带一丁点儿膻气，而是透骨香，加上切成大圆片的恰玛古，喝汤都有一股余味无穷的香甜。一块又一块，一碗又一碗，肚子实在撑得不行了才站起来，或东或西地离开，顺便往车里装几袋子恰玛古，把这种美味带往四面八方。路边堆放的恰玛古依然很多，客人留下的钱还不够这里的人过上香甜的生活，好东西还需卖到更多的地方去。我当然不会空手而去，给莫哈白提一些现金，等回到乌鲁木齐，他让儿子把恰玛古给送来。我又介绍很多同事和朋友买他的恰玛古。过了些时日，莫哈白提的贷款还了大半，剩下的展期，给他更长的时间。

恰玛古送一些给亲戚，亲戚的邻居看到了，说你们买到了最好的恰玛古。亲戚感觉很有面子。更多的人打听恰玛古，朋友的朋友给人们介绍阿恰，向朋友的朋友讲阿恰的故事，说阿恰恰玛古的种种好处。我和莫合白提成了朋友，时不时地打个电话。

风中的托克逊

一

　　托克逊似乎是大风从大戈壁吹到山边的。从河西走廊一直往西近 2000 千米，直到吐哈盆地的尽头，世界第二低地艾丁湖的边缘，向东南还连接着荒凉无比的罗布泊，如此广袤之地，被东天山余脉突然从西北南三面阻断；从如此广袤又坑洼不平的区域聚积吹来的风，也被这些山严密封堵，形成了一个大风口，被称为"风库"。小县托克逊就处于这样的地边山脚，犹如飘浮在零海拔上下的一片轻叶。一年里有三分之一的日子被八级以上的大风扫荡，最大风力达十二级以上。大风与荒漠相伴，风起时，飞沙走石，天昏地暗，对面不辨人形。遇极限风暴，则树倒房塌，田地尽毁，牛羊惨死，地皮都被揭走一层。县志里记载着无数骇人听闻的风灾。这里地处东疆之西，穿后沟通北疆，翻甘沟接南疆，竟然是连接全疆的咽喉要道。路不得不走，风不管那么多，阻断必走之路是家常便饭。曾有汽车从风中驶过，车身被风沙打磨成原色铁皮；也曾有沉重的火车被刮翻，造成车毁人亡的灾难。

风中的托克逊却绵延着悠长的历史，从西汉至唐宋至明清至今朝，记载明了，更迭有序。人类在这里的生存递延，会有多少坚韧智慧、悲苦离恨、美好快乐的传奇呢？

二

20多年前，我第一次途经托克逊去焉耆，像专去招惹风似的，搭了一辆拉海绵的货车。出乌鲁木齐经达坂城进后沟，獠牙豁嘴的干石山中间一条曲折惊险的通道，一条河在中间流，一条公路在山边绕，不时有一段路塌下河道，河道里有几辆锈蚀斑斑的残破车架。我们的车很小心地从塌剩的路边侧身而过。汽车拐弯抹角，很慢地爬出这条河水苦心冲开，仍被两山肆意扭曲的狭窄走廊。忽然到了另一个世界。看着青天白日，却狂风劲呼。风不依不饶地缠着高高的海绵车回旋拍打，想把海绵一张一张掀开，把车掀翻，让人心里一惊一紧的。过小草湖，看到一小片绿绿的草地在黑戈壁间特别醒目。右转向南，走在通往托克逊县城的平路上。大风并未减速，路边个子很小的树都向一边倾斜，树冠像梳向一边的头发。车如行船，飘飘忽忽，像在大海的波涛上颠簸。

穿过托克逊县城，走到城外，公路两边开拌面馆子的平房，连了足有五里地。每家门前都停着车，过路的人到了这里，必须吃一大盘子拌面才能上路。我们早晨出发，虽然只有100多千米的路，也已走近中午。一路硬顶着风的恐吓，肚子早已空空如也。

司机有自己熟悉的店家，径直开到"托克逊包家老牌子拌面"门前停下。老板娘说："来了！"司机说："来了！两个过油肉加面！"而后从两家馆子中间的窄道走去。我紧跟着，一起到房后撒了一泡长尿。转回来坐在餐桌旁，一边剥大蒜，一边挥手驱赶乱飞的苍蝇。一头大蒜剥好，拌面也端来了。走遍新疆各地，拌面是最实惠常见的饭食，这里的拌面却非同寻常。盘子特别大，是常见人家茶几上摆水果的那种大搪瓷铁盘子，特别能盛。面细白，菜只有家常的几种，肉多菜少，多一半

是大块新鲜羊肉。香，一大盘子面拌上菜，就着一堆大蒜瓣，每人又加了一小盘面，真有一股说不出的香。

拌面吃到脖根子，再喝一大碗热乎乎的面汤，然后上路，去穿越谈之色变的甘沟。

甘沟实为干沟，指的是那段翻越库鲁塔格山去南疆的"魔鬼路"。一进沟口，就有一种残酷的惊悚感，似乎走到一个世界的尽头，翻越千难万险再去另一个世界。

路在险恶的群山间弯曲爬升。一边像乱刀砍出的怪石绝壁，愚昧凶残；一边是从山头流下沙漠，杳无生机。一路陡坡，海绵车虽不沉重，却一直在沉重喘息。司机紧握方向盘，脚踩油门，专注地看着路面。一个急转弯，正遇下行的大车，点一脚刹车，猛打方向，再踩油门，发动机一声呜咽，一口要断的气又慌张地接上。坐车的人跟着大喘气。沟底翻滚着车辆的尸骨，有的四轮朝天，有的烧成一副骨架。持续几个小时缓慢爬行，我坐在车里一直担心发动机沉重的喘息突然停止，我们的车会无助地倒下沟底，成为那些尸骨中的一具。

诗人周涛曾对这里愤怒地质问："大地，你吃的是什么？你为什么这样渴？为什么要喝这样多的眼泪和血？"

70多千米的路，走了六个多小时。翻过山顶，肚子里那一盘子顶到脖根的拌面早已不知去向。到了库米什，路边山坡上也有一长排开馆子的平房。手电筒一闪一闪迷惑过往的车辆，很多车灯就被那闪烁的星光勾引了去，扑哧一声泄了气，沉没到了黑暗中。

这样的旅途，给人生世事增加了许多认知与诠释。准备过甘沟或英雄般翻过甘沟的司机，到那手电筒昭示的小店，释放一路的惊恐和能量，和饱餐一大盘子拌面又有多大的不同呢？再回味那拌面的味道，就像铁疙瘩一样坠入心中。

三

更早的时候，1986年夏天，我来新疆的第二年，怀揣着走天山的

亢奋，与一位地理老师去艾维尔沟寻找岩画。

早晨从乌鲁木齐出发，翻越了雄伟天山的一部分，傍晚时分到达艾维沟煤矿，认识了牧民奴塞和木拉提。有他们的指引，我们的寻找异乎寻常地顺利。第二天上午，就惊喜地在离矿区只有几千米的河滩找到了第一批岩画——刻在河滩大卵石上的羊、鹿、狗、树、弓箭……之后的几天，溯河而上几十千米，在塔尔得塞，一块有两个足球场大的河边台地，找到了数量更多，内容更加丰富的岩画。台地中央的高台立有一块两米多高的巨石，像一只大手握出的形状，五指的痕迹深深印在上面。"握手石"的周围，分布着十几个卵石圈成的圆圈，大的直径十几米，小的直径几米。我们私自命名为"石圈广场"，猜测这天山深处的遗迹，一定有着久远的历史。也许是历代游牧部落举行重大活动的隐秘之地。这一次探寻之旅，我第一次骑了牧民的马；第一次内心怯弱又虚张声势地与牧民家的狗交往；第一次住了放公羊的玛依提家的毡房；第一次吃了奴塞爸爸家的黄羊肉……在夏窝子附近的山上第一次见到圣洁的雪莲。找到了奴塞他们第一次见面就提到的骑毛驴的岩画，见到了一块据说是唐代的石碑。

我们从艾维尔沟折返下行，发现的岩画编号从 N1 号增加到 N116 号，在一面巨大的石壁上找到了"百科全书"般内容复杂的岩画，仿佛看到，从古到今，游牧人描绘的生活。在此之前，我们知道阿勒泰地区和呼图壁康家石门子发现岩画的报道。这一次的发现，让我们每天在惊喜中激动，也足见这一区域，游牧文化的深远积厚。

我们身披山里的苦寒，脚拖磨破的鞋子，衣衫褴褛走出天山山口，来到托克逊县的地界。抬眼远望，豁然看到无边无际的辽阔。辽阔到让心飞到远处，更远处，飞得无着无落。这便是在天山脚下眺望吐哈盆地的景象。无限伸展的大戈壁，如同看不到彼岸的大海。星星点点的建筑和绿色，在盛夏蒸腾的热浪里若隐若现，犹如海水里飘浮的小岛，即使能站到上面都会有不大可靠的感觉。

这里是艾维尔沟与阿拉沟的交汇之地——鱼儿沟。这个地图上难以发现的小镇现在是铁路通往南疆的咽喉大站。离火车站不远，有一座闻名遐迩的唐代烽火台。站在烽火台下，感觉从大戈壁走来的千万条道路像一束归拢的射线，呈扇形结集于山前，经过休整盘点后，再往身后的山沟分离。这样的地势形态，交通要冲，自古就是兵家必争之地。

从鱼儿沟往前走，在克尔碱镇的库加依村附近，近年来又发现一批岩画，内容除了羊、鹿、狗、驼和狩猎、放牧的场面外，还有一幅珍贵的水系图。村子边有一河水回流奇观，有农田，有畜群，说明这里的人自古亦牧亦农。离开山脚再往前，直到艾丁湖区域，人们沿水系的流向分布，在风沙大地上从事农耕种植，放牧牛羊。

游牧文化、驿站文化和农耕文化共同构成了托克逊的文化特色。

四

托克逊的"石刻岩画水系图"是弥足珍贵的历史奇迹，既是古老的水利文物，又是岩画中的艺术奇葩。迄今发现世界各地的岩画，多为游牧部落的文化遗迹，他们逐水草而居，无须倾力于水系的管理。农耕部族又罕见有石刻岩画的遗存。这幅大型岩画上树状分布着粗细深浅不一的线条，线条上有大小不一的孔洞，标记的很可能是河流、泉眼、水潭、渠道。这里地处亚欧腹地，层层山系阻挡了来自各方气流中的水分，酷热无雨是基本的气候特征，河流水系是维系生命的血脉。茫茫戈壁里，有水则生，无水则死，水的走向决定生命的走向，有多少水决定多少生命。这幅石刻岩画水系图的存在，蕴含了多种文明相互交融的生存智慧。说明这里的人从古到今，更懂得对水的珍视。

从天山冰川发源的河流，都是一副暴脾气。漫长的冬季蛰伏不动，甚至只有一条干涸的河道；到了盛夏，冰雪消融，万溪相聚，就以雷霆之势，成为浩荡洪流。就在十几年前的夏天，一个沿河而居，叫艾格日的村子，被一场特大洪水完全冲毁，房屋田地消失殆尽。洪水过后，政

府帮助失去家园的村民，移居新址，更名为英阿瓦提村。

在漫长的历史里，这样的事情总在发生。人们依赖水，敬畏水，农耕理念与游牧文化相融合，或许还得到过驿站休整人士中某位高人的指点，用游牧文明的手法刻画农耕文明，把河流水系刻成了绝无仅有的岩画水系图。

或许这幅岩画就是这样诞生的。人们把河流水系神祇般刻于岩石，虔诚供奉，理性利用，进而科学治理。

五

人在这个以"风库"著称的地方生存，仅有水还不行，还要对付"风"这个强大的敌人。在与风的战斗中磨炼出了漠视风魔的犟脾气和土办法，进而升华为带有韧性、定力、智慧、勇敢的民风。

托克逊的传统民居，多是方形土坯房。墙体厚达半米，用生土打的土块垒成。房顶是椽木栅架，用泥草覆盖，朴拙简陋却能挡风。遇到风沙一夜堵死房门，人就从窗户跳出。遇到更大风暴持续嚣张的日子，人干脆待在家里，精工细做拿手的拌面，呡几口当地白高粱烧出的白粮液，偏把苦日子过出好滋味。气死你个"风"。

离开这样的苦地方不行吗？

人们能去哪里？走过关山万里滞留下来的人，盘缠用尽，离开和来到一样难。这里的水甜，这里的天热，什么东西都长得快。除了风魔热鬼，生活也有自在快活。苦中奋发，乐在其中。子孙后代守着先人的骨头，更离不开了。

走不了就有做不完的事。打出来的水井开出来的地，不能让风沙盖掉。好办法没有笨力气有，在田地四周垒打厚实的土墙。建了毁，毁了建，风和人过不去，人对风不认怂。建成牢固的家园，在里面种植果树和庄稼。一家一户的园子挡不了大风，大家商量好一起干。把远处的沙包堆成一道道挡风的堤坝，上面种植梭梭、红柳、骆驼刺。固定沙包，

构筑防线。想尽法子，风大时还是挡不住。大风还要毁坏家园，掩埋房屋，偶尔把来不及避风的大活人刮到几十里开外。

尽管如此，人们仍不轻易离开，一代一代硬顶着。吃苦耐劳，周而复始，不屈不挠。当地出产名气很大的风蚀奇石。人和奇石一样，被风沙打磨出奇美坚硬的秉性天赋。

六

一方水土养一方人，一方风物开一方花。托克逊的杏树和这里的人一样，也学会了与大风斗智斗勇，很聪明地开花结果。春季是风季，也是杏树的花季，杏花总能巧妙利用大风肆虐的间隙争相开放。等风醒过神来摧残它时，正好抖落花瓣，坐果成杏。

过去的很多年，人们栽种杏树没有多少收入，可还是像专门与风斗气一样，一代一代地栽种。生活里没有杏花的开放没有杏子的酸甜怎么过？

这些年，高速公路四通八达，春天里冰雪消融，脱去冬装的人们总想四处走走，到托克逊看杏花便成了北疆春天里第一场繁盛的花事。托克逊人乘势而为，办起了杏花节，营造出很大的声势。杏树林中间建起赏花长廊、赏花亭。杏园的主人敞开围栏，让远方的客人随便进出，随便照相。风花雪月，尽情玩乐。祖祖辈辈留下的杏树成了"幸运"的赚钱买卖，家家户户在杏园边上烤羊肉，炖土鸡，做拌面。把客人招待得好好的，同时也赚了不少。

人常说风水轮流转，过去风灾频发的托克逊真的转了风水。干旱少雨的大陆性荒漠气候，因为光照充足，热量丰富，成了农业开发的风水宝地。早春的蔬菜大批供应乌鲁木齐；几十万亩的红枣成为又一特色；传统的白高粱仍在风中飘逸。每年开春从第一个杏花节开始，蔬菜节、拌面节、红枣节……一年四季节日相连，风光不断，成功打造成了旅游经济。盘吉尔塔格山的怪石林，河流冲出的红河谷，戈壁滩的风蚀雅丹

地貌，都成了吸引游客的风景。

七

这个秋天再到托克逊，漫步白杨河边，看到过去河水经常泛滥的乱石滩，经过人们几年的义务劳动，挖土成山，建成了规模宏大的广场公园。此时树叶金黄，鲜花尚在，清风拂面。"风城人"把风城建成安享生活的乐园。

听说零海拔的标志就在县城，我和同行人专门去看。原来县委县政府办公楼前不大的院子，就是海平面广场。向大楼踏步而上，第九级台阶特意铺了红色大理石，写着"中国黄海零海拔"几个字。我们这才知道，之前一直走在海平面之下。

我站在这级台阶，看远处戈壁上成排成行的大风车，"风"正无声转化为造福人类的清洁电能。

托克逊正因为处于低地，才有了更多的热量；托克逊人正因为迎战大风，才有了骨子里生就的韧劲；人生立足低处，才会有无可限量的上升高度。

走进托特库勒村

2015 年 12 月 21 日，农历十一月十一日，星期一。我要记住这个特殊的日子。这一天组织找我谈话，告知 2016 年将派我去疏附县铁日木乡托特库勒村，参加"访民情惠民生聚民心"驻村工作一年。之前报名时我由于在外地学习错过了，所以，刚听到这个消息，感觉有些突然。我意识到新的一年，工作和生活都要发生改变，在听领导讲话的几分钟里，全力收拢思绪，调整心态。领导讲完了，我也基本想好了，当即表态：服从安排，做好准备，全力以赴。静下来想想，潜意识里其实在期待这样一个机会。

我从内地毕业自愿支边，在新疆的生活已迈过 30 年，尽管当初对各民族的文化充满向往，至今却只知道一些皮毛。由于"访民情、惠民生、聚民心"工作的需要，我能去那个纯正的维吾尔族村子工作生活一年，心里冒出第一个念头——托特库勒村，我能不能走进你的心灵？从这一天开始，我的感觉神经就不断向那个村子的方向跳动。半百人生，自从离开生我养我的村子，再未到第二个村子长住。我不停地想，托特库勒村与我家乡的村子相距遥远，风情迥异，到这个村子能否找到家的感觉，适应村里的生活，与村里人相互信任，像和家乡人一样亲切相处？我相信，村子与村子各不相同，但只要是村子，总有相通的共性。

元旦休息，特意去买了运动鞋和运动裤，做好出行的准备。

新年上班第一天，我前往那个在心里装了很多天的村子。早晨八点半出门去机场，一路接收着微信朋友圈发来的关心和祝福，心里暖暖地登上飞机。上午十点二十五分起飞，飞机冲出阴霾，万道金光铺天而来，天光和心情同时豁然开朗。

我遥望无限高远的天空，俯视白雪覆盖的天山，心中默默地说：托特库勒村，我来了。

航班准时降落，出喀什市，过疏附城，经过去往红其拉甫的岔路口……我对到托特库勒村的路并不熟悉，此时却有着明显的方向感。

冬天的南疆，一路土黄色的格调，几乎看不到积雪。只有过盖孜河时，看到浑黄的水边，挂着断断续续的碎冰。

高高的白杨，蛰伏的田地，橙黄或橘红的房屋，所有的景物一闪而过。因为缺水，大块条田之间隔着一些荒芜。几块泛青的冬麦地里，散漫的羊群边走边啃，我担心它们把麦苗啃坏了。

汽车拐了个小弯，走在托特库勒村的主街道上。由于整体土黄色的衬托，街道两旁路灯杆上的国旗显得格外醒目。

走进村委会，到了工作组的驻地，这就是我要生活一年的家。与先前来的同事们见了面，他们带我房前屋后转一圈，与狗和鸡打了照面，把能种的地也看了一遍。房子后面穿黑衣服的鸽子（乌鸦）多得很，外面结的东西不能种，只能种土里长的，土豆山药胡萝卜恰玛古随便。房子前面它们不来，可以种黄瓜辣椒西红柿。浇水相对方便的地方可以种一些芹菜韭菜小白菜……

第一天晚上，因为第二批工作组的全体同事都在，我暂住值班室，竟然睡了一个久违的沉沉的好觉。

第二天早晨不到八点，我起床到院子里跑步，用寒冷中的汗水在这个新居所热身。公鸡高亢嘹亮地比着啼叫，东边一声，西边一声，南边一声，北边好像没有。它们此起彼伏，互不相让，一声高过一声。十多分钟后，大门口值班室的房顶开始冒烟，很快在灯光里飘成一条向东北方向延伸的烟带。公鸡的叫声变小了，村里有了各种窸窸窣窣的声音，天空就没有那么静了。第一次听着托特库勒村的晨曲，边跑边想，我是一个在金融单位工作的平常人，来到这个村子到底能做些什么事情。

上午召开第二批工作组考评大会，130多位村民代表参加。会议室气氛热烈，不时掌声雷动。会后，村民和村委分别向工作组赠送了锦旗，与工作组成员合影留念。虽然还不是最后的告别，很多村民已经流下难舍的泪水，工作组成员也一个个眼圈发红，场面真是感人。大家都有说不完的话，组长最后说：在铁日木待一年，一辈子忘不掉铁日木，我们就是你们在乌鲁木齐的亲戚。第一批工作组离开时，也是有流不完的热泪，说不完的话。我在想，自己的一年，能拿什么让这些纯朴的人们感动。

以后的几天，我跟着师兄们（就当他们是高年级的学长吧）认识村干部，乡领导，逐渐认识村里的乡亲。打开整整一柜子几十个文件盒，里面装着前两年的工作档案，我要熟悉所有的内容，学习怎样分门别类地延续该做的事情，把驻村档案继续充实。熟悉所有的角角落落，点点滴滴，吃喝拉撒，水电气暖……

我在村子的街道上，看群众活动中心练节目的人们，看超市里农行"惠农通"机具的使用情况，看每一条街道通往的方向。走着看着盘算着，如何为这里人们做更多的实事，如何让他们早日脱贫致富。安居房建好了，庭院经济如何发展？如何让村里的年轻人多长些有用的本事？如何把田边吃草的羊，村里乱跑的鸡变成商品？包括那些从黎明开始就引吭高歌的公鸡和它们的子子孙孙。如何让外面的人们喜欢上纯纯的托特库勒土特产，把东西快快地买去，把钱多多地留下。

　　我一路走着，一路与步行的、骑摩托的、开三轮车的……只要见面就要停下来握手的人们寒暄问候。

　　眼睛是心灵的窗户，但要靠舌头才能打开话匣。此时，因为我不懂维吾尔语，舌头就特别不管用。好歹大家已经认识了我这个新来的人，我暂时离开，回乌鲁木齐参加"维语吾尔学习班"。用不了多久，我会带着相对好用的舌头回来。

寻找语言的入口

　　从托特库勒村回到乌鲁木齐，要参加为期十五天的维吾尔语学习班。我在回程的飞机上，俯瞰土黄色的南疆大地，一路思索，如何寻找这门语言的入口。

　　开学第一讲，一位维吾尔族著名学者讲维吾尔族文化，侧重南疆地区的风俗习惯。他从各种礼节、饮食、服饰、婚丧……，像拉家常一样娓娓道来。在他的讲述中，一个个细节连成的生活画卷，活生生地浮现在我的眼前。被沙漠占据了绝大部分的塔里木盆地，大部分区域无法承载生命，少部分边缘地带却呈现着顽强而旺盛生命力。人潮涌动的巴扎，绿树掩映的庭院，尘土飞扬的道路，人来人往。无论富有还是贫穷，无论青涩还是年长，无不拥有歌舞的天赋，无不见面郑重行礼。礼节在那里是多么重要，生活在那里的人们，礼节无时无刻不可或缺，注重礼节的人们自然会得到人们的尊重，这种尊重有着强烈的感染力。课间休息时间，卫生间因为聚集了太多的人显得狭小拥挤。我为显示自己的修养，站到窗前读一篇微信圈里的美文。反正有 20 分钟时间，不必与人争位。偶一回头，看到拥挤的人群自觉排成一队，安静地顺次进入。我一下感觉到了学习礼仪文化的力量。

30多年前，我从家乡毕业，义无反顾来到新疆，青春的理想中包含着对维吾尔族文化的强烈向往。从来到新疆的第一天起，就很想学习维吾尔族语言，领略维吾尔族歌舞，当然也没有少吃维吾尔族风味的美食。30年过去了，由于一直生活在乌鲁木齐，很少与维吾尔族同胞有交集，学习维吾尔语的向往仍停留在遗憾中，每与维吾尔族朋友交往，总会留下一些难堪。

那年初夏，我在皮山县的一块农田里与一位维吾尔族老农握手，用各自听不懂的语言相互致意。如果我懂维吾尔语，或者他懂国家通用语言，该是一次多么愉快的交谈。可惜我们的交流仅止于礼节性的问候。

那一次我回家探亲，在家乡的街道上碰到几位卖烤肉干果的维吾尔族青年。和我走在一起的家乡"发小"笑着说，你的新疆老乡，快去认亲。我走过去，一句"亚克西莫斯孜"（您好!）立即拉近了彼此的关系。他们惊喜地向我讲出一长串维吾尔语，我则彻底傻眼。改用国家通用语言交流，他们也是说得磕磕绊绊。发小们就嘲笑我这个不懂维吾尔语的"新疆人"。

我在新疆生活的30多年，类似的情形时有出现，每每这种时候，多么希望自己能有精通各种语言的舌头。

这些年，我因为在农行从事三农信贷业务，依然如故地经常到南疆出差，依然不停地在南疆的土地上行走。每次到南疆，看到那里的阳光，那里的景色，没有任何异样的变化。我不时到那里的维吾尔族村庄，东家出，西家进，走访有业务关系的村民，见到的老人、青年、儿童，男男女女无不一脸真诚。我很想与他们深入交流，却苦于没有共同的语言。虽然有人翻译，可是，隔着一个语言的夹层，怎么能够完整地听到对方的心声。

我为自己不懂维吾尔语遗憾，同时也为维吾尔族同胞不懂国家通用语言更加遗憾。不懂国家通用语言，就无法同步享有国家的主流文化和

主体文明。世界在变，可知可感可用可乐的事很多很多。老年人因为不懂国家通用语言无法享受国家变化带来的喜悦，年轻人也一样。没有共同的语言，如何能够同步进入现代化。

我每次与南疆农村的维吾尔族朋友交往，总是心怀一片真诚，看得出，他们也以真诚回报。只有真心真意才能直达彼此的心扉。

这一次，我要去那个纯粹的维吾尔族村庄——托特库勒村工作生活整整一年。我们工作组一行五人，只有我一人是汉族，这就意味着，今后的一年，在托特库勒村，我是真正的"少数民族"。这是一个多么难得的机会。我虽年过半百，依然要以真诚与责任，把学习维吾尔语言作为驻村工作的基本前提，让自己的舌头成为能与村里人互通心灵的舌头，耳朵成为与村里人共听心声的耳朵。

真诚与责任，是我思索很久，寻找到的学习这门语言的入口。

半个月，熟记 32 个字母和 126 种变体，学懂几十个常用单词和对话，是我走进维吾尔语入口的第一道小门。

与村里人朝夕相处的共同时光，一定能为我打开学好这门语言的大门。让自己在今后的岁月里，能成为一个更多懂得新疆的新疆人。

（发表于《新疆日报》副刊）

仰望博格达

水是生命的源头，山是水的源头，雪山之巅是神话的源头。生活在乌鲁木齐，抬头就能看到博格达峰。只要是晴天，一年四季，雪峰反射着神圣的光芒，让人心生神往。那些登上山顶的人，都是身边传奇。

一

那一年，我远离家乡，第一脚踏上新疆的这片热土，正是阳光灿烂的早晨。抬头看到洁白神圣的博格达峰，刹那间激情奔涌，像赶赴命运的预约一样。感觉这座雪峰的存在，就是我从遥远的内地赶来，把自己交给这片土地的最好诠释。从这一天起，我将生活到天山脚下，与这座雪山相伴。圣洁的雪水便是我血液新的来源。

我庆幸青春的求索，迢迢远行，能落脚在这里。芸芸世界，万千生命，自己选择的立足之地，抬头就有一个崇高的参照，这是多么幸运。生活在这样的地方，每天接受雪山圣洁之光的沐浴，平凡的内心，会因自豪而升腾，脱去许多胆怯与平庸。

仰望博格达峰，我恍然醒悟，当初接到"响应党和国家号召，自

愿支援边疆建设"召唤时，为什么做出义无反顾的决定。因为这个召唤，激活了心底里远走人生的愿望。

三年中专就要毕业了。半个月前，大家填报毕业分配自愿申请表。我报了回本县工作，单位也有了方向。大事已定，天天用种种方式与同学伤离别。

此时，一位山西大学同年毕业的高中同学找我，带来一沓资料。说新疆引进新一代支边大中专毕业生，他与另一同学商定要去，特来邀我三人同行。打开资料，先是一段极富历史使命感的滚烫语言，而后是优惠政策一二三，最后是不叫条件的条件。只要带着毕业证或者学校向接收地教委开出的大中专学生毕业分配派遣证，立即按个人的志愿和特长优先安排工作。

我的脑海里跳出一连串新疆印象：英雄的天山，神话里的昆仑山，金色的阿勒泰山，大漠戈壁，绿洲风情，驼铃，牧歌……新一代支边者的称谓让我沉甸甸地自重，想"走出去、闯世界"的火苗噌地一下燃起来，烧得浑身炽热。只一夜的辗转反侧就定死了，第二天按照资料里的联系方式向新疆招人单位发了电报。仅仅四天，回复的加急电报，穿越千山万水飞回手中。我飞快地爬上宿舍楼顶，趁着四下无人，向长空大喊：

啊！我向往大海！
我要到大海一样的瀚海去游泳！
啊……

晴朗的天空滚过隆隆雷声，接着下起了太阳雨。雨丝在天地之间，飘出梦幻般的绚丽，似乎在回应一种强烈的预兆。

几天后，毕业证和派遣证发下来了，我找那两个同学商定行程。遗憾地看到他们收拢了张开的翅膀。因为家人的反对，只好改变主意，放弃远行。

他们不走了，我心中的火苗却无法熄灭。

告别母校，告别父亲，到母亲的坟上坐了很久，与她默默话别。同学们为我搞了一场豪饮深醉的告别。

挤上了西行的列车，在无法立足的车厢里，面对陌生的人群，想着一位同学的毕业留言：

> 当你站在河边，河水笔直而去；
>
> 当你站在山脚，河水若银蛇蠕动；
>
> 当你站在山上，河水像巨龙腾飞。

今生远去，我能站在哪里呢？

第一次坐火车，经过三天四夜的拥挤颠簸，终于踏上新疆的土地，看到了雄伟高耸的博格达峰。在这个遥远陌生的城市，未来的日子，它就是我的靠山，我的亲人。

1985 年，恰逢新疆维吾尔自治区成立 30 周年。盛夏的乌鲁木齐洋溢着浓浓的节日气氛。单位领导带新来的支边学生，参观新疆十大成就建筑。光明路、解放路、人民路、中山路、新华路、长江路、友好路、北京路……看新疆饭店、八楼、新落成的人民大会堂，人民广场的党委大楼，延安路的迎宾馆。晕头转向绕了一大圈，感觉花团锦簇的乌鲁木齐，真是美丽又大方，我深以成为一名新市民为荣。然后被安排当了职高财会班的教师。

二

我在全新的环境里，开始了全新的生活。就像进入一片陌生的水域，带着对未知的胆怯和冒险的新奇，试探着往前游。办公室的窗户正对着博格达峰。我一边工作，一边遥望博峰（博格达峰简称）。它那样迷人，又那样亲切。每天看着它近在咫尺的美丽雄姿就想去攀登，想象着站在峰顶傲视天地的感觉。这个念头一旦出现，就难以遏制，甚至超

越了对家乡和亲人的思念。冲动变成欲望，驱使我即刻就想出发。我不停地问人们，上过博格达峰吗？去博格达峰的路有多远？好不好走？人们像看一个傻子也不解地看着我。去博格达峰？开玩笑。

我每天看着博格达峰，它太神奇了。高，峻，雄美无比。天晴时，皑皑白雪的反光映在脸上。每天早晨，太阳从博峰升起来，晨光里的博峰是圣洁的女神，带着洁白如玉的祝福照亮城市。下午的斜阳把一层潮红的乳晕涂上博峰，像一座巨大的冰激凌堆到天上。遇到晚霞浓重时，雪峰披着一层糖红的面纱，仿佛只要轻轻撩起，就能看到里面无穷的宝藏。想去博峰的念头一阵一阵涌动，涌动久了，变为一次完全盲目的行动。

家乡的黄土高原，山峦连绵，所有的山顶都是黄土。我从未见过冰雪覆盖的高山。我家门前的小河，从地下流出，是地下河跑出地面的延伸。地下水由地上渗入，地上的水源，最终是雪山啊！我不知道，家乡的小河与博格达雪峰有无关联。从小在家乡的山峰沟壑间爬高下低，不在话下。博格达峰只是高一些，看着这么近，难道能有几十上百里吗？暗自思谋，爬上去，未必就像人们说得那么可怕。稍稍做了准备。等到星期天，没有告诉任何人，挎着军用小挎包，带了两个馕，两袋榨菜，一只装满水的军用水壶。离开宿舍，向博格达峰的方向出发了。

先乘一辆朝东行驶的公交车，来到城市的边缘。下车后朝着博峰的行走。在城市最后的街巷，眼前的博峰一会儿被挡住，一会儿又走了出来。穿越所有的楼房，绕过杂乱的平房，走在卵石遍地的戈壁滩上。我看到了山峰，是戈壁滩后面犬牙交错的乱石山。从戈壁到山坡，有散放的羊群，零星的骆驼，远处骑马走过的牧人。我以为就要走近天山草原了。山坡上却一直是稀疏干巴的小草，混杂于乱石丛林。走得大汗淋漓，肚饥腹空，博峰反倒一点都看不见了。想象着，翻过眼前的山峰，后面应该就是博峰。

日头已到中天，地上升腾着热浪。我就着一袋榨菜消耗掉一个馕，

喝了几口水，向山头攀爬。等爬上这座山峰，看到更高的山峰，群峰的后面，才是洁白无瑕的博格达雪峰。此时日已偏西，我只想着快快爬上去。饥肠辘辘，下脚如绵。忍着，不能再消耗有限的水和馕。行走速度，比想象慢了很多。爬到下一个高峰，眼前的景象让我泄气认输了。这是一座相对较高的山峰，它的后面，是条条山沟切割的万壑千峰。站在这个高度，看远处的博峰，反而遥不可及。原来感觉上的近是由高所致。此时，白天的时光已基本用尽，斜阳洒在玉峰上，像抹了一层淡淡的红晕，更让我迷恋敬仰。阳光像幕布一样从身边的山头拉过，低处很快暗下去，高高的山峰正往黑暗中下沉。

我在茫茫群山间，没有一棵树高，不比一棵草强，渺小地被黑暗悄无声息地淹没了。慌乱无措中，会把自己无谓丢失吗？刚刚触及天山的边缘，就要束手无策地倒下吗？我想了很多……

黑暗稳定了，天空透出微微的光。这样可不行，我必须走回去。吃掉另外一只馕和榨菜，喝光水壶里的最后一滴水，掉头返回。摔了一跤又一跤。黑暗追赶着，时间的感觉基本不在了。觉得自己在睡梦之中，一天的过程就是一个梦。我在梦中竟然没有迷路，朦朦胧胧看到了城市的影子。走进这座巨大的暗影，穿过一条又一条街巷，偶尔看到亮着灯光的窗户。天要亮了，我摸回自己的宿舍。

我不敢把这次荒唐愚蠢的行动告诉同事，更不敢说出生命差点丢失的过程。我必须保持正常人的形象，别让人当作一个精神病。把脏衣服藏到床下，钻在被窝里装病。伪装其实多余。我真的病了，发起高烧。

病好了，脑子似乎刚刚清醒。

三

"博格达"，意为"神灵"。峰上终年积雪，冰川纵横，远望似银甲披挂。博格达山西起乌鲁木齐断裂带，向东延伸到巴里坤境内，全长约330千米，宽40—70千米。从西到东排列着七座5000米以上的高山，

像北斗七星，峰峦叠嶂，险峻无比。主峰在阜康市境内，天池南侧，三峰并立呈"山"字形，中峰略高，海拔 5445 米。远望三峰，屹立在茫茫雪海，像三个擎天捧日的巨人，英武神勇，称作"雪海三峰"。北面准噶尔盆地，南面吐鲁番盆地，山峰拔地而起，充满灵性，是乌鲁木齐的守护神。千百年来，人们以神灵之宅、紫气之源膜拜。

博格达峰的冰雪融水，汇成 30 多条较大的河流，在吐哈盆地和准噶尔盆地的沙漠戈壁间，浇灌着沃野的绿洲。美丽的天池，古老的坎儿井，都是博格达峰雪水滋养的风景。

如此神山，自然吸引了人类勇敢者的目光。1980 年以前有英国和苏联登山队前来攀登。1981 年 6 月 9 日，日本京都登山队开创登顶纪录，但付出了四名队员遇难的代价。从此，每年都有世界各地的登山队前来攀登，每年都有登山家的灵魂祭献。香港的三位登山家同时失踪，十年后，他们冰冻的身躯才被人发现。专业登山家尚且不能轻易攀登，何况一个小山沟里跑出来的野小子。我就那样无知无畏地望山而行，没有丢掉性命，实为万幸。

四

我与博格达峰的感情日渐加深，每天看着它，心驰神往。一次盲目无谓的失败没有打消攀登的欲望。我从不同的角度向它注目，梦想总有一天，能走进它的怀抱，近距离瞻仰它伟大的颜容。

1998 年 8 月 4 日，中国人第一次登上了博格达主峰，完成壮举的是乌鲁木齐市的业余登山队。他们的成功，带动了许多心怀梦想的人。乌鲁木齐出现了许多户外徒步团队，走出了从达坂城穿越博峰大本营，到达天池的成熟线路，每年都有一些人成功穿越。我成为冬泳俱乐部的成员后，结识了一大群热衷于户外登山徒步的泳友，其中就有登过博格达峰的人。

冬泳是一项超常的运动，需要超常的勇气和坚持。"冬泳人"因此

常被误解为超级健康，寒冷不侵的超人。我的气管和胃肠两大系统都有"先天缺陷"。遗传性肺气肿十几岁开始发作。家族性胃肠功能虚弱，从小不能受凉，稍有不慎，就会腹泻。长期伏案，长时间躺着看书，导致颈椎严重变形。久治不愈，医生建议我游泳。我是个爱水之人，遇水则喜，游泳渐成一大爱好，进而参加冬泳，给自己贴上一个特殊的标签。几十年不能脱的贴身小背心不穿了，像一座经过装修的土坯房，外表显得强壮起来，夏天光膀子穿 T 恤不会着凉了。身边人开口就会说：他冬泳，身体最好。不知是真心话，还是开玩笑。

正是因为渴望健康，才去挑战冬泳，每一天把极端寒冷的折磨当作生命的享受。无论零下二三十度的酷寒，还是阳光暖暖的春天，一群冬泳人赤身站在一起。很多人身体的不同部位，赫然显露出触目惊心的疤痕。有各种手术留下的，也有意外受伤留下的。灾难和病痛留下标记，只是人生修炼的痕迹而已，并不影响这些人的心境。和他们聊天，总能听到惊人的内容。有人徒步穿越塔里木盆地、准噶尔盆地的戈壁沙漠，有人登顶博格达峰、慕士塔格峰，有人骑自行车环球旅行。这些身体并不完美的人，内心强大得超乎想象。他们对物质享受相对淡漠，却近乎狂热地亲近自然。之所以能承受极端重负，藐视常人难忍的苦痛，答案只有一个：把生命当作天地自然的一部分。真是一群自然之子啊！

我和这样的人一起冬泳，完全原谅了自己多年前去走博峰的盲目冲动。周末加入俱乐部的徒步队伍，在周边天山的浅山地区，一天行走十几、20 千米。春天来了，大家相约走天池，是一条接近博格达峰的线路。我心里好高兴。那天早晨起床，天下着小雨。去还是不去？没有接到不去的通知，应该是去吧。准时赶到集合地点，同行人陆续到齐了。领队表扬大家，没有被小雨拦住。乘车到了米泉白杨河的一个村子。小雨一直在下，没有一个人退缩，只是就行走路线讨论了一下。有人提议，天气不好，计划稍微调整，走大马圈沟到天池景区门口。领队带路，大家打开异彩纷呈的雨披，踏着白杨河青黑的卵石，溯流而行。大

约一个小时后，离开河道，开始爬山。小雨变成了雪花，在春天的草地上铺了薄薄的一层，踩在一面，松软湿润，一步一个脚印，给我的英雄情怀里，感染了许多浪漫成分。地势越来越高，雪越下越大，大树和灌木的枝条被黏黏的春雪压得低垂。山上银装素裹，一片洁白，如果没有领队带路，一定会迷路。脚下湿滑，不断有人摔跤，大家互相提醒着注意安全。漫天的雪景还是令人兴奋。到达山顶，环顾四望，大雾弥漫，除了眼前的山脊，一切都被浓雾笼罩。等到雾气稍有消散，大家顺着滑溜溜的山坡下山。彩色雨披散落于白雪世界，成了一幅美好的水彩画。下到谷底，在一片松林边的草地上午餐。寂静的大山，洁白的世界，我们做了短暂的主人。雪地铺上防潮垫，就是餐厅，好不心旷神怡。不一会儿，雪霁天晴，天蓝得异常纯净，在醉人的风景中继续行走。这一天，虽然没有穿越天池，没能近距离瞻仰博峰，身心却都被陶醉了。

又一个周末，相约再走天池。还是上一次的行程，还是从白杨河边的那个村子下车出发，溯河而行，在一棵白杨树下稍做休息，转而进山。走不多远，没有路了。真是佩服领队，不知他如何探到如此线路，还能过而不忘，带大家同来行走。我们手脚并用，爬了一段几百米的陡坡。许多地方相互帮忙，前拉后推才能上去。之后沿着羊群踩出的小路，走在漫长的达坂上。中午两点，感觉身体的水分全部流干，脱水到了极限，反倒是一种气血通透的轻松。

领队喊话，前面几十米就到午餐点了。哎哟！这几十米又是一段陡坡，每走一步都伴着牛一样的喘息。艰难的攀爬终于结束，翻过山梁，是一片茵茵草地，开满星星点点黄灿灿的顶冰花，远处是松林与绿草相间的天山群峰。小花星星缀满毡子一样的绿草地，散发着清新的仙风。赶走疲惫，唤醒快乐。

这里是夏牧场，此时牛羊还没有上山，只有风儿伴着阳光，在寂静的群山绿草间轻轻拂过。我们在仙境般的山巅，点燃酒精炉子下面条，拿出各自带来的食物大会餐。共享美味，肆意喧闹，然后躺在草地上，

享受阳光的抚摸。

汗水浸透的衣服晒干了，精神头又回来了。继续出发，剩下的路大多是比较平缓的慢上坡，一个多小时后，爬上了天池右侧的灯杆山。站在最高点，身后是莽莽群山，眼前是蓝宝石一样的天池，向右注目，是近在咫尺的博格达雪峰。终于近距离看到了它北侧的姿容：尖峭的山峰，巨大的冰川，缥缈的云雾。

那次行走，半夜两点回到家，腿疼了好几天，但大大提升了我的信心。只要能有机会走近博峰冰川，踏上雪峰，就算肉体多一些疼痛，也会毫不犹豫。

几年后，在准备横渡博斯腾湖的日子里。我常常站在窗前，遥望远处的博格达峰。想着新疆人首次登顶的壮举，为我们即将到来的挑战，鼓起雪山般巍峨的勇气。每一天除了工作，就是水中的训练。山顶的雪，化作湖里的水，连接着相同的豪情。

我默默祈求博格达峰，护佑我们横渡成功。

天山深处

一

乌鲁木齐的春天短促得有些着急，像一个雪汉子和一个火汉子摔跤。冰雪正在融化，天气抢着热起来，树木花草抢着长。眼看桃花杏花努起骨朵，一场大雪又来了，下个铺天盖地，像冬天没有给它机会似的。火汉子脾气也犟，鼓动着花骨朵，从雪堆里往外开。草尖嫩叶像长着铁筋骨，从雪里往外钻。雪白花红草绿。这种刚烈艳丽的风景，特别给人鼓劲。年轻人匆匆穿起单衣短裙。两个汉子你摔他一次，他摔你一次。反复几次，雪汉子没劲了，还想再下的雪变成了一场春雨。火汉子占了上风，趁着雨，让百花争艳，草木争春。用不了几天，天气完全热起来，夏天的热情提前到了。

回想当年，我刚来新疆，正是花团锦簇的夏天。恰逢自治区成立30周年的大庆。单位旁边的影剧院，搞全系统文艺汇演。每天晚上一场，免费发票观看。各种民族歌舞，悠扬激越的音乐，精彩纷呈的服装，新奇又美妙。舞台背景多是天山草原，大漠胡杨。随着音乐和舞步，把心躁动。我一场不落，看得陶醉神往。梦想飞向天山南北，去体验新疆的自然美景和民族风情。

远离家乡来到新疆，理所当然就是新疆大家庭的新成员。这里是我新的家乡，一生依托的地方。我急于了解"家"的历史，看清"家"里的一切，认识"家"里的成员。何况这个"家"博大辽阔，美丽多姿。我对一切都充满好奇。

单位组织去南山白杨沟郊游野炊（这种活动禁止好多年了）。车上拉着瓜果蔬菜、鸡鱼羊肉、油盐米面、锅碗瓢盆。到了地方，年长的同事在小河边搭灶烹厨，大部分人步行去看瀑布。沿山谷间的溪边小路行走，听到隆隆水声。松林间，悬崖上，一条细细的瀑布从天而降，飘出潮潮的水雾，积成清清的水潭。阳光把水雾映照成飘动的彩虹。人们在瀑布前照相留影。返回野炊处，松林边一片斜坡草地上，牧民牵马供游人骑玩，十块钱骑一圈。我与牧民第一次相遇。听他们讲话的腔调，"这个样子嘛"，"那个样子嘛"。卷着舌头，尾音上翘，像烤羊肉在炭火上吱吱冒烟一样有味道。听了骑马的简单要领和注意事项，我就像个英雄一样去骑马。第一次骑上马背，想放马驰骋。马很聪明，知道我是个生手，磨磨蹭蹭，歪歪斜斜，一点儿都不给我驾驭乘风、飘飘然的感觉。

第一次走近天山，看到松林、草地、牧民、毡房。满心的新鲜和激动。一圈马骑下来，才明白自己与这里的一切还很陌生。天山没有因为我满怀虔诚，抱着一颗滚烫的心，见面就完全接纳。我有些气馁，希望能有机会，走进天山深处，揣摩它的脾性，得到它的认可。

二

第二年暑假，好运气来了。真的有了一次走进天山的机会，还走出了一点名堂。

同宿舍的地理老师小曾，新疆大学地理专业毕业。我俩有许多共同

语言，经常探讨地理问题。每谈到一种奇象美景就共同向往，什么时候能亲临其境啊！

他是天文爱好者，那年全世界都在观察哈雷彗星。他发表了一篇论文，被吸纳为全国观察组织的成员。学校大力支持。高中部成立天文兴趣小组，专门购置一台600倍天文望远镜，一台仅次于"海鸥"的孔雀牌135照相机。他是组长，吸收十几名同学为成员。我是不在编的助手，主当搬运工。望远镜由镜体和可升降底座两部分组成，固定在一起有点像落地式摇头电风扇，重有30多千克。相机与镜体连接，连续放大后照那些遥远的星星。小曾是个精细人，那些机器宝贝得不得了。各部件分别装在包装箱里，每次使用时现场组装，用完后现场拆卸包装，一点不得马虎。那阵子，只要天空晴朗，晚上小组出去观察。开始在院子里看，后来说城市夜空有光污染，让单位的面包车拉到乌拉泊去看。想上雅山顶，终因夜晚怕出事没有去成。寒冷的冬天，他们热情高涨，频繁活动，我就帮着搬设备。

终于在乌拉泊拍出两张相对理想的照片，寄往全国组织机构，很快得到回信嘉许，还有一份在最佳观察日，赴最佳观察点——海南三亚观察哈雷彗星的邀请。他带着两名学生去了三亚，拍出了彗星长长的尾巴。回来后给我隆重加洗一张。那张尊贵的"星星"占据着我私人影集的首页。因为这个缘分，我和地理教研组组长王训刚老师熟悉了。暑假的好运气因他而来。

王老师研究岩画，古代游牧部落刻在岩石流传久远的画。我羡慕他们学地理的人就是有追求。王老师的研究很有心得。他根据游牧生活的规律，研究可能留下岩画的地理和人文环境。阿勒泰地区发现多处岩画，呼图壁康家石门子发现岩画。他推断乌鲁木齐地区一定也有岩画，定位于南山一带。精确到从吐鲁番盆地西侧的托克逊，进入天山腹地的鱼儿沟—艾维尔沟一带。放假前，他找我商量，愿不愿意一起去艾维尔沟考察岩画。听他一番子丑寅卯，我当即表态，一定去。

学生时代，放假就回家干农活，或找什么门路去挣钱。工作后的暑假多好呀，有工资，还能去做心花怒放的事。情绪高涨，效率就高。放假第一天，我就准备好所有装备。买了旅游鞋、遮阳帽、墨镜、水壶，临摹用的铅笔、白纸、硬纸夹。准备送给牧民朋友的方块糖、茯茶，给孩子的水果糖。新疆人外出必不可少的馕和榨菜。钢笔、圆珠笔、日记本、上山穿的厚衣服。王老师有孔雀牌135照相机，我买了黑白胶卷。买方块糖和茯茶费了点周折。跑了好几个蔬菜副食品商店都没有，后来在人民广场旁的菜铺子里找到了。售货员向我要供应证。那时精油副食品都是凭证供应，粮、油、肉、烟、酒、糖、茶，只用钱买不到。买一千克茯茶，要有一公斤茯茶供应证，再加规定的价钱才能买到。供应证凭户口和粮食供应本，按家庭人口对应发放。我只有一个毕业证也交给了组织，档案和户口尚待迁来。一个单身汉，户口粮本一概没有，离开单位就是"盲流"，哪里有什么供应证。我与售货员讲得满嘴唾沫，满头大汗，无济于事。旁边一位女士把她的证给了我。我看她那么漂亮，那么有气质，那么大方地就把那么宝贵的证给了我，感激得不知如何是好。人家就那么大方地给完就走了。那时候没有名片，没有传呼机，没有手机，更没有现在的微信。留个联系方式还真不方便。那位高尚的人，做完好事，就和我擦肩而过了。

三

8月8日，我们全副武装出发了。先乘郊区公共车到六道湾，赶乌鲁木齐到艾维尔沟的长途班车。乌鲁木齐8月最热，那天天气又特别好，出门就感到一股热浪。那时候坐公共车叫"挤"公共车，郊区车上的人插得像火柴棍。我们带一大堆东西，狗熊一样撑在衣着单薄的人们中间，热得一身臭汗。

到了长途车站，买票上车。班车是上白下红、窗口很小的面包形老式车，三十多个座位，两三天才有一班，挤得更是不成样子。车上多数

— 72 —

是穿戴厚实的哈萨克族牧民，带着大包小包。炎热的天气，闷罐子车里，牧民特有的气味浓得一点就能着火。出于内心的向往和企盼，第一次挤在一辆车上，新鲜好奇又兴奋。感觉这种浓浓的味道，是天山特有的雄健之气。我们要寻找的古老岩画的作者，或许就是与天山息息相通的天山之子。他们岩石般坚硬的面孔，透出一种坚韧剽悍的风格。我倒吸着气融入这种味道，感觉自己也变得剽悍起来。

班车十点半出发，向南走河滩公路出市区，很快行驶在广袤的戈壁滩。回望满街花草的乌鲁木齐，只是一片灰蒙蒙的建筑群，像茫茫大海中的小岛。难怪新疆人把许多城市誉为戈壁明珠。

艾维尔沟是天山东部，一条由西向东的河谷。中上游有座大的煤矿，矿区下游以东到鱼儿沟出天山，属乌鲁木齐辖区，归现在的达坂城区管。上游以西属昌吉州辖区，是兵团农六师的牧场。乌—艾班车的终点是艾维尔沟煤矿，距乌鲁木齐城区 110 千米。班车经乌拉泊，沿省道103 线行进 25 千米，过了托里乡路口，天山群峰的雄姿，被车窗拉近了。与家乡的山不同，草和树长在背阴面，一绺一绺，像人为的装点。险峻与秀丽形成强烈反差。

班车在沙砾路上扬起高高的尘烟，进到天山山岭的盘山道，又窄又陡。班车费力攀爬，不时在砾石上打滑。我悬着心，班车爬不动时，会倒着滚下山吗？看一车人坦然昏睡的样子，为自己的胆小羞愧。班车轰着马达，喘着粗气，艰难地爬上山顶。眼前出现宽阔平坦的山间半荒漠牧场。三三两两的骆驼，迈着悠闲的步子，啃食或远眺。牧驼人骑马伫立。班车跑了一个多小时，才跑到这片牧场的南缘。天山山脉东西绵延2500 多千米，南北宽 250—300 千米。走进山里，才真正感受到它的伟大。这片宽阔的牧场，只是天山群峰间的一小块。牧场南边的山峰，在阳光下闪着亮光。多么年轻的山！山上尚无泥土，岩石裸露，各种矿物质，在空气中氧化成赤橙黄绿的长条彩链。班车在山腰蜿蜒盘旋，左侧是深不见底的沟壑，沟里尖耸的山峰利齿一样戳上来。我看着心起寒

噤。这要掉下去，粉身碎骨不用说，估计连魂儿都飞不上来。落日的余晖从山头扫过，班车终于下山了。看着离矿区很近，也就几千米的距离，却坏在路上不动了。没有办法，我们只得背着大堆行李，边走边挡车。好不容易搭上一辆顺路的煤车，爬到黑乎乎的车厢里，滚了一身煤末。到了矿区，总算结束了一天的路程，抵达计划中的目的地。

人有心中挂念的事，苦和累真的不算啥。我俩颠簸了一天，下车先不找吃住的地方，趁天色没有黑尽，见人就问有没有见过岩画。几个孩子说，见过河滩的石头上有青蛙、太阳和月亮。热心人介绍我们认识了牧民奴塞和木拉提。他们说，南面的山上有蒙古族人赶毛驴的画，前面河坝里有刻着野山羊的画，往上（河的上游）25千米处的塔尔得塞多得很，再往上布尔芝得那里也有。得到这样的回答，我们有些不敢相信，难道一次筹谋已久的考察，如此容易就能实现？一次新的发现竟然如此简单吗？

凭单位开具的介绍信，晚上入住每人两元的小旅馆。躺在油乎乎的床上，看着黑乎乎的墙壁，我们将信将疑，讨论刚刚听到的信息。难道这个简陋的夜晚，就是一项重要发现的前夜吗？

四

第二天早晨，就着飞扬的煤尘，在路边小店吃了稀饭馒头，向西走出矿区。溯河而上，走了大约5千米，是一片宽阔的河滩，到处都是巨大的卵石。我们猜想，这大概就是奴塞说得"河坝里有"的地方。我俩走进去，挨着看每一块石头，很快发现了第一幅岩画：一块巨石的斜面上刻着几只大角羊，一只狗。我们激动地大呼小叫：找到了！找到了！

出发前，凭直觉推断艾维尔沟有岩画。但没有任何靠得住的依据。更不敢奢望，在进山的第一个阳光灿烂的早晨，这些简单粗糙，饱经风霜的岩画，就坦诚地展现在我们面前。千真万确，过程容易得让人不敢

相信。画是用利器，在巨石上用写实的手法，敲击而成。有羊、鹿、狗、树、弓箭等图案。每一块巨石刻的画有多有少。看着这独特的、古朴的艺术，想象千百年前的生活画卷。牧人们把他们放牧的肥羊，猎获的壮鹿，营地附近的大树，刻在石头上。他们当时的心情该是多么快乐。那样重要的时刻，他们会不会唱着歌，跳着舞，还要举行一种隆重的仪式？

此时的发现证实了我们的猜想，告诉我们后面一定还会有更多的惊喜。

我们急不可耐，分别与一幅图案最多的岩画合影。然后虔诚地编号、拍照、临摹、记录发现的经过和位置。日头偏西，岩画的编号从N1到了N12。多大的发现啊。我俩标榜：每天都会成为历史，此刻就是历史性的时刻，今天就是历史性的一天。

晚上回到矿区，还在那家路边小店，我们点了两个炒菜，买了两瓶一块钱的二锅头，好好庆贺了一番。我们兴奋地饮着小酒，望着空气里飞扬的煤尘，犹如凝望历史的烟尘，心情那叫一个好。还住那个小旅馆，看那黑乎乎的房间，似乎也充满了丰富的历史内容。

第三天，溯河而上去塔尔得塞。绵延的天山孕育着终年不化的冰川，冰川孕育了无数条河流。八月炎夏，冰川消融，每一条河流都到了水量最大的时候。艾维尔河也是如此，刚刚融化的雪水泛着青光奔腾而下，河边生长着苍劲的杨树和美丽的小花。可是没有桥呀。牧民们跨着坐骑从河水宽缓处随意行走，顺着他们的路，就要不停地过河。慑于不知深浅的冰水，我们只得沿岸而行，不停地翻山越岭，穿荆棘，走泥泞。走着走着，一道悬崖迎头阻挡，实在无法翻越。我们在岸边上下求索。天无绝人之路，一棵倒下的大树斜横在河面上，一根最长的树枝伸到对岸。俩人脱下衣裤用皮带扎紧扔过河去，咬牙下到冰河中，抓着摇摇晃晃的树枝往过游。河水很急，亏得我们都有些水性，稀里糊涂也就过来了。

也许是第一天的发现太过容易，老天非要狠狠考验我们一把。25千米没有路的路程已经让我们精疲力竭，狼狈不堪，晴朗的天空突然变脸，雨点毫不留情地拍下来。躲在山崖下，强劲的钻沟风追着不放，逼得上下牙齿持续战斗。黄昏时分，太阳回光返照，从云缝中不冷不热地钻了出来。这时，我们终于到了塔尔得塞。

转过一个山口，河谷豁然开朗。雨后的草地像翠绿的缎子，一直铺过山脊，伸向远处的皓皓冰雪。绿草与白雪相连之处，祥云朵朵，盘盘绕绕。山坡上牛羊散布，不知名的野花星星点点，丽若珠玉，开得随心所欲，让人心醉。临水一道悬崖直落下去，河水在下面翻滚。悬崖上面一个宽广的台地，台地上褐石嶙嶙，褐石上面都是岩画。正中高台立有一块两米多高的巨石，像一只大手握出的形状，五指的痕迹深深印在上面。我们就称它为"握手石"。台地中间平坦宽阔，足有两个足球场大，十几个石块圈成的圆圈，大的直径十几米，小的直径几米。

这显然是个非同寻常的地方。天山深处，这块群山环抱，河流护卫的台地。安全，隐秘，外人很难发现。这里有岩画，还有一块巨大的"握手石"。也许是人们在刻制岩画时，用"握手石"通灵天地，告知天地神灵，部落里发生的大事，已经刻制在永不磨灭的石头上。这个神秘的地方，或许是许多游牧部落轮流拥有过的圣地，一个部落走后，另一个部落拥有，直到现在的哈萨克族人在这里繁衍生息。也许始终专属于某一个部落，外人从未进入。我们在无意之中，闯入这样一个神秘的地方。欣喜之余，充满疑惑。曾几何时，这是一个何等重要的地方，这里的每一次活动，都可能形成重大的影响。这个宏大的场面，仿佛刚刚结束一场重要活动，各路人等刚刚离场，留下浓重的气场，庄严而静谧。

日光徐徐远去，暮色淡淡飘下。一阵歌声由远而近，马蹄嘚嘚时隐时现。来了四位骑马的牧民。他们主动把我们拉上马。这是我第一次骑马赶路。骑着人家的马屁股，抱着人家的腰，在夜幕降临时到了布尔芝

得。我一路问牧民，塔尔得塞，究竟是个什么地方。他们回答：老先人的地方。

五

布尔芝得是"夏窝子"，就是牧民的夏牧场。牧场的大队人马都在，这两天正在给羊药浴，这样可以使羊儿一年里很少得病。河边有一座孤零零的毡房，说是放公羊的玛依提家，场长让我们晚上住在那里。

这天又是一个历史性的第一次，我要第一次住在天山深处哈萨克牧民的毡房里。一位叫哈比的年轻人带我们过去，老远就大喊："玛依提—玛依提—"玛依提还没有回家，女主人掀开门帘，把我们迎进毡房。她叫阿依娜，30岁上下，带着两个很小的孩子。一个三岁，一个刚会走路。我赶紧拿出水果糖，给阿依娜和孩子们一人一大把。阿依娜笑着和我们寒暄。我惊喜地发现，她的普通话很流利。阿依娜说，她在五家渠的国家通用语言学校初中毕业。呵呵！原来是位知识分子。

这里是兵团农六师的一个牧场，场部在煤矿旁边。冬季人畜都在场部，牲口在附近半放牧半喂养，夏季转场到这里游牧。我好奇地把毡房的里里外外看了个遍。毡房用木栅支起来，围了芨芨草编成的围帘，外面裹一层毛毡，里面挂一圈挂毯。地面是天然的青草地，一半铺着毡子，供人睡觉休息。毡子上放着一支小木床，床上摞着很高的被褥。另一半仍长着青草，用于做饭和活动。毡房与地面的连接处有一条很宽的缝隙。外面飘着小雨，河道特有的劲风顺着缝隙嗖嗖地穿进穿出。天完全黑尽了，玛依提还没有回来。阿依娜说他这天放羊可能走远了。她点亮煤油灯，让我们先吃饭。没有想象中肥肥的羊肉，晚饭是咸咸的奶茶泡馕。两个孩子一人喝了一小碗奶茶，各拿一小块馕饼窝在小床上安静地吃着。我们拿出自带的榨菜，立即吸引了他们明亮的目光。

玛依提终于回家了，进门就和我们热情地打招呼。看样子他已经知道了我们的身份和来路。我们拿出带来的白酒，就着简单的晚饭喝起

来。玛依提也是初中毕业生。他说，羊是牧场集体的，牧民的身份是牧场职工，职责是放羊。到年底，羊只的数量减少，不能超过百分之五。完成任务才能兑现全年的工资。

该睡觉了。女主人和孩子们挤在木床上，我们三个男人睡毡子。毡子上铺了褥子，阿依娜特意把她们最新的大花棉被给我们盖，说是结婚时做下的。得到最好的优待，还是难以入眠。脚趾下磨起的水泡破了，黏黏的液体伴着疼痛往外渗，呼呼进出的风吹得头疼。哈萨克族牧民一年有半载这样过，小小儿童把大山当作成长的摇篮。这一夜，我似乎理解了一些岩画的内涵。

早晨起来，天还在下雨。山里的气温降得很低，我们的衣服难抵寒冷，一出毡房，冷得发抖，脚一沾地钻心的痛。玛依提把他的呢子大衣和皮袄拿出来，很信任地给我们一人一件，让下山后交给山下的奴塞。

我想起了玛依提家的小木床，两个稚嫩的孩子，冷风扫来扫去，潮湿寒冷，地面上长着青草。这样恶劣的环境，孕育一个生命，分娩一个婴儿，让他健康长大，成为剽悍的男人，美丽的女人……无尽的生命之源，一张小小的木床在天山深处。那个刻在石头上挺着大阳具的男人，千百年来，站在风雨之中，无论属于哪个部落，都是超常的，卓越的。我试图理解，为什么许多原始部族会，留下了生殖崇拜的文化遗迹。

我们在布尔芝得也找到了岩画，在煤矿以东鱼儿沟的悬崖，找到了人赶毛驴的画。我们整理的岩画编号从 N1 号增加到 N116 号。

六

我在天山深处，面对寂静的岩画，陷入沉思。我从遥远的内地来到新疆，又来到与外界几乎隔绝的大山深处，暗合了怎样一种命运和缘分？这里生活的人们，一定也想走出去。走出深山，走到城市，走向远方。他们是否也会走到我的家乡？这些简单的岩画，似乎契合我童年里杳无声息的生活。我的童年岁月，只有无尽的黄土沟壑，只有阳光哗哗

啦啦的声音，在山崖，在沟汊，在庄稼叶子上流淌。我那时的生活，也像这天山深处，与外界隔绝。脑袋里早就潜伏了"远走他乡"的妄想，我那时百无聊赖，躺在庄稼地里，坐在一棵树下，躺在一道背阳的土塄边，手指抠着地上的泥土，留下漫无目的的痕迹。似乎想着某种寓意。其实根本没有想明白，要抠出什么东西，只是下意识地留下一些自己的痕迹。比如挽得一筐草，摘得一个瓜，看到远处的一棵树，眼前的庄稼。家乡很早就进化为农耕文化，不需要用岩画记载生活。否则，把我抠在泥土地上的线条刻在石头上，就会是另一种风格的岩画。眼前这些粗糙幼稚的画，会不会也是这样留下？

当我抠出一筐草，一袋吃的，一枝麦穗，一根玉米棒子时，是下意识地记叙收获、向往和需求。那些千百年前，生活在天山谷地里的人，显然做出了比我在泥土里抠画更有意义的事。他们把自己的意识留在岩石上，让它们留得更久，让后人苦思冥想，研究很久之前的过去。他们留下这些岩画，这些生活痕迹，究竟包含了多少历史真实，历史意义？

我们要离开艾维尔沟时，意外发现了一幅痕迹很新的岩画。一轮太阳光芒四射，太阳的下面写着"1986年"。这幅新作品不会是现在的创作吧？我和王老师也各自刻下一幅。我刻了一峰骆驼，下面写了三个字：记住了。

七

下山到了牧场场部，找到奴塞，我们把玛依提的衣服交给他。可能是我们的行动引起牧民的重视，看作是对游牧文化的尊重。奴塞的父亲隆重接待了我们。前一天，第一次在牧区借宿玛依提家的毡房，后一天，奴塞的父亲请我们到他家去吃饭，再次到哈萨克族牧民的毡房做客。从进门打招呼，到坐的地方和方式，一道道美食端上来，吃与喝，都在履行隆重的礼节。老人说他家正好打到一只黄羊。那时候野生动物保护法还没有实施。公家的羊不能宰杀，牧民平时难见肉星儿。野生黄

羊是老天给的，得到一只很珍贵。他说家里有黄羊肉，意味着对我们高规格隆重招待。我们与老人家握手致意，分宾主盘脚坐在毯房的地毯上。地毯上放着茶几，茶几上铺着桌布，摆放着奶疙瘩，掰成小块的馕，水果糖等一些待客的食物。奴塞的妈妈煮了奶茶，他的父亲给我们端茶。一碗刚刚喝完，马上伸手接去盛，直到我们双手盖碗不喝为止。黄羊肉抓饭，放着土豆的清炖肉，烤肉串。一盘凉拌黄瓜，一盘炒芹菜，一盘炒鸡蛋。就要离开艾维尔沟了，我们的东西基本用光，只有一点水果糖，幸好还有两瓶白酒，全部送给了老人家。

享受牧民的美食，与他们隆重饮宴，新奇，兴奋。我想表达对主人的尊敬，开口说话。一点食物的残渣，莫名其妙从嘴角飞出来，飞了很远，飞向茶碗的方向，不知落到哪里。我感觉主人的目光，看到了那一粒让人羞愧的残渣。他的目光跟踪了一下飞行轨迹。他当时注意到我的表情，准备倾听我的表达，好做出恰当的反应。我嘴里却非常失礼地飞出了不该飞出的东西。我感觉到了自己的丑态和他的目光，他却没有让我的羞愧继续。端起酒杯，看着我，给了我很肯定的态度。

感谢奴塞的父亲，一位哈萨克族老人的善解和热情招待。这无疑是一次高规格的礼遇。我在新疆生活这么多年，从那次考察岩画起，对哈萨克人始终怀着敬重的心情。他们有优秀的文化，还有天生的善意和包容。

一周之后，穿着破烂的旅游鞋，我们搭一辆货车回到乌鲁木齐。

再一周后，我们带乌鲁木齐市文管所一位姓李的管理员，再赴艾维尔沟，验证我们的发现。

再一周后，《乌鲁木齐晚报》头版发表一条消息："乌鲁木齐发现古代岩画"

一篇豆腐块消息，为我们的考察画上了句号。这次行走，加快了我的热血与新疆热土的融合。

雪莲花开

一

我到新疆的第三年，独自去了博格达峰东边的巴里坤草原。

向往草原上的驰骋，源于对马的喜爱。小时候看打仗的电影，最崇拜骑兵。解放军骑着战马风驰电掣的样子，真是太神气了。听说巴里坤军马场规模宏大，解放军的战马很多来自巴里坤。我想当然地以为，巴里坤草原是世界上最大最美的草原，来新疆之前就早已向往那个美丽辽阔的地方。去了才知道，巴里坤草原是新疆第二大草原，巴里坤是古代丝绸之路的北路重镇。

传说周穆王在"瑶池欢宴"时，向西王母赐赠了一幅中原丝绣。西王母把丝绣铺在博格达峰东边，化作"天马"牧场。巴里坤草原就成为"天马故乡"。有人考证："天苍苍，野茫茫，风吹草低见牛羊。"唱的就是巴里坤。水草丰美巴里坤，又让古人称作"甘露川"。

生活在新疆，我急切向往天山，向往草原，向往看到风吹草低见牛羊，骏马成群自由驰骋的景象，向往与各民族兄弟真诚交往。

那年暑假，我得了一份私活，由此成全了巴里坤之行。自治区军队干部转业培训中心，聘我利用暑假，为一群年长于我的转业军官讲课。我讲会计专业课，课后听他们吹牛。优秀的考试成绩，肯定了我们教学合作的成功，还让我得了一笔好几百元的"外财"。两位从哈密来的学员邀我去玩，答应帮我去巴里坤草原。我花了700多元买了第一台"海鸥DF"照相机。坐火车去了哈密。他们关照我，用剩余的假期，圆了巴里坤之梦，还领略了哈密强悍火辣的酒风。

那时候的交通真是不畅，每到夏天，到处修桥补路。从哈密到巴里坤的长途班车走了整整一天。这是我在新疆的第一次长途旅行，独自一人，看见什么都新奇，一路充满趣味。闷热拥挤的班车上，哈萨克族人、蒙古族人、当地汉族人说话的方式和声调、与外来者南腔北调的方言交织在一起，产生了多民族和谐相处的特有氛围。走过灼热的戈壁，进入天山峡谷的焕彩沟，两边的风景迷人。这是东天山最主要的南北通道。峡谷深深，悬崖峭壁直上天际，盘山公路十分险要。到达最高的分水岭，有一座古老的天山庙。班车稍做停留，让人下车看风景。

站在山顶北望，豁然间如同看到仙境。巍峨的山崖，飘浮的云雾，浓密的松林。远处开阔的草原，如同无限延伸的云锦，金黄的麦田和灿烂的油菜地镶嵌其中。游动的羊群，农舍和毡房。山下的景致，让我张开大嘴，找不到词语形容。只有大声呼喊：美啊，美！陶醉忘情，产生一种远离尘世的宁静感。

班车从"之"形山路下到一处凹形山洼，高处是成片的松林，低处是茵茵草地，路把草地从中间切割成两块。两边有几间砖房、铁皮房和牧民的毡房。有商店，饭馆，草地上摆着的小生意。这里便是著名的口门子。

停车吃饭，人们从车里散出来，放羊似的，走得到处都是。做小生意的人聚过来，一下子就热闹了。我到所有的商店、饭馆转了一圈，决定在路边哈萨克牧民的小摊上满足胃口的好奇。买了一大碗奶茶，包尔

萨克（一种油炸的面食），酸奶疙瘩（干奶酪），甜奶疙瘩（干奶酪）。浓浓的香味里有一种非常独特的草原风味。卖主让尝一块酸奶疙瘩，我一下子就喜欢上了这种草原独有的食物，买了一袋子。拿一块含在嘴里吮吸，发酵的酸味中有一股沉稳的奶香，与口水混在一起，一点点吸进胃里，融入血液。

班车再次出发，经过奎苏、石仁子乡。除了少数农田菜地，满眼都是点缀着毡房和牛马羊的花锦草原。无边舒展的草原，让心一路飞扬，耳际仿佛回旋着悠扬的歌声。我不停地问这问那，同行人没有反感，热情地回答我的问题。看样子他们是当地人，主动介绍看到的一切。热情、开朗，是多数新疆人的性格。有人指着松林边的一片建筑，说那里就是曾经的军马场。现在解放军基本没有骑兵，军马不需要了，马场也就解散了。我想看到万马奔腾，望着那片建筑，心中一阵遗憾。骏马驰骋疆场的英姿，马革裹尸的惨烈，淡出了绵延几千年的战争场面。勇士、宝马融为一体的侠肝义胆，只能是传说了。后来知道，现在人们习以为常地享受马肉制作的美食，心中一阵难过，暗暗谴责：这种见利忘义的行为，完全是一种精神堕落。

现代社会，发明了很多好东西，也掩埋了很多更好的、纯朴的东西。

二

班车跟着斜阳，从老城墙的一个大豁口走进巴里坤县城。估计这是没有门的城门。一路打听到县医院，找到了自己感觉是朋友的人，牙科医生、蒙古族诗人巴特尔（笔名：李建华）。此次出行前，《民族作家》的编辑告诉我，杂志发表过李建华的诗歌，知道他在巴里坤县医院工作，没有见过面，给他寄过一份杂志。我凭着也在《民族作家》发表过诗歌，理所当然把他当作朋友。我在医院的牙科治疗室找到他，他真正把我当作远道而来的朋友，给了我最高礼遇，立即组织了一场当时最

— 83 —

时尚的高档接待。寒暄之余，很快召集了县城所有的文化朋友，请我到当时全中国刚刚时尚起来的酒吧。那是巴里坤唯一的一家酒吧，房子隔成小间，每一间都挂着布帘，以保证里面的隐秘感。我们坐在里面，用塑料盆打着喝，从哈密用旧油桶，迎着大太阳摇晃一天拉来的、有些变质的、比马尿还浓稠的散啤酒。抒发惊喜见面的诗人情怀。

第二天早晨，巴特尔带我登上巴里坤城墙，挥手四顾，给我讲述巴里坤的历史。新疆和平解放后成立了巴里坤哈萨克自治县。巴里坤的哈萨克族人统属克烈、乃蛮、瓦克三大部落。这座保护良好的古城，结实的黏土城垣，围建在东天山脚下的草原之上。据记载，是清雍正年间，岳飞第二十一代孙陕甘总督、宁远大将军岳钟琪督军修建的。城墙周长4公里多，高6.8米，底宽6米，顶宽4米。四个城门的门已不在，留下不大的豁口供行人车辆通行。

我们漫步在高高的城墙，远眺绵延无边的草原，像一幅徐徐展开的巨幅画卷。阳光映照下，仿佛看到遥远的古代，相当于中原春秋、战国时的纷争。哈萨克族牧民翻过寒冷的阿勒泰山脉游牧而来。我又仿佛看到衣衫褴褛的张骞手执符节从东方踉跄走来；霍去病率万名健儿挥刀拍马奔驰而来。看到大河唐城坚固的统治，大唐军队在甘露川卸掉马鞍，挥锄开荒，屯垦收割。看到丝绸之路往返的客商在这个风景优美、辽阔安定的吉祥之地放心休整。我看到一幅幅画卷在历史的页面上变成了活的剧情。在以后的日子里，我到过新疆的很多地方，常常感慨，一些看似偏远的小城，曾经产生过很多历史传奇，是很多历史故事的正宗源头。这些地方让我体会到很多历史的真实与感动。

此时的巴里坤草原是绿色的天堂。极目所至，绿草如茵、野花竞放，湖水泛银，羊群像白云朵朵，毡房如白帆点点，竞相在一碧万里的绿海中遨游。奶茶的浓香伴随缕缕炊烟不断飘来，让人陶醉其中。回望小城西边的东天山，近处松涛如墨，远处雪峰晶莹。

再看城内，有几处楼房，最显眼的是一些老宅。有屯军将领留下的

宅院，马棚完整，门楼花板雕花刻凤，很是讲究。商户留下的老宅，也颇有气魄。更多的是一些普通的驼客老宅、百姓老宅。六条十字交叉的街道把小城分为几个区域，整个小城在夕阳之下显得拙雅古朴，一览无余。每一座老宅里，包含着各自的家族传承，凝结着千年来西域发展的历史。我今天来到小城，在这城墙之上，面对辽阔的草原、巍峨的天山，悠悠回想，抒发历史的感慨。

三

巴特尔写了一封短信，把我介绍到石仁子乡他的叔叔家。我从县城乘班车，到了叔叔草原上的家，向主人送上了从乌鲁木齐和哈密分批准备的礼物。方块糖两包，一公斤包装的茯茶两块，哈密大曲两瓶，水果糖半公斤。在那个物质还很匮乏的年代，准备这样一份礼物，为的是表达对草原主人最真诚的敬重。没想到，他们拿出蒙古族人特有的豪放大气，给我这个一文不名的年轻人贵宾般的礼遇。叔叔当场宰了一只白绵羊，我第一次在牧人家里吃上了肥肥的羊肉。大块羊肉在一只大盘子里擦得满满地端上来，叔叔伸出两只毛乎乎的大手，不停地用锋利的小刀十分娴熟地切肉，不停地把肉直接送到我嘴边。我感觉自己很英雄地吃肥肉，喝白酒。没有几下子，就被叔叔再次塞进嘴里的肥肉腻得噎住了。我狼狈不堪地跑出去呕吐，叔叔却看作是够意思的表现。那天晚上，我对牧民生活的好奇心满足得一塌糊涂。

到巴里坤的第三天，我自豪地骑着叔叔家一匹十分老实的母马，在辽阔的草原上像主人一样信马由缰。好想策马奔驰，听到自己跑起来的呼呼风声。可母马死活一点面子都不给，只是不紧不慢地行走，还不时低头啃草。我在草原上游荡了整整一天，日落时分，叔叔家的小儿子骑马箭一样地跑着找到了我。他牵着母马的缰绳，我才体会了一小会儿骏马奔驰的感觉。可是屁股上有两块不争气的皮被磨掉了，下马走路时两腿使劲往外撇，变成了十分奇怪的样子。

回到县城，巴特尔带我到城外哈萨克族朋友家做客。主人是性格稳重的文化人，在县政府当秘书。他带我们到他父亲的家里。我在他父亲家的毡房里，第一次体验了草原上豪放的酒风。羊肉端上来，白酒拿出来，五六个人用一只白瓷碗转圈喝酒。每一碗酒都是主人先喝第一口，以表达主人的诚意。据说在古代，主人喝第一口表示这碗酒没有毒，是真诚敬给朋友的好酒。后面的人每人一口，到最后一个人，全部干了。整个下午，我们就这样一圈接一圈地喝酒，只要客人不倒，主人就一直把酒碗转下去。我与这些朋友的成长经历完全不同。我是来自黄土高原的"食草动物"，他们都是草原上长大的"食肉动物"。各自的肠胃消化系统有很大的不同，对酒的承受能力也完全不同。可是，我来到新疆，就是一个新疆人。朋友真诚待我，我要还以真诚。我们从毡房里喝到外面的草地上，豪放地喝酒，狂野地唱歌。天地在旋转，血液在疯狂。那是我有生以来第一次狂饮，是与哈萨克族朋友、蒙古族朋友，直接而纯粹的灵魂对话。那场狂饮让我沉醉不醒，但真切地感受到了草原朋友的心。

去巴里坤之前，每遇酒场，我总要躲避。勉强在场，也是个见酒生畏的生涩青年。那场深醉后，才觉得自己像个真正的新疆人。酒是好东西，喝酒是一个人融入一种地方文化最直接的方式。直到今天，先天不足的肠胃不能支撑我从容应对酒场，但可以坦然安坐，不让朋友扫兴。就像那次在巴里坤草原上，可以躺着沉醉，但不能不高高举杯。

我骑马走遍了叔叔家的草场，在草地上喝了哈萨克朋友家的酒，就不再把自己当外人了。我是巴特尔的朋友，也是巴里坤的朋友。我到县城周围的草原随心而行，去感受草原的早晨、草原的夕阳、草原的风里包含的味道。我在草原上漫无目的地游荡，见到牧民的毡房，不请自到，进去坐一会儿，喝上人家的几碗奶茶。

四

我躺在无边的草原，看着东天山余脉的莽莽松林和山顶耀眼的白

雪。天上的白云与山顶若即若离，就像演绎一种神幻的舞蹈。一只鹰在天空久久盘旋，让我突然产生了想体验生命极限的渴望，就像多年之后挑战博斯湖和乌伦古一样。

不知为什么，我常常产生体验极限的念头。常常想，为什么好好的生活会戛然而止？生命不在了，真的就什么都不存在了吗？小时候，我多次从高高的树上或高塄上跳下，找那种先是失重，而后重重地落在地面，脚后跟墩得麻木，五脏六腑错位的痛感。我经常做飞翔的梦，有时飞的好高好快好远，经常飞在高高的天空看下面的一切。经过很多次，有时觉得生命永远不会消失，有时觉得随时都会终止。所以，我的性格很急，每想到要做一件有意义的事情，就想快快去做，生怕过一会儿就来不及。我一直在想，这是为什么？也许与母亲的早逝有关。

那一刻，我感觉自己的灵魂飞到了高高的天上，正与那只鹰一起翱翔。

我决定第二天去爬城西的天山。

五

又一个早晨来临，朝阳在马背上像花儿一样开放。我没有吃饭，故意不带水和吃的东西，只身一人出了县城的北门，转朝西面的一条大直沟走去。

城外是村庄和农田，我穿过村子往西走，顺便问早起的老年人祖籍来自哪里。回答大多是山西。他们大多是山西的商人后裔，他们的先人中有很多人渴死、累死在戈壁沙漠，还有很多人客居塞外，无法返回家乡。现在的巴里坤、木垒、奇台、吉木萨尔一带的山西人几乎有着同样的经历。

走过田地，是一片辽阔的戈壁滩。日头已高，在戈壁的褐色石头上蒸起了热浪。常说看山走死人，这时才发现，离山脚还有很远的路。腹中空虚，体力不支，我早已大汗淋漓，衣衫尽湿。快到山脚时，有一家

哈萨克牧民的毡房冒着炊烟。为了自己的生命体验，我硬是忍着没有去要一碗奶茶。

走到进山前的一个小山包，明显地看出了天山牧场的层次。与戈壁相连的是草地，走过草地是灌木丛，然后是茂密的松林，松林再往上又是草地，再是沙砾，最高处是冰川的常年积雪。眼前的场景，整个就是《天山景物记》的图文对照。指不定碧野先生当年正是站在这个地方，构思了让我朝圣般来到新疆的优美散文。

走完戈壁用了三个小时。我感到已经虚脱，双腿如绵，干渴难忍。一个人在大自然面前是多么渺小，多么孤独啊！我对继续走下去产生了心虚和胆怯，为了证明生命的力量，犹豫片刻，稳住心神，继续往前走。

走过草地，走过灌木丛，走进松林。树林里闷热难耐，根本没有想象的阴凉。身体里的最后一点水分流尽了。疲劳极限的眩晕感阵阵袭来，记忆和感觉都已麻木了。我不敢停下休息，凭着本能的力量，把下一棵树作为前进的目标，手脚并用，一点一点地向上攀爬。

掂量人生岁月，此时的行走，每一步都有千斤沉重。不知用了多少时间，终于走出了松林的尽头。开阔的山坡上，鲜花盛开，绿草如茵。我"五体投地"，趴在草地上慢慢喘息，从潮湿的地气中吸收新的能量。编一个花环戴在头上，表示对自己的嘉奖和庆贺。

再往上爬，一条小小的水流出现了，沿着水流向上，看见一大块冰雪。冰雪旁边的沙石中，一片茂盛的植物，开着大朵莲花。啊，雪莲！

我扑上去，大口吞咽冰雪，吞咽雪莲硕大的花朵。微苦的清凉沁入肺腑，我真切地感觉到了生命的力量快速回归。

我站在东天山的冰雪之上，放声痛哭，把所有感慨、苦涩和欲望尽情释放。

远望山下，草原风光尽收眼底。不禁感叹，看风景最好的方式还是居高临下。站在山顶俯视大地，万物景致一目了然。此时的我一无所

有，却感觉拥有了山的高度。

　　置身于博格达峰以东的雪山上，我深深感慨，在人迹罕至的雪海林涛，人如此的渺小，山是这样的博大。唯一庆幸的是，能以虔诚之心，静静地感受雪山的脉搏，聆听它的呼吸。

　　回想以往的岁月，回味从前的脚步，雪莲微苦的清香，给我一缕未来的吉祥。

乌拉台的千年相约

　　周日下午，朋友带我到哈密市东北一百多公里处，看一片古代游牧部族留下的岩画。位于东天山余脉喀尔力克山前，乌拉台沟河东岸，一片占地四五平方公里的巨石遗址，犹如雄踞山前，守望山南辽阔大地的一座失落的城市。遗址南边有密集的圆形或方形石垒，有祭坛般盘旋而上的巨大石堆。往北直到山前，是巨石遍布，散落有致的大石滩。那些巨石上，刻着内容丰富、造型优美的岩画。石头上绽放着黄、红、绿各色鲜艳的苔藓。春天的花草在巨石间自由生长。午后的阳光下，这片年代久远的遗址并不荒凉，反而显得宏大而奢华。

　　这显然是个非同寻常的地方。在吐哈盆地直至河西走廊辽阔的平地边缘，背靠天山，有河水流淌，阳光充足，水草肥美，我今天站在这里，环顾四周，虽杳无人迹，仍然是一派雄浑祥和之气。这里可能是曾经被古代游牧部族作为王庭的地方，或者被不同的部族交替作为部落中心。岩画近似于是古代游牧部族的文字，记载他们的重要历史。如此大量的精美岩画留下来，说明这里曾经拥有很长的和平时期。那么，是哪个部族的王曾经是这里的主宰？或者，这里曾经被哪些部族的王主宰过？我

在阳光灿烂的午后来到这里，看着一幅幅时代不详，语焉难解的岩画，犹如赶赴一场由不同时代的主人共同举办的规模宏大的岩画盛会。

风吹大幕，我仿佛看到历史的主角在这里轮流登场。

我在这个巨大的"岩画公园"里流连忘返，仔细观摩，猜想每一幅岩画的含义：一面黑色巨石上，彩色苔藓映衬的一个完整的圆圈，在绿草丛中熠熠生辉，这个看似简单的圆圈，说不好是某个显赫部落的符号标志。一人骑马，与一群膘肥体健的骏马在草原上徜徉，是一位掌管马匹的首领在为部落牧马？很多人骑在马上，手举长杆，是在演练套马技术？操练一种打仗的阵法？还是举行一种行军打仗的仪式？一人左手执盾，右手掌茅，追刺一匹长尾狼，他一定是部落里最出众的猎手。骑兵驰骋，步兵冲刺，鼓声连天，号角齐鸣，这个宏大的战争场面，记载的一定是某场决定性的胜利。一只巨大的圆形车轮，展示着部落的先进技术；一头强健美丽的雄鹿，展示着部落驯养的稀罕动物；一条长蛇，蛇头高高地抬起，仿佛警示部落的人要躲开这个幽灵般可怕的东西；一个挥舞三个圆圈，忘情舞蹈的人，可能是一位巫师，正在举行一场庄严的祭祀……与我在别处见到的岩画相比，这些岩画更形象，更精美，更具体。我想象着那些很久以前的情景：春天来临，一个个马队驰向远方，征战讨伐；一个个部落纵横草原，放牧牛羊。夏季转场，王公贵族乘骑高车骏马，去往天山以北纳凉。秋天来临，各路人马重返王庭，缴贡纳献。冬天里，王在根基由巨石垒成的大帐房里对功臣贵族论功行赏，歌舞饮宴，把一年里最值得记述的大事定下来，让雕刻大臣镌刻在当时看来永远不会磨灭的大石头上。事实也正如他们的想象，年复一年，岩画是数量越来越多，记述的内容越来越丰富。

此刻，哈萨克族牧人赶着羊群从岩画间走过。我站在一座最大最圆的石垒之上，看到自己的影子映入帐内，按下相机的快门，仿佛与曾经在石垒大帐内饮宴运筹的古人合影。

（发表于《青海湖·自然人文》2015年第5期）

游遍新疆

秋天是最能体会人生境遇，感知人生冷暖的季节。成功者眼前是满目丰腴的金色，失意者眼里则透着凄凉的萧瑟。

我到新疆的第 17 个秋天，参加了"新疆人首次挑战横渡博斯腾湖活动"。一个受疾病困扰多年，被迫游泳的中年人，毫无专业背景，硬是挤进横渡队伍。过程一波三折。秋天将尽时，活动成行。全长 22.5 公里，用时 8 小时 25 分，我成功到岸了。

这次挑战极限，我感知了平凡人的命运，在新疆大地上发生转折的可能，感悟到生命与天地能量的融合。情绪从失落的低谷跃升到满目丰盈的高原。

博斯腾湖是中国第一大内陆淡水湖，面积 1000 多平方公里。一个人游在中间，微小到可以忽略不计。我把自己当作一滴水，一滴渺小又永恒的水。把一滴水的眼睛，放大成整个湖面，顾盼天地，看到一个水意的新疆。

博斯腾湖是开都河的尾闾，孔雀河的源头，连接着塔里木河和曾经的罗布泊。这条水系，从天山中部的阿尔明山冰川出发，流经大小尤勒

都斯盆地，养育了山间草原巴音布鲁克，仙境般的天鹅湖。到下游的塔里木盆地，浇灌出肥沃的绿洲，众多的城市，在沙漠腹地，留下自然风景和人类文明的绝唱。

透过水的眼睛，我看到新疆大地上，水与生命的变奏，蕴含了从古到今，所有的政治，经济，军事，文化变迁与交融的历史和哲学。

我似乎看到天山高处的冰川融水，一滴一滴，渗过繁星般的毛茛花，大朵大朵的雪莲花，汇成一条条无声小溪，聚成山谷间蓝宝石般的湖泊。湖泊流出的水，长大成一条条小河，小河汇成大河。众多的河流，从高山奔流而下，穿越森林，漫过草地，切出峡谷，拓为宽谷，汇成山下的大湖，流成大河，流到记忆中的罗布泊。我看到一滴水与一滴水的相遇，无数水滴的团聚。它们纯真地长大，成为一条河，一个湖。又疲惫地蒸发，直到干涸消逝。高山湖泊与盆地的湖泊，位于不同的海拔高度，衡量水位的湖岸线却相互照应，荣枯相关。

我从此岸游到彼岸，超越极限，与博斯腾湖的湖岸线生死相依。视线越过博斯腾湖的水面，与所有高高低低的湖，深深浅浅的湖，连在一起。

这次横渡，给了我超越生命的感悟。

告别博斯腾湖，回到乌鲁木齐，我的心胀成一颗浸满湖水的种子，随时都能生根发芽。

感谢命运，给了我这个无比陶醉的秋天。

回来的第一件事，与横渡博斯腾湖的泳友聚会。时间过去了十多天，兴奋和激动还没有消退。大家都有各自的工作和生活，横渡之前没有多少了解。一次永生难忘的经历，让我们拥有了共同的标签——横渡者。这就够了。人生能有几度激情，几次拼搏，横渡是彼此最直接的理解和信任。这个共同的标签，超越了时间和距离，超越了世俗的情感纠结和利益得失。

我们为燃烧的情绪找目标，定计划。提出一个宏大的主题：游遍

新疆。

　　大家列举了新疆各地的河流、湖泊和水库。提议成立长游俱乐部，尽可能地集体行动。利用节假日，或者各自方便的时间，几年之内，把新疆所有的江河湖水全部游遍。

　　俯瞰新疆大地，所有的神奇都源于水。旷远荒漠托举着大山，山巅凝固的冰川分泌着一条条河流。新疆之水源于神圣的昆仑、英雄的天山、金色的阿勒泰山。新疆之水圣洁、无私、多情，从高山之巅点点融化，汇成小溪河流，成为大地的血脉，承载着生命的奇迹。每一条河流孕育一片绿洲。这片辽阔而神奇的土地，高山冰川，大漠绿洲，丰富的物产，多彩的风情，瑰丽的文化。每一条河流之间，都有着遥远的距离，在漫长的历史里，曾经的"丝绸之路"，并不像丝绸那样顺滑，而是充满艰险、惊心动魄。茫茫大漠，崇山峻岭，狂风暴雪，危崖深渊，给远行的人以生命极限的考验。现代交通加快了行走的脚步，结束了人们对遥远的叹息，给了我们游遍新疆的便利。游遍新疆，去吮吸每一条河流的营养，就能与这片大地息息相通，进而与遥远的家乡血脉相连。

　　我的大脑整天处于陶醉的微醺之中，带着些许偏执，些许幻想。新疆的山水大地成了我心中浩瀚的大海，我的心已畅游其中。循着水的流迹，沿着水的来路，顺着水的去处，漫长地跋涉。走遍每一个地方，带着探寻与发现的快乐，不知疲倦地畅游。行于山，溶于水，用自己微小的身躯，游遍这片广大的土地，用心去聆听，用灵魂去感悟。

　　游遍新疆，游遍新疆。我念叨着这个目标，意识里突然一声轰鸣。这难道是我此生的命运？如果真的能够实现，从冰川源头到河流尾闾，游遍所有的水系；从高山雪峰到大漠戈壁，走遍每一寸土地。山之灵，水之魂，人类古代四大文明相互交融，历经几千年风尘沉淀的文化，会给我多么丰美的体验。我有点不敢相信，果真如此，那该是怎样巨大的幸福和满足。

从博斯腾湖出发

一、孔雀河的诞生

北疆的秋色很深了，南疆的胡杨如金似火。我再次来到博斯腾湖边，寻找湖的出口，看湖水如何流出，如何一路流淌，一路浇灌，一路流入塔里木，滋养那里的一切。我和博湖（博斯腾湖的简称）说过，我将带着她的灵气，上溯天山源头，下行大漠深处。此时正是顺流而行的好时节。

蒙古族朋友尼顿巴带路，我们来到博斯腾湖西南角的扬水站——湖水的出口，孔雀河的起点。水从一个著名的大湖流出，流成一条著名的河流，无论在人间还是自然界，都是一件大事情，就算在新疆这样天高地阔的大地方，也是一个大场面。这样一场浩荡壮丽的出行，我一定要来看一看。沿湖边公路，越过两条水流丰溢的人工河，走进扬水站大门。里面果然是一座锦绣游园，穿过葡萄长廊，走到山包上的观景亭，发现山包就是湖的南岸。

湛蓝的湖水烟波浩渺，呈现出秋天特有的宁静透彻。层层微波起于水天相连处，感觉如天上之水，垂幕般地向脚下涌来，烘托着山包下银白的沙滩。沙滩上一排遮阳草亭，水边几只小船。一位年轻母亲带着两个孩子在浅水里跑着，跳着，给水声里揉进一些脆嫩的笑声。

湖水从山包分流，在左右两边各形成一条宽约200~300米的喇叭形水道，两岸簇拥着茂密的芦苇和红柳，为将要成为河流的湖水夹道欢送。显然，这些水由此而去，将要承担重要的使命。两条水道通向两座先后建成的水闸，据说是西北最大的扬水站。人们为有效调节出水量建成大型闸口，可是闸口建成后的主要功能却成了不断扩大出水的流量，使博斯腾湖变得越来越小。

我跑到左右两边，分别去看两个闸口。它们像两个巨大的漏斗把湖水不停地吸走，过了闸口就成了我们进来时看到的那两条人工河。我能变成一条鱼该多好，可以随湖水一路游去。要是没有闸口，划一条小船也行呀，顺流而行，可以把一切都看清楚。我不能立即就走，还要与博湖再亲近一次。尼顿巴耐心地等着，我到两个喇叭口都游了一遍，从湖水中走出来，带着湿湿的留恋伫立回头，再次凝望。我与博湖心灵相通，接受了她的郑重嘱托，一路向西再向南，去看它流出去的"水孩子"。

从博湖出发，沿着两条满满当当并行而去的人工河一路西行。河岸长着繁茂的红柳，红红火火，生机盎然地饱吸着富足的河水。左边是戈壁和沙山，右边一会儿是断断续续的田园，一会儿是稀一片稠一片的芦苇。

我边看边想，河被现代人整治得规规矩矩，它原始的自然风貌会是什么样子？在公路上跑了十几公里，到了阿洪口风景区。尼顿巴说，好像听人讲，很久的过去这里住过一个叫阿洪的人，所以叫阿洪口。这里是一片被芦苇包围的幽静小湖，幽深平静的水面飘着点点睡莲，水边修了木栈码头，停着几艘豪华木质游船，还有许多快艇，有彩塑泡沫板围起来的水上儿童游乐场。北边水面插着两面红旗，看似一道水门。工作

人员说，坐船从那里出发，有36公里长的水道。我看了半天，问了许多人，终于琢磨明白。原来博斯腾湖西南角，是乌图诺尔、海尔诺尔、古尔温郭勒、查尕拉克其诺尔等许多大大小小连在一起的苇湖湿地，这才是孔雀河本来的源头故道。

离开阿洪口再往西，是与阿洪口串联得更加妩媚宁静的莲花湖。过了莲花湖、塔什店，沿公路远望，弯曲舒缓的孔雀河流淌在大片的芦苇滩中，直到没入天山南麓库鲁克山和霍拉山的峡谷之中。在现代公路修通之前的漫长岁月里，孔雀河冲开的峡谷，就是丝绸之路通往南疆的咽喉要道。出口便是"一夫当关、万夫莫开"像钢铁般牢固的"天下最后一关"——铁门关。公路让铁门失去了关隘的作用，水坝淹没了峡谷里的道路，现在只能绕道从库尔勒城北，去看孔雀河出关的样子。

二、铁门关

君生我未生，我生君已老。我是一个水痴，想跟着孔雀河进山，去感受峡谷险隘、激流奔腾的场景。可我出生时，那里已经在建水坝，刚刚走稳人生的脚步，水坝就建成发电，峡谷里的道路没有了。通衢已成，水坝截流现平湖，古道沉于水底，机缘永远错失。曾经的"天下最后一关"，咽喉要道，现在只是一处风景。无法踏上峡谷里的历史足迹了。我只能带着遗憾去看被截断了的孔雀河。

天山南坡的霍拉山和库鲁克山耸峙成峡，从库尔勒市区出发，快到谷口的平坦处，人工栽种的胡杨排成整齐的方阵，如同身着黄金铠甲的御林军，光彩夺目。走进峡谷，看到被大坝拦截过的孔雀河水，浅浅地从卵石中流过，像一首明丽的抒情诗。

还是先去看那道守卫了两千年的铁关吧。

史料记载，东汉时曾在此设关。晋代《水经注》称铁门关，峡谷叫铁门谷。《明史·西域传》曰："有石峡，两岸如斧削，其口有门，番人号铁门关。"

霍拉山在距峡谷出口几公里的地方，收腹留出一段弯道，被孔雀河紧逼过来冲刷掏挖成二级悬崖。大坝拦截之前，一边是近乎垂直的山崖，一边是激荡回旋的河水，紧靠山脚的路狭窄惊险，只有山腹最深处的台崖宽一些。此处建一道关口，阻断了从山体到崖边的全部可行之路。铁色砖石筑成的关门厚、高均三丈余，中间一道只容一辆马车通行的深深门洞。关楼上前后垛堞森严，中间两层藏兵楼，真是铁一般坚固的雄关。从焉耆盆地到塔里木盆地，所有的行人与物资，只能从这咽喉般窄小的门洞一一通过。行人车马无论从峡里还是峡外，沿着狭窄的道路心无旁骛地走过来，抬头一见雄关威蠹，不由得感叹大自然的鬼斧神工。

离开铁门关，登上水库大坝。河水密藏深谷，陡直的山体淹了大半。在天山南坡的断崖深谷里，突然看到绿中泛黄的水，有一种深不见底的神秘感。大坝的排洪口只有少量的水，流到原来的河道。主流从山洞引向电站。伴着山风，脚下有隐隐的隆隆之声。

孔雀河流到这里，曾经有一道 5 公里长的河湾，首尾落差 45 米。清代谢彬在《新疆游记》中简单描述了这段峡谷："两山夹峙，一线中通，路倚危石，侧临深涧，水流澎湃，日夜有声，弯环曲折，时有大风，行者心戒。"

这道幽深险要，大风像怪兽一般吼叫着，让"行者心戒"的峡谷，曾有无数创造历史的无畏行者走过。"凿空"西域的张骞走过，傅介子、陈汤、郑吉走过，投笔从戎的班超率领36勇士走过。多少身负重大使命之人，心怀学问智慧交流修行之人，商贾走卒，驮夫贫民，几千年来，多少人的足迹从这里往返。他们的胆魄，他们的惊慌，他们的坚定，他们的离愁，他们的匆匆脚步，此时，即使能到深深的水坝里游泳，哪里还能寻找得到？

在铁门关看景，咀嚼前人留下的文字，感觉与历史擦身而过。

三、梨园

水是生命之源，淹没时又更多滋生。淹没了过去，滋生着现在和未来。水即便造成灾难也是暂时的，带来的生机是永恒的，永不停息地滋养新的生命。香梨就是铁门关里水带来的一个传奇。

走下水坝，河洲上有一片熟透的梨园。没有见到梨园的主人，就为他充满诗意的造田赞叹。水库排除了洪水之忧，河道里不多的流水用于浇灌。园主在自然河洲边筑了整齐的石堤，巧妙利用河流迂回形成的水湾，稍微加高了下游的河床，在地边淤成一个深深的水潭。用自制的水车，轻而易举地浇地。河上一座简易浮桥，通向梨园和房舍。一道柴门扎住桥头的入口。我去拜访梨园的主人，刚到河边，那边一头威猛的大狗突然吠叫，"乌—汪"一声，在静静的河滩震起很深的回音。主人出现了，比想象中年轻得多，看上去只有 30 来岁。他姓秦，来自甘肃，开这片梨园已有五六年。园子大约二三十亩，现在到了盛果期。小秦脸上的微笑透着香梨般鲜亮的甜蜜。我盛赞了他的经济头脑和造田艺术。

库尔勒香梨是梨子中的一个独特品种，传说第一株梨树诞生于铁门关。这个传说有别于凄美俗套的爱情故事。讲的是一位贫民天才园艺师，苦心研究，屡遭挫折，终成正果。当然，很久以前的事情，一般都包含着神话的基因。传说很久以前，铁门关有一位叫艾丽曼的姑娘，为了改变乡亲们苦难贫穷的生活，向东翻越 99 座大山，去过 99 个地方，骑死 99 头毛驴，引来 99 种梨树。梨子最早产于中原，这个方向无疑是正确的。艾丽曼采用了科学的办法。为让梨苗保湿不干枯，她把梨苗放入掏空的南瓜，长途带回。99 种梨树栽培后，98 种都死了，只有一株与本地野梨嫁接成功。梨子成熟了，娇嫩香甜，落地即碎，变成银子。艾丽曼想把这棵梨树分给乡亲们嫁接，让大家吃上好梨子，过上好日子。地主巴依得知后想独占梨树，拿出金银财宝，要买下这棵树，同时不准姑娘将栽培技术传授给别人。艾丽曼回答："狼和羊做不成交易"。

巴依恼羞成怒，砍倒了梨树，杀死了姑娘。恶人斩不尽善良的根苗。第二年，砍倒的梨树根部长出新枝，乡亲们剪来嫁接到自家的梨树上。世界上最好的香梨诞生了，很快就栽遍孔雀河畔，成为当地独一无二的特产珍品。

水滴状的香梨，是塔里木盆地的阳光与孔雀河的水，在天山南坡峡谷里最完美的结晶。我在寂静的峡谷，静静的时光中欣赏着小秦的梨园。成熟的香梨挂在弯弯的枝条上，犹如秋日晨曦里的串串露珠，油油的蜡质光泽如同露珠闪耀在阳光里的光芒。鹅黄绿的底色染一层秋阳的金亮，又染一层朝霞的潮红，仿佛是水滴浸泡在晨曦中异化出的仙果。咬一口，阳光在水滴里过滤了一百多天的甜美立即化为甘露，不留一点杂质。

我在小秦的梨园转悠，品尝了最好的香梨，也品出孔雀河水在阳光热烈的山谷幻化的神奇。

四、天鹅驻足的城市

孔雀河从山洞导流去发电。做完这件大事，从另一条山谷流出来，重新回到主河道。流出铁门关，在干燥少雨的塔里木盆地，塔克拉玛干沙漠的东北部，缔造了一大片富饶的绿洲，一座魅力非凡的城市库尔勒。位居进入南疆的咽喉之地，得眺望整个塔里木盆地的地利之势。因为有孔雀河丰富的水量，变得富有，大气。还因为盛产香梨，被称为"梨城"。

"半城流水一城树，水边树下开园亭"。这是清同治年间，浙江乌程人施补华在《库尔勒旧城纪事》中的描写。那时候，孔雀河顺着地形自然流淌，水道遍布全城。树影里，有许多鱼游鸟飞的水泊小湖。草蔓中，是小兽随性玩耍的沼泽湿地。这座城市丰泽而浪漫。春天里"夭桃才红柳初绿，梨花照水明如玉"。到了秋天，香梨满树，到处飘香。地肥水美，一切都很富余，过往客人流连忘返。于是人口越来越

多，城市越来越大。"人烟繁密，商贾辐辏"。驿、馆、坊、店众多，往返于丝绸之路的马帮驼队，络绎于途。

从古到今的繁华，让孔雀河延续了好几个名字。"饮马河""海都河""浣溪河""宽柴河"就是最好的见证。

18世纪，河边聚集了很多皮匠。他们从巴音布鲁克草原收来皮张，在河边揉制加工，做衣帽鞋靴，带起织布、擀毡等相关的手工业。沿河一带人气旺盛，店铺宅院不断修建。河边整天响着"昆其、昆其"揉皮子的声音。也不知从哪一天起，昆其达利亚——皮匠河，这个名字就这样被叫开了。"昆其"叫着叫着就被叫成了"孔誉"。

民间说辞，往往有先知先觉的预兆。或许是这个美丽的名字，感染了冥冥之中的某种磁场。南方的孔雀拖着大尾巴飞不来，生性高傲，对生活环境颇多讲究的天鹅，却成了孔雀河的长住"居民"。

库尔勒能成为旅游城市，园林城市，与穿城而过的孔雀河不无关系。孔雀河缔造了这座城市，城市在门口迎接它的河流，把临河广场建成美丽大气的客厅。河水清清流淌，高楼大厦倒映河中，荡漾出塞外水乡。孔雀河的主河道用巨石铺成，宽约百米，沿途十几公里梯级而下。宽阔的水面被一道又一道的水坝抬升，使水流变缓，静如明镜。每一道水坝处是几米高的瀑布，一道又一道瀑布珠帘使河水在平静中有了灵动。两岸绿草茵茵，树叶婆娑，鲜花常开。河水常年不冻，四季长清。

有一年深秋，南飞的天鹅飞越这座城市，看到装扮时尚，还不失自然美感的孔雀河，试探性地做了停留。哪曾想库尔勒人好客又爱美。天鹅来了，消息很快传播。大人小孩，带着喂天鹅的好吃的，穿上好衣裳，纷纷跑来热情招待，照相合影。享受了高级礼遇的天鹅按原定计划飞走了，把好消息也传播了出去。以后来这里落脚的天鹅越来越多，有一年干脆留下来不走了。漫长的冬季，天鹅在河里游弋，成为库尔勒的精灵。政府专门为它们定了口粮指标，环卫人员定时投喂。第二年开春，天鹅们先去城市周边化冻的水库湖泊，练练翅膀，捕鱼捞虾。这段

时间，它们排着队形，一会儿起飞，一会儿降落，为春天的到来表演。很多摄影人远道赶来拍摄这高雅的舞会。直到梨花盛开，春天的色彩完全铺开，天鹅向北方飞去，飞往天鹅湖，赛里木湖，更北的西伯利亚。它们在那里相爱，孵出天鹅宝宝。冬天再来，领着孩子回到孔雀河。这些天鹅孩子长大后，把孔雀河当作老家，彻底忘记了温暖的南方。就像很多从内地支边来新疆的人，在这里结婚生子，扎根边疆，后代就成了地道的新疆人。

孔雀河滋养了城市，也滋养了人的性情。库尔勒人性情豪放，说话气壮山河。他们夸赞家乡，用几句简单的"嘴子"：亚洲，欧洲，巴州；泰山，黄山，龙山；黄河，长江，孔雀河；北京，上海，库尔勒。

到孔雀河游泳，是库尔勒人的一个时尚。在沙漠边缘干旱地区的城市，炎炎夏日，人们到河边休闲，下去游一阵，日子真是惬意。游泳是一项运动，我的感受却不止于此。一地之水，风韵习性，尽在其中。水土嘛，有水才有土，没有水，土就成了荒芜的流沙。无形之水变得有形，无味之水变得有味，全在一方人文地理，游在水里，才能有更真实细致的体会。

第一次游孔雀河是冬季。那年元旦刚过，我来库尔勒出差，白天忙工作，下午下班后来不及吃饭去游泳。朋友陪我到风帆广场。刚刚下过一场雪，岸上一层茸茸的白，河里一层蒙蒙的雾。我在车里换好泳衣，借环卫人员的铁锨铲出一条小路，踏着岸边的台阶下水。河水不深，刚淹到肚子。水温比乌鲁木齐的冬泳池水明显要高。入水没有刀割般的疼痛，四肢不僵硬，游起来很是畅快。我在雾气缭绕中，向建设大桥游去。雾突然散去，迎头遭遇一群排着队的野鸭。它们突然看见了我，以为是一个巨大的危险，一阵慌乱，掉头向下游飞速游走。远远地停下来，又对我观察。这个意外的相遇，打破了冬天的沉默，平添出季节之外的快乐。桥上的行人，俯在大桥的栏杆上，把我当野鸭子一样看稀罕。看了一阵，有人跑到河边摸水温，以为春天提前来了。真是一条可

爱的河，游一次冬泳，生出一堆乐趣。

初春时节，北疆的冰雪开始融化。春水渗骨头，比冬天的冰水更难忍。孔雀河的水没有那样冷酷，提前有了柳拂梨花的温柔，游起来没有刺骨的冷，是滑滑的凉。正游着，几只天鹅从空中滑翔下来。此时，与这河，河里的生灵，便有了自然的沟通。

我从博斯腾湖出发，一路看水。秋天的孔雀河流光溢彩，一派华贵。这个季节游泳的人不多了，我在河里尽情游着。从此岸到彼岸，一次次往返。岸边很多人，看一个人游泳，哪知我与孔雀河频繁交往的感情。

六、河流的命运

现在的河已非自然之河，与它当初的样子有了很大的区别。人们一级一级开发，一级一级截流。想顺河而游已不可能。我只能从河里出来，乘车去看孔雀河，流向塔里木盆地更深更远的地方。

过去的很长时间，孔雀河从博斯腾湖出发，经铁门关、库尔勒、普惠、阿克苏甫、铁板河，流入罗布泊。《山海经·西山经》曰："不周之山，……东望泑泽，河水之所潜。"误认为罗布泊潜入地下，成为黄河之源。《史记》《汉书》《水经注》皆附会其说，直到两千多年后才真相大白。如此说来，我从黄河边来到孔雀河，可能暗合了某种缘分。

孔雀河是塔里木河向心水系的一部分，但与塔里木河的其他支流不同。真正的身份，是塔里木河在下游，相互依偎的姊妹河。两河在历史上几经合分，但有各自独立的河道。魏晋前，塔里木河由普惠流入孔雀河的河道，两河合流从北注入罗布泊。当时农业规模小，入湖水量大，罗布泊"广袤三百里，冬夏不增减"。

魏晋之后，楼兰衰亡。塔里木河重回故道，孔雀河也从尉犁下面的铁门堡，经依列克河流入塔里木河道，从南面经台特马湖—阿不旦—喀拉库顺湖，注入罗布泊。

20世纪20年代，塔里木河在英买里冲宽了灌溉草场的渠道，形成拉依河，再由普惠入孔雀河，沿魏晋后干涸的铁板河北入罗布泊。

20世纪50年代，人们在英买里的拉依河口筑坝。塔里木河再回故道，孔雀河与塔里木河再次分流，分别由各自的河道流入罗布泊。罗布泊仍有广阔的水面。

20世纪60年代，建成阿克苏甫大坝，截断了孔雀河下游河道的尾水。孔雀河水经库塔干渠再入塔里木河，失去了与罗布泊的联系。塔里木河主河道，先后建成恰拉水库，大西海子水库。人类活动改变了地表径流的区域分配，上中游引水过多，下游断流，留下几百公里的干河道。从昆仑山发源的车尔臣河下游河道也干了，台特马湖干涸。两条河与罗布泊洼地的三个湖——台特马湖、喀拉库顺湖、罗布泊失去了自然联系。

1972年底，罗布泊干涸。

2000年起，塔里木河八次向下游输水，台特马湖恢复，罗布泊永远成为盐泽。

孔雀河从博斯腾湖到罗布泊，曾经有730公里的长度，现在不足200公里。下游几百公里干涸的河道，只留下关于水的记忆。一路走，一路看，一路思索河的命运。

我思索水的精神。水不停地流动，有时稍做停留，继续流走，从不疲倦。水总是聚在一起的集体形象，离开集体，就蒸发消散，或者注入其他的生命。

一条河养育了很多的人，却不是所有的人都懂这条河。多少人喝了孔雀河的水？多少人从河里游过？多少人还依然挚爱着这条河？

七、寻访罗布人

听说罗布人以河为家。我去拜访罗布人，去看他们的生活与河的关系。

罗布人是罗布泊地区的居民，生活在罗布泊、喀拉库顺湖、台特马湖一带，孔雀河、塔里木河、车尔臣河沉积的小海子边。"不种五谷，不牧牲畜，唯以小舟捕鱼为食。"

传说，过去的罗布人结婚，娘家陪嫁一个小海子，一对新人守着它过和和美美的日子。

传说罗布人长寿，八九十岁还是好劳力，一百岁还能做新郎。

传说，罗布人力气很大，两个人合力能拔起一棵胡杨树。

传说，过去的罗布人家家临水，户户通舟，划着卡盆（一种木制的大木盆）走亲戚。用红柳削尖的木杈叉鱼，用大头棒打鱼。

他们没有文字记载的历史，留给人们很多的揣测。传说他们的先祖与鲜卑有关，也可能是楼兰后裔。他们的先祖很会唱歌，崇拜太阳，以水为生……

1876年，俄国军官普尔热瓦尔斯基到了罗布人的村子阿不旦，清朝任命的首领昆其康伯克接待了他。他在村里盘桓数月，记录了罗布人的生活："一个守着陈旧的世外桃源，不知谁是皇帝，世代厮守那片自己的水域，甘愿寂寞而又心安理得的人群。"

20年之后的1896年，瑞典人斯文·赫定乘独木舟来到阿不旦，见到已经很老的昆其康伯克——这位在外来者和本地人眼里都是品格极为高尚的人。结识了他的探险福星，罗布向导奥尔德克。奥尔德克带他发现了楼兰遗址和小河墓地，等于找到了南疆考古的金钥匙，引发了丝绸之路热和新疆探险考古热。

1907年，斯坦因来到罗布荒原，前往楼兰。两位罗布人的伯克拦住去路。两位伯克身着大清的五品官服，衣履敝旧，已有补丁，且不合身，但漂洗干净，缝补的针脚细密，中规中矩。他们是康熙时代册封的世袭官员，履行职责，查验外国人的护照。斯坦因感慨。走遍中国西部，见到的官员无不唯唯诺诺，从不敢拂逆其意，根本不用出示护照。唯独在这"荒凉得如同月亮上一样"的罗布荒原，遇到维护国家主权

的罗布人。这个敦煌劫经的始作俑者，为罗布人记下了耐人寻味的一笔。

近百年来，罗布地区的海子不断消失。水的失去，逼迫罗布人从捕鱼的水道"恰普干"后退。从阿不旦到恰卡勒，到库木恰普干，到英阿不旦，到玉尔特恰普干，到米兰。河水断流了，又断流了，干成碱沟了。打鱼的地方越来越少。在不长的时间里，他们后退了几百公里。一部分到了尉犁县的墩阔坦，琼库里，喀尔曲尕。一部分穿越沙漠，到了克里雅河上游的于阗，和田河边的洛浦。

罗布人的生存环境变了，生活方式也变了，他们的性格有什么改变？

听说有个叫喀尔曲尕的村子。村里的人七八十岁仍劳作不息，带着用野麻编织的网，划着卡盆下湖捕鱼。年轻人在落日将尽，月亮初升的时候，依偎着水边的胡杨树，唱着《心爱的姑娘》：

> "我从喀尔曲尕来，像鱼在水中畅游。自从见到了你，我无法入眠。心爱的姑娘，因为路途迢迢。天上的月亮啊，带去我深深地祝福。我心爱的姑娘，你是我心中最明亮的月光……"

多么和谐的生活。我去过精心打造的罗布人村寨，走完每一个角落，看到的都是散发着商业旅游味道的种种复制。

好想划一只胡杨木卡盆，沿河而行。用上很多时间，慢慢去拜访罗布人的村庄。在尉犁县城，我见到了朋友介绍的朋友吐尔逊·苏来曼和热合曼·哈力克，请他们带我去拜访罗布人。

"罗布人？我们就是嘛。"两位朋友脱口就说。"尉犁嘛，就叫罗布淖尔。原来嘛，我们在罗布泊，水少了嘛，我们退，一直退到这个地方。我们罗布人嘛，从罗布泊来的人。"

他们的回答让我有些难为情。自作神秘的想象被一言道破，许多看似高深的东西，在现实中往往平常。我开始怀疑，史学界和考古界对罗

布人的考证，只不过起于几个外国人的最早记述，从而概念化地把罗布人限定在很小的范围。尉犁人以罗布人自居，说明他们对"罗布淖尔"地域名称的认同。

吐尔逊和热合曼，并不在意我提得不恰当的问题，热情地带我去一位罗布老人家做客。我要准备一些礼物，两位朋友立即反对：朋友房子去，东西拿上嘛，朋友生气呢。我说，看老人嘛，带点礼物是应该的。他们的语气真的有了不满：我们嘛，朋友来了高兴，吃肉，喝酒。东西拿来嘛，看不起（我们）嘛，那个样子不行。

出城 30 多公里，到了墩阔坦乡琼库勒牧场琼库勒北路 76 号，我跟着吐尔逊和热合曼，两手空空走进热乍克老人的家。房子在棉花地中间一块高出的台地上，犹如海子中间突起的小岛。看这地形，在不是太久的过去，棉花地可能就是海子。现在水没有了，海子成了地。

这是个大户人家，很大的院子里有两排平房，很多人在院子里忙碌。两排房子中间搭着厦棚，棚下一盘铺着地毯的大炕，一群孩子在炕上跳皮筋。主人迎出来与我们握手。热乍克老人，他的两个儿子，还有墩阔坦乡的乡长。

没有太多的礼节，几句简单的寒暄后，我们被请到房子里吃饭。大家上炕，炕中间的地毯上铺着干净的餐布，摆满柴火馕（用柴火烤制的馕）、西瓜、甜瓜、凉拌菜，巴旦木、葡萄干、水果糖。老人的儿子依香·热乍克，村里的致富能手。他开口第一句话："我入党了。"这是他今年最高兴的事情。他家有 1600 亩棉花地，600 只羊，7 台拖拉机，10 口机井。雇了几十个工人，有四川的、喀什的、和田的。有的工人两口子都在他家干活，半年能挣五六万元。

依香介绍爸爸热乍克·吐尔地，92 岁了。他的爸爸的爸爸的爸爸来到这个地方。30 年前，房子周围是海子，鱼多得很。他比着大腿说，有这么大，用棒子打。野骆驼很多。房子后面有梧桐，他把胡杨叫"吾通儿"——柴火的意思，我听成了"梧桐"。过去这个地方都是水，

罗布人不吃粮食，吃鱼、兔子、黄羊、很多野东西（野生动物）。

　　说着话，刚刚出锅的羊肉端上来了。热乍克老人与我们一起吃饭。他身材不高，一身白绸衣裤，赤着脚，一个跨步上了炕，连炕沿都没有扶一下。如此利索，哪里像90多岁的人。

　　最遗憾的是不懂他们的语言，无法与老人直接对话，聆听他近一个世纪的故事。

　　依香说，爸爸小的时候放牧，刚解放时在镇里的粮食局榨油，后来在家里榨油。他家开着全村唯一的油坊。老人对我的到来十分高兴。吃完饭，穿上自己最好的袷袢让我拍照，又演示土法榨油的工艺。房子外面的空地上，立一个半人高，两人合抱的胡杨树桩，中间挖下去一个圆坑，里面又一个小坑。小坑里面开个小洞，通着底下能放一只桶的开口。一根梨木，磨成圆头，放在小坑里。旁边一个胡杨木架子，扶起来，套上毛驴，开始转圈。梨木的圆头在胡杨木坑里转起来。炒熟的油菜籽放进去，榨出的油漏到下面。老人与他的大儿子把毛驴套上，小孙子跟着爷爷赶驴。毛驴踢起尘土，儿媳妇提来一桶清水洒湿地面。整个一幅朴实鲜活的榨油图。

　　整个下午，我在热乍克老人家，享受了贵宾礼遇。告别时，老人送我一壶刚刚榨出的菜籽油。梨木和胡杨摩擦很多年的味道，渗透着罗布人一家的情义。

魂牵梦绕塔里木河

一、大海的女儿

塔里木河啊塔里木河，你是大海嫁得最远的女儿，把你嫁到塔里木这个很大很穷的家。为了养育这里的生命，你坦然面对沙漠里的四个恶魔——极端干旱、极端酷热、极端蒸发和极端风暴。曾经的你从乔戈里峰的冰川出发，一路汇集叶尔羌河、喀什噶尔河、阿克苏河、和田河、渭干河、迪那河、孔雀河、克里雅河、车尔臣河9大水系的144条河流，注入盆地东北部的罗布泊洼地。一路留下无数湖泊为镜，映照美丽颜容。于是，你成了一位最伟大的母亲，虽然有"无缰之马"的个性，仍以水性柔情操持着这个很大的家。

你从昆仑之巅，天山之峰，两山交汇的帕米尔高原，摘下片片绿洲，一块一块铺在砾石荒原与茫茫沙漠之间。从葱岭到渤泽，养育了无数美丽的女儿，留下了丰厚的历史，神奇的文化。绿洲孩子吮吸你的乳汁，四大恶魔蒸发你的血液，你终身无悔，放弃了回归大海娘家。

你曾经"河水汪洋东逝，两岸广邈，弥望菹泽"（清《西域水道记》），那是何等浩荡气派。从叶尔羌河的源头算起，全长2179公里，长度仅次于长江、黄河和黑龙江。《大清一统舆图》中，和田河、叶尔羌河、喀什噶尔河、阿克苏河，四河汇合于阿克苏南的阿拉尔地区。《河源纪略》记述："会处四水交贯，形若牛栏。"中游坡度平缓，泥沙淤积，河床高于地面，汛期洪水泛滥经常改道，河道南北摆动，迁徙无定。

人类的发展使你渐趋衰弱，现在只剩三条水系补给来水。明代，克里雅河与你失去联系。清晚期，兴修水利，耕地增加，喀什噶尔河不再注入。和田河时涨时涸，有时不入。渭干河少量流入，至中华人民共和国成立之初，失去联系。近几十年来，土地不停地开垦，上游三源河流域灌溉面积快速扩大。大型干渠超过塔里木河总长度的三倍，支、斗、毛渠总长达6万多公里，年引水量超三源河总量的八成。20世纪80年代后期，叶尔羌河基本无水补给，和田河断流的时间更长，阿克苏河只在洪水期下泄，枯水期全部通过拦河闸引入阿拉尔灌区。枯水期，塔里木河干流的河水几乎就是回归水和农田排水，洪水期才能流到恰拉水库和大西海子水库。从上游肖夹克到台特马湖，只剩1321千米的长度。

塔里木河啊塔里木河，你是多少人的故乡？多少人的母亲河？你的多少绿洲孩子在长大？又有多少死去？是谁让你变得衰弱？难道是那些亢奋的人心？

塔里木河啊故乡的河，我为你歌唱，我为你悲伤。

二、拥抱塔里木河

初冬时节，我第一次到塔里木河游泳。想象中，100多年前，斯文·赫定乘坐38尺长的驳船，在忽急忽缓的河水中顺流东去，直抵罗布泊，是怎样的气定神闲，浪漫潇洒。

我怀着畅游一条大河的期盼，沿218国道，到了在距英库勒镇不远的塔里木河边。远远看到塔里木河，如同要见一位仰慕已久的母亲，心

情志忐又兴奋。宽阔的河岸两边，高大沧桑的胡杨，虽然金黄的树叶大多落尽，仍然是英雄树的伟岸气魄。河滩里茂密的芦苇，齐刷刷的羽穗在冬日的阳光里尽显奢华。河水却若隐若现，并不见大河奔流的波澜壮阔。走近了，终于看见，窄窄的水面似流非流，一副疲乏不堪的样子。河水与河滩湿湿的泥沙粘连在一起，浅得几乎不值一游。

这就是著名的塔里木河吗？我内心的激情，被河边的冷风吹得无所适从，禁不住深深地忧伤。自我安慰，是来的时间不对。此时是一年中水量最小的枯水季。同行的朋友调侃，这么大的河，怎么不能满足你的冬泳。

驱车找到一座拦河闸口。河道被闸门截断，积了一段不再流动的深水。我在想游不想游的踌躇中走下大堤，踩着岸边的薄冰下水。感觉水温有五六度，除了冰冷，混浊不清的河水含有盐碱的咸涩。游了一阵子，直到身体发木，皮肤发红，算是完成了一次在塔里木河冬泳的经历。

哎！塔里木河啊，我终于拥抱了你衰弱的躯体。冰冷的河水刺激了我的血液，带给我身体的轻松，冷却了向往已久的激情。感觉只是完成了一个不太要紧的任务。

恰拉水库紧邻塔里木河道，距库尔勒120公里，属于国家大Ⅱ型平原灌注式水库。最初的水源是塔里木河，仅仅十多年，塔里木河的水就不够用了。20世纪80年代，只好加大了博斯腾湖的出水量，增加了孔雀河的来水，水库的主要水源改为孔雀河。配套恰铁干渠，灌溉塔里木垦区40余万亩耕地。我在坝上徘徊，看水库汪洋一片。也许是体温没有恢复，或者是对塔里木河的伤感没有消退，我竟然没有看见大水面，就想极速下去游泳。

水库，水库，不就是囚禁水的牢狱。

恰拉水库将要扩建。塔里木河下游建成30多年的大西海子水库要结束使命，退出农业灌溉系统。恰拉水库扩建后，将要增加大西海子水库废弃后"空缺"的灌溉任务。

此时，大西海子水库已经成了塔里木河的末端，距库尔勒市只有240公里。当年水库建成，将塔里木河干流来水全部拦截，造成下游断流，河道被沙漠掩埋。2000多万亩草场沙化，胡杨林锐减，塔克拉玛干沙漠和库鲁克沙漠多处合拢，威胁到下游绿色通道的安全。

大西海子水库让它的建设者爱痛交织。它像一位营养不良又性格偏执的母亲，左手抚爱身边的农田，右手掐断了下游河道的乳汁。河水断流，演绎了新老英苏的变迁，与罗布人的新老阿不旦的变迁如出一辙。

30年，在历史的长河里多么短暂。一个30年前出生的婴儿，刚刚长到而立之年，甚至还没有感知到年华易逝，就在这短暂的时光里，一条维系了亿万年的"绿色长廊"就被他们的父辈毁灭了。流淌了亿万年的塔里木河被生生截短了几百公里。人类总是向往更多的田地，以为拥有了田地就是拥有了收获和幸福，殊不知滥用生命之水会带来多么可怕的后果，遭到怎样无情的报复。塔里木河的水就那么多，上游荒漠大量开垦，下游的绿洲就要死去。人类常常自导自演，破坏生态的惨痛悲剧，可同样的悲剧总是在重复上演。盲目向沙漠进攻，最终适得其反，变成沙进人退。

眼看两大沙漠就要完全会合，拦河人的生存已岌岌可危。人们这才不得不痛下决心，改大西海子为调节水库，恢复下游的塔里木河径流，挽救尚有一线生机的绿色走廊。阿克苏甫大坝和大西海子水库分别阻断了孔雀河和塔里木河。塔里木河下游还可以恢复到台特马湖，孔雀河下游到罗布泊已永远变成了无声息的死亡之地。希望有一天河水可以重新回到曾经的绿洲。

三、鱼的记忆

朋友招呼去恰拉吃鱼，恰拉是个吃鱼的好地方。一个人从思想深沉的体验者，轻易就能蜕变成轻松自在的游客。好的，我们去吃鱼。

紧邻恰拉水库，塔里木河边，大路旁，一溜平房，没有名字，没有牌匾。这样一个连名字都没有的饭馆，慕名前来的人很多。门前很宽的空地上停着许多大小车辆，有很多人在吃，更多的人在等。

今日有鱼今日吃，红烧大盘鱼，好香，好吃。吃。

吃着大盘鱼，鱼的记忆游入脑海，泛起鱼的回忆。曾经的水，滋养曾经的城，在不远处留下的遗迹。假如那里还是绿洲，游览一番，最好在城边的河道里，与曾经的鱼一起游泳，该是多么惬意。此时却只能在考古资料里，翻检鱼的记忆。

营盘，丝绸之路北道的必经之地。相传西汉时屯田聚兵，故名营盘。距库尔勒市 137 公里，尉犁县 170 公里，楼兰故城西 200 公里，是孔雀河故道的北岸。

照此描述，营盘应该在恰拉东南不远处。如果不是环境改变，以现在的交通，我们吃完鱼赶过去，也就一会儿的事情。时空转换，现在真的要去，必须有探险装备。在这里，历史与现实离得很近，要走进去又很远。真是好生遗憾。

曾经的重镇营盘，位居塔里木盆地东部交通线的十字路口。背靠库鲁克山，面对塔克拉玛干沙漠，东接龙城雅丹，西连塔里木绿色走廊，负有扼守"楼兰道"西端咽喉的重任。沟通着丝路南道的鄯善、且末以及天山以北诸国的联系，是古代东西方文明重要的碰撞融合点。

考古人员在此发掘的文物，有汉晋时代的绢、绮、丝、绣、织金锦、铁镜，有波斯安息王朝的玻璃器，希腊罗马风格的毛纺织品。这些文物分别具有同时代中国中原、中亚、波斯、希腊、罗马等地各种不同的艺术风格，可谓尽收天下宝物。1995 年挖掘的 15 号墓，出土了价值连城的国宝。墓主人的棺木上盖一条色彩斑斓的栽绒狮纹毯，揭开毛毯，是艳丽的彩棺。棺木开启，里面躺着一位身高 1.8 米，年约 25 岁的美男子，身着当时世界上最华美的衣物：戴着精美的中亚麻质面具，微笑张望着 1600 年后的人们。身盖淡黄色绢被，头枕鸡鸣枕，上身外

穿红底黄花罽袍，内穿淡黄色绢衣，下身穿绛紫色毛布长裤。狮纹毯是印度风格的，罽袍是希腊罗马式的，被子、内衣、枕头是中原式的，裤子可能是营盘本地的。中国产绸，西方产罽，分别代表着东西方的纺织工艺。有一件绝世精品——金缕罽，用西方的罽作面料，东方的绢为衬里，"一件衣服，缝合了东方和西方"。

营盘繁盛时期："驰命走驿，不绝于时日；商贩胡客，日款于塞下"。它在丝绸之路上的重要地位，堪与楼兰媲美，被历史学家称为"第二楼兰"。

公元4世纪的晋代以后，孔雀河突然断流，罗布淖尔西北的绿洲迅速衰废，营盘失去了赖以存在的基础。历史戛然而止。直到20世纪末期，中国的考古学家多次深入，才揭开它的历史面纱。

鱼的记忆告诉我，在塔里木盆地，"死亡之海"的边缘，水是真正的主宰。

四、望楼兰

1900年3月，斯文·赫定率一支探险队，沿干涸的孔雀河道到了罗布泊地区。他们在沙漠里艰难行进，突然发现挖水的铁铲遗失在前一晚的营地。这可是一件要命的事。谁能想到是天意要将那把铁铲载入史册。他赶紧派阿不旦村的罗布向导、"野鸭子"奥尔德克回去寻找。奥尔德克在傍晚时分找到了那把铁铲，突然狂风四起，当地人称作"喀喇布兰"的黑风暴来了。奥尔德克迷路了。等风暴停息，眼前出现一片废墟。沙漠里有一座耸立的泥塔，还有许多半埋的雕花木板。他凭职业敏感顺手捡了几块木片。斯文·赫定看到那些木雕残片，简直不敢相信自己的眼睛。他断定那里埋藏着一个惊人的古老文明。因为只剩最多两天的水和食物，他决定第二年再来。1901年3月3日，奥尔德克领着斯文·赫定找到那片遗址。神秘消失1600年的楼兰文明再现了，消息震惊世界。

楼兰地处若羌县北、罗布泊西北角、孔雀河道南岸 7 公里的雅丹地貌群中。西北距库尔勒市 350 公里，西南距若羌县城 330 公里，占地 12 万平方米，接近正方形，边长约 330 米。这里曾是丝绸之路上一个重要的通道。

汉代丝绸之路从长安起，西行金城（今兰州），过河西走廊的武威、张掖、酒泉、敦煌四郡，出阳关，过白龙堆到楼兰。分岔南北两道。北道西行，经渠犁（今库尔勒）、龟兹（今库车）、姑墨（今阿克苏）至疏勒（今喀什）。南道自鄯善（今若羌），经且末、精绝（今民丰尼雅遗址）、于阗（今和田）、皮山、莎车至疏勒。疏勒西行，越葱岭（今帕米尔高原）至大宛（今费尔干纳）、大夏（今阿富汗）、粟特（今乌兹别克斯坦）、安息（今伊朗），远至大秦（罗马帝国东部）的黎轩（埃及亚历山大城）。另一条道从皮山西南，越悬渡（今巴基斯坦达丽尔），经罽宾（今阿富汗喀布尔）、乌弋山离（今锡斯坦），西南行至条支（在今波斯湾头）。从罽宾南行，至印度河口（今巴基斯坦的卡拉奇），转海路去波斯和罗马。

楼兰遗址有四条干涸的大河床，密布干涸的河渠小道。几条河流入城中，出城流入罗布泊。呈正方形的遗址上，官署衙门、军事要塞、寺院佛塔、街巷民居错落有致，雕刻精美的房梁门橼比比皆是。出土文物有汉代五铢钱、贵霜钱币，工艺精湛斑斓华丽的锦、绢、毛棉织品，各类陶、木、铁、玻璃制品，金、银、铜、海贝、珊瑚饰品，有大量的佉卢文和汉文文书。

彼时的楼兰，是大漠戈壁中天堂般的水乡泽国。塔里木河与孔雀河流入罗布泊之前，在城外分出数条支流，环城流淌，穿城而过。河边绿树成荫，城内街巷纵横，商旅辐辏。楼兰是东西方文明交汇融合的"国际商贸中心"。

《水经注》记载，东汉时，塔里木河中游的注滨河改道，致新楼兰缺水。西域长史班勇派将军索励，从敦煌率兵 1000 人，又召集鄯善、

焉耆、龟兹三国兵士 3000 人，不分昼夜横断孔雀河往注滨河引水。水困解决后，大规模垦荒造田，几年下来，积粟百万。那种情况和现在的大西海子工程何等相似。孔雀河被拦，下游的楼兰故城水源断绝而废。一座故城的荒废阻挡不了人们对繁荣的向往。人口快速增加。耕地扩大，伐木筑屋，生态反向报复人类。后来，塔里木河改道，孔雀河主流也向南与其合流，罗布泊随之向西南飘移。楼兰故城区域的罗北三角洲生态急剧恶化，胡杨树大片枯死，绿地被流沙湮没。东晋前后，楼兰人无奈选择了撤离。几十年后，法显和尚路经楼兰，已是"上无飞鸟，下无走兽，遍望极目，欲求渡处则莫知所疑，唯以死人枯骨为标志耳。"

风沙没有止步，鄯善新城也难逃厄运。公元 5 世纪末，南齐使者江景玄来到西域，到达鄯善，发现曾经富庶的绿洲城池空无一人。

隋唐时期，丝路北道被新开辟的伊吾大道取代，穿越白龙堆到楼兰的艰险之途，不再是必经之道。路断城空，楼兰彻底消失于历史长河，此后的一千多年再无信息。人们留恋地走了，他们去了高昌、迪坎、库姆塔格沙漠北边的蒲昌，伊吾，乃至中原。只有少数留下来的罗布人悲伤地吟唱："沙漠是干涸了的海，楼兰是沉没了的船。"他们坚守到了最近的一百年，怎奈塔里木河继续缩短，阿不旦的湖泊干了，眼睛一样明亮的海子没有了。离开吧，彻底离开。人们去了新的家乡。弃船上岸，亦牧亦农。

考古证实：人类在塔里木河盆地活动的历史有一万年以上。塔克拉玛干大沙漠中的故城，大多消失于公元 4 到 5 世纪。用一根红线连接，营盘—楼兰—米兰—尼雅—喀喇墩—丹丹乌里克……都在距今天人类生活地 50—200 公里的沙海中。

是自然变迁？上天的旨意？还是因为人类的过于自负？

现在，离丹丹乌里克不远的沙漠中，有一座被沙子覆盖的"喀喇墩"遗址。"喀喇墩"，意为"黑沙包"。有考古学家认为，喀喇墩古城

可能就是传说中的喝劳洛迦。无论其对应关系是否成立，喝劳洛迦，"KROLAYNA"（楼兰）的异译，本意即"城镇"。

五、四大文明的交汇

人类总是渴望远方，在征服海洋之前，先征服脚下的大地。向远方，更向远方。遥远从来阻挡不住探索者的脚步。或者为生存环境逼迫，或者遇强敌追击，或者为财富梦想，或者为探求真知……古代四大文明发源地的人们，分别从各自的地方出发，由东向西，由西向东，由南向北，由北向南，不停地行走。他们必然从不同的方向翻越高山，沿着河谷，会聚于世界最大的陆地——亚欧大陆中部的塔里木盆地。古中国、古印度、古埃及、古巴比伦，代表着四大文明发源地的人们，从长江与黄河流域、印度河与恒河流域、尼罗河流域、底格里斯河与幼发拉底河（两河）流域，从不同的方向来到塔里木河流域的沙漠绿洲，最终相遇于塔里木河下游这条绿色长廊里的城邦。他们带着各自的智慧与文明，在这里碰撞，在这里停留，在这里交融，在这里生长。玉石之路、丝绸之路和宗教文化传播之路，不停地从这里经过。多少人为远行付出了生命，多少人因远行成就了大智大勇。

现代考古不断有惊人发现。那些被沙漠掩埋的城邦故国，一直有多个种族、多种文化共同生存。那些被发现者，与其说是人，不如说是神，是神话的创造者，处于人类勇敢与智慧最顶峰的顶尖人物。

美味的大盘鱼滋养了我的脑袋，我开始思索四大文明在这条绿色长廊的重叠，交汇，融合，受孕，再生。为什么？因为这里所处的地理方位，更因为有塔里木河丰富的水源。人们经过长途跋涉，分别从不同的方向走过戈壁沙漠，来到这水草丰茂的地方，简直像走进天堂。停下来，住下来，聚为村庄，修建城市。于是这里既是终点，又成了新的起点。想着这些，我嘴里的鱼仿佛包含了许多文明交织的味道。

这里成了文明交汇的十字路口。人类走到这里，往往经历了生命和

毅力的极限考验，极限经历给人极大的感悟。每一个人，每一种文明，在这里都会展示全部，直到极尽。比如营盘故城那位 25 岁的美男子，比如重见天日的楼兰美女，比如米兰壁画里飞翔的天使，比如在发源地早已死去、在这里依然活着的佉卢文……

沙漠的纯粹和极端，使所有来到这里的文明都想留下极尽的表现，把完全的底色与根本留下来，一层又一层，层层覆盖，有了最深的融合。今天的人们挖掘这些文明，思考这些文明，如同面对塔克拉玛干的风沙大漠，有时清晰，有时迷幻，总是看到却看不清下面的全部。人们需要以极大的耐力，一点一点去挖掘，一步一步去丈量。

不同的文明，不同的时间来到这里，一层一层相互覆盖，每一层都包含着珍贵的思想，每一层都包含着特有的精神。如此厚重的重叠，现代人如何能一下看清。如果是财富，比如金子和美玉，哪怕一点一点散落在沙海里，我相信现代文明的高超手段最终都能找出来。而一层一层精神和思想的覆盖，任最贪婪的欲念用最精准的技术都不能轻易获取，更无法穷尽。

我的被大盘鱼滋养的脑袋灵光一现：极限和极端给人极尽体验时，激发出最大的潜能，获得极端的智慧。挑战生命极限，在极尽生命潜能时，一定能获得独到的感悟。

六、胡杨的忠诚

沙漠、绿洲、动物、植物，还有人，我认真思考他们与塔里木河的关系。想来想去，胡杨才是塔里木河最忠诚的孩子。

天山和昆仑山共同孕育了塔里木河，塔里木河又无私地滋养两山之间的盆地，它是盆地里所有生物的母亲。河水是源源不断的乳汁，谁在不断索取？谁又在真诚回报？我在塔里木河的历史变迁与命运转折中看到，只有胡杨与塔里木河紧紧相随，忠诚相依。

胡杨是古老的英雄树，已有一亿三千万年的历史。它们代代相传，

把塔里木当作真正的故乡。地球上百分之九十的胡杨树在中国，中国百分之九十的胡杨在新疆，新疆百分之九十的胡杨在南疆的塔里木盆地。塔里木河给了胡杨生命之水，胡杨永远为母亲河传承生命，阻挡风沙。亿万年生死轮回，一代又一代忠诚守卫。塔里木河给了它极其顽强的生命，一次轮回就是三千年："生而不死一千年，死而不倒一千年，倒而不朽一千年。"一轮生死，就能见证全部的西域文明史。

胡杨是塔里木河最忍辱负重的长子，像修炼了亿万年的精灵，能在极端恶劣的环境里，不可思议地生长。严寒酷热不能动摇它的意志，干旱盐碱不能侵蚀它的精神，只要能有一滴水，就能坚强站立，展示动人心魄的形象。胡杨的生长，就像一部活的神话，讲述着启迪人心的哲学。

胡杨在水中不怕涝，在沙漠不怕旱，根须深扎地下几十米，可以超过树干的几十倍，默默延伸，在很深很远处找寻水分。胡杨的特殊机能，能从浸渍生命的盐碱地吸取营养，把这种艰辛和苦涩化作无声的泪水，饱含在自己的躯干里。沙漠里的水，凝成一点一滴都是一种奢侈，一丝一缕都来之不易。胡杨克勤克俭，把体内的水分精打细算，用到了极致。它在幼树和嫩枝上把叶子长成针状线形，中年时才长成卵形。叶子有大有小，大叶吸收阳光，小叶减少水分散失。为了锁住水分，胡杨在叶片上长了一层蜡质，使得秋天的阳光洒在上面，能反射出金子般富有的光芒。胡杨从不轻易表述自己的忧伤，任何时候都展示着勾人心魄的形象。

胡杨是"死亡之海"的生命之魂，紧紧跟随母亲河。塔里木河流向哪里，它就跟到哪里，随着河流的变迁，在沙漠中处处留下驻足的痕迹，处处留下自己的种子。遇到河流再来，立即生根发芽，快速生长。它还从根部萌生幼苗，不断扩大自己的领地。

置身塔里木河两岸，沙漠边缘，看着一株株与命运抗争的胡杨，诠释着塔里木河在绿洲沙漠间流淌的意义。胡杨令我敬仰，让我感念生命

的高贵与顽强。

胡杨的灵魂牵着我，让我一次次沿塔里木河行走，追寻胡杨的踪迹。塔里木河大桥，胡杨公园，沙漠公路，墩阔坦……去看水边茂密的胡杨，沙漠里独自守望的胡杨，年轻的胡杨，苍老的胡杨，都在传达着一种顽强。

淹没生命的沙漠，因为塔里木河而有生。胡杨树从生到朽，3000年不灭的存在，经受了怎样的苦难与重生，怎样的枯萎与繁荣，那是一部人类难以记载的历史。它们的存在，是一种无法用语言量化的精神，一种坚贞不屈的信念。

听说塔里木河的水多了。树叶金黄的季节，我又一次沿着塔里木河行走。天山以南，昆仑以北，沙漠与长河，有生与无生。我在追寻一个隐含于心、反复出现的梦。

黎明时分，站在塔里木河岸边，沿河黑魆魆的芦苇滩。打着手电，穿过狭窄的苇巷，来到河边。抬头看正在暗淡的星辰，低头看静静流淌的河水。这是我梦里的约定，脚下的泥土，流动的河水，都似曾相识。塔里木河不像上次那样疲弱，显示出了一条大河的样子。浩荡的塔里木河，浑浊漫溢的河水，每一滴水从哪一片大海升起？随哪一片云飘逸？与哪一阵雨落下？如何流经这里？成为孕育千万年梦想的一滴水。我来到这里，似乎验证一个曾经做过又忘记了很久的梦，让我在黎明时分看到却看不太清。

我在黑暗中摆渡过河，到对岸沙山上去看太阳升起时的大漠胡杨，看晨光里塔里木河长满胡杨的美丽河湾。过了河，过了苇巷小径，就是一片胡杨林。走出胡杨林，是连绵起伏的沙山。顺着沙脊爬上去，左手是大漠，右手是蜿蜒曲折的塔里木河。

天空睁眼醒了，纯蓝底色上撒满了均匀的棉花云，天边飘起由深到浅的橘红。连绵起伏的沙漠中站着一棵年轻的胡杨，树叶已落一半，落叶洒在沙子上，像一地待捡的果实，被晨光打出醒目的金色。

我与东边赶来的日出赛跑，一脚一窝深深的沙子，气急如狂，大汗淋漓地站在最高的沙山尖上。

日出如约而至，从沙漠以远，交错排列的影影绰绰的胡杨林外，像一场通天大火喷射着炫目红光，把大地晃得一片耀眼。大火越烧越旺，红光越射越高，大地似乎在分娩颤动。太阳探出圆圆的弧顶，一跳，两跳，呼地一下冲起来，再一抖，甩掉了与大地相连的胎衣。啊！好大，好红，好圆满！东方的天空整个红透了。我听到了自己狂热的心跳。许多在沙漠生活的动物，从母亲的身体里刚刚落地，一试，两试，就能站起来快速奔跑，也许是太阳赋予它们的秉性。看这太阳，像个急匆匆的少年，快速向上跳跃，眨眼就到半空。红日很快变成炽白，她身边的天变得金黄，像一块正在冶炼的巨大金饼，金色光芒像一把巨型大伞罩下来。胡杨惊心动魄的金色是这样染成的吗？

阳光照亮了沙漠，一条条流线型沙脊被逆光打得金亮，与背光暗坡形成感人的光影对照。光影间点缀着几丛红柳、几枝芦苇的亮羽，再远处站着几棵金红耀眼的胡杨。层层递远，构成一幅梦幻般的图画。胡杨站在那里，像一个美好的理想，一个梦的印证。一片土地一定包含着一个宏大的意义，这些胡杨树傲然站在沙漠里，就成了让意义变成具体的景物。

太阳的光线柔和起来，天蓝了，云白了。此时，我背转向太阳，面向塔里木河。

塔里木河啊，你容貌妩媚，内在豪放，与大漠相伴，经受了多少暴戾与掩埋，仍然在无常的沙漠中流成一条壮丽的大河。你用无比柔美的情怀倔强地弯曲迂回，软化了与生命为敌的沙海。当你流到乌鲁克，离台特马湖已经不远了。这时，沙漠对你难舍难分，堆起如梦似魔的沙山，挽住自己美丽的妻子，再次相恋，孕育一片旺盛的生命。你是伟大的母亲河，何尝不想在这个贫穷的家里养育更多的繁荣。于是，你无限婉约地放慢了脚步，几次回转，蓄成一个半圆形大湾，舞蹈般扭动身体

的曲线，唱起无限深情的生命恋歌。于是，一大片水淋淋的滩地生机盎然地出现了，直到极目以远，委婉曲折，分泌出的无数水潭，在千年不变的静谧中滋养出高大的胡杨、葳蕤丛生的芦苇以及隐于其中的生命欢动。

我站在沙山上，看美丽的塔里木河，看你孕育的这片胡杨滩地，看胡杨林里一个个幽静的水潭，分明看到了你千年又千年深厚的感情。

沙漠真的被感染了，变得多情了，用特有的沙纹给塔里木河做了一条迷人围巾。塔里木河静下来，静成了一片少有的幽兰，像一面明亮的镜子，映照着沙漠的纹理、蓝蓝的天空、漂浮的白云，映照着点缀其中的金色胡杨。我在阳光下聆听，看似平静的河水并没有停止流动。水流扭成一个个团状暗漩不停地翻滚，沙子一批又一批滑进去。河水哗哗作响，讲述它内心澎湃的激情。你容纳着塔里木所有的动荡与不安，也忍受着动荡之苦。你是大海的女儿，虽然远离大海，心却与大海一样宽广。

我在这里沉思，在沉思中感动。这片迷人风景，包含着自然演化的巨大变迁。那些变迁没有载入人类的记忆，但比人类的记忆更加久远。

河边的胡杨繁茂秀丽，同一根部有几条躯干同时长起，像几个站在一起的兄弟。每条躯干上枝叶盘虬，茂密地交织为一簇，被透着反光的金色树叶笼罩成一个整体。一簇又一簇，躯干各自独立，树冠枝叶相连。它们独自成簇，相聚成林，像一个代代相传、繁荣昌盛的家族，像一个富丽堂皇的王国。它们以蓝天为背景，一起倒映在水中，华美而又宁静。

追逐塔里木河和胡杨，成了我生命深处一个不能舍弃的梦。内心的冲动让我一次次走进塔里木，走进这里的村庄，走近这里的人。湮灭的故国，崛起的新城，绿洲与沙漠，河流与田地，在历史的长河里，始终像一个漂移不定的梦。一会儿清晰，一会又朦胧。

好在塔里木河的水又多起来，两大沙漠之间的绿色长廊正在恢复。

塔里木河啊故乡的河，我爱着你啊美丽的河。

龟兹川水

一、去龟兹

夏季是游泳人的好季节。只要没有特别的事情，每天下午下班后去冬泳俱乐部的游泳池。游完两千米，与一帮子横渡过博斯腾湖的泳友，坐在池边的树下，交流"游遍新疆"的信息。周一分享刚刚过去的周末行动，周二开始筹划下一个周末的计划，周三周四分头准备，周五晚上或周六早晨出发，去一个行程两天的湖泊或水库横渡。费用 AA 制，统一财务管理，用于租车，采购食物等事项。新疆自然湖泊不多，一般水库的横渡距离不超过五公里，不用事先测定路线，也不用专门的导航和保护，到了现场大概观察一下就开始横渡。短距离横渡没有太大的挑战性，但能带来新的快乐和满足，每次出行都很兴奋。我们像拜会一个个相互仰慕，情投意合的新朋友，长途奔波，去感受一片新水域的温度和性情。横渡成功后，享受一顿野餐。周一在游泳池见了面，延续着兴奋情绪，周二又开始新的筹划。周而复始，乐此不疲。所以，夏天总是忙碌而短暂。

我因为经常加班，周末的时间不能自主，经常缺席集体横渡，心里留有许多遗憾。有一天，听说冬泳协会要组织到新疆最大的人工湖——克孜尔湖横渡比赛，活动定到星期六。克孜尔湖距乌鲁木齐900多公里，坐长途汽车要走十四五个小时。计划星期四晚上出发，星期五中午到达，下午熟悉水情，星期六比赛，星期一凌晨赶回乌鲁木齐上班。这是当年夏天最大的活动，我没有多想就报了名。路程遥远，长途颠簸，更能吸引人们的好奇，呼呼啦啦集中了两车人。

克孜尔湖就是克孜尔水库，位于拜城县境内渭干河上游干流木扎提河与克孜尔河的汇合处。水库于1984年开工，历时10年建成，是集灌溉、防洪、水力发电等综合效益的大型控制性水利枢纽工程，与中国四大佛教石窟之一——克孜尔千佛洞毗邻。水库面积44平方公里，总库容6.4亿立方米，可满足库车、沙雅、新和三县12万公顷的农田灌溉。这个人工建造的湖泊，还是国家一级保护动物、塔里木河流域特有的濒临灭绝的扁吻鱼，俗称"新疆大头鱼"的重要栖息地。

渭干河又称龟兹川水，是塔里木河九大支流水系之一。横渡克孜尔湖，就是去游龟兹川水，游与它携手相望的库车河，游两河浇灌的绿洲，曾经的"丝绸之路"北路重地龟兹。龟兹，古代人类文明在塔里木盆地北部的交汇之地。

想到这次远行，耳际就响起了悠远深长的音乐，似乎在佛光乐舞中缥缈，牵引我的灵魂，召唤我的向往。

二、乐魂

渭干河与库车河，一曰龟兹川水，一曰东川水，像竖立于天山南坡昂首对奏的一对凤首箜篌。主流像优美的琴体，支流像一条条弹动的琴弦。渭干河从西向东弯曲，库车河从东向西弯曲，琴尾相向于库（车）拜（城）河谷盆地。南向流出盆地后，又分解成巨大的伞形喷壶辐射状分流，像箜篌尾部飘动的璎珞，飘洒于绿洲大地。阳光和漠风演奏着

箜篌般的河流，河流的琴音萦绕成绿洲的灵魂。

两河流域以天山主脉为界与伊犁河流域反向流淌。渭干河全长 452 公里，上游主流木扎提河发源于西天山汗腾格里峰东坡的慕斯达坂冰川，先后接纳了卡拉丘耳河和土哥耶耳齐河两条支流。一路向东南，迂回汇集了众多冰川消融的溪流小河。从破城子转出山谷进入库拜盆地，又接纳了源自哈尔克山南坡的卡普斯浪河、台勒维丘克河、卡拉苏河、克孜尔河。五条支流在克孜尔相聚，折向东南流过千佛洞，转为南向流出山谷盆地，在山前形成一片大型的扇形冲积平原。20 世纪初，渭干河经库车、沙雅向东到轮台县境分为渭干北河和渭干南河，南河向东南至尉犁县南部流入塔里木河，北河东流汇合孔雀河，折东南再入塔里木河。随着库车绿洲不断扩大，渭干河提前分泌完全部的乳汁，与塔里木河彻底失去了联系。

库车河意为"洁白明亮的河"，主流从天山中部的科克铁克山莫斯塔冰川出发，全长 220 多公里，一路向西南迂回接纳了几十条冰川融水，到库拜盆地后转向南流，出格塔里丘山口后，分为五条支流河，全部流入库车绿洲。

渭干河与库车河共同孕育了龟兹文明，留下无数令人神往的故事。那对河流的箜篌给绿洲以生命，以丰饶，以音乐的节奏，舞蹈的情感，感染人的内心，给人以善与美的底色，灵与秀的创造。

下午九点，去克孜尔的泳友齐聚冬泳俱乐部，大家兴奋地喧哗，如同去赶一次盛大的麦西来甫。两辆大巴顺着斜阳驶上河滩快速路，驶过乌拉泊，在落日余晖中，行驶在柴窝堡湖和盐湖映照的达坂城湿地。西天的最后一缕阳光泛着强烈的红黄色，被湖水和草地拖得很长。长长的光影里，似乎飘荡着勾人魂魄的喇叭声，就像一场大型麦西来甫歌舞开始之前，一声清脆悠长的巴拉曼。渐渐变暗的霞光与想象中的乐声，让我的神经一点点收紧。心脏被挤压，灵魂开始飘飞。大巴车被慢慢降临的黑暗，推入狭窄弯曲的后沟峡谷，同车人大多进入东倒西歪的梦乡。

我听着车外白杨河的流水，心底响起了儿时的柳皮觱篥声。春天里，我和村里的小伙伴一人掰下一根拇指粗的柳枝，抽去柳骨，留下一段完整的柳皮空筒，在上面烫出七个圆孔。再掰一枝细些的柳枝，去骨留皮做成柳笛，插到空筒的一头，开始呜呜哇哇地吹。一群顽童在乡村土路上列队模仿迎亲的唢呐吹奏，模仿送葬的唢呐吹奏，在春天的新绿里，预演人生的未来。我苦焦的童年记忆里，黄土高原沟壑交错的家乡，迎亲和送葬，是两场人生最隆重的演出。结婚是一个独立家庭的正式开场，一对新人披红挂花，在唢呐欢快而含有戏谑的吹奏中，行走于弯弯曲曲的山塬沟梁，开始人生的责任担当。即使到了现代，迎亲队伍变成一溜高级轿车，仍然少不了几班唢呐。送葬是人生最后的告别，所有的亲人一色白装，唢呐在凄婉哀伤中又含有些许欢快，表达着人生告别的伤感和责任了却的轻松。

传说唢呐源于西域，传入到黄土高原深处我的家乡，感染着单调无华的生活，为一代又一代人生重要的场面伴奏。此时此刻，我在去往龟兹故地的路上，神经底层油然响起柳皮觱篥声，响起由觱篥演变的唢呐声。长途汽车的摇晃，使我耳膜发胀，嗡嗡作响。昏昏欲睡的神经反复调动着各种管制乐器的鸣奏声。一定是通往那些乐器发源地的道路，牵引出我灵魂深处的声音。这种声音打通了我的意识，让我思考着觱篥对中原乐器，乃至生活，悠久而深远的影响。

"觱篥，汉代管乐器，形似喇叭，以竹为管，管口插芦制哨子，有九孔，吹出的声音悲凄。羌人所吹，用以惊中国马。"

这种早于汉代，能吹惊战马，又被唐宋宫廷着迷的"管子"，在龟兹与中原的交往历史中，演奏出了无数动人的心曲。

觱篥从中国传入朝鲜，日本。日本奈良正仓院至今存有一支中国唐代的觱篥，被视为国宝。中央民族乐团曾在维也纳中国新春音乐会上，用觱篥为西方人吹奏天籁之曲，赢得满场潮水般的掌声。此刻，我的耳际响着觱篥之音，在黑暗中摸索着龟兹音乐的脉搏。

龟兹乐舞秉承了龟兹文化中西合璧的底蕴，把多元特质推到了至善至美的境界，成为"天宫飞来的歌舞"。自前秦大将吕光东归时传至凉州，再到中原，推动了中国古典雅乐的重建，继而向东辐射日本、朝鲜、越南、缅甸，向西传至东欧。

三、克孜利亚之悟

长途大巴像摇篮，摇动着漫漫长夜，让我非睡非醒，在恍惚混沌间，感受悠长飘逸的乐舞，在历史与现实，古老的龟兹与遥远的家乡之间，往返穿越。我的神志在筚篌般弹唱的河流里游泳，一会儿激奋，一会儿困顿。

晨曦把我从颠三倒四中唤醒，大巴正好行驶在库车街头。我睁大好奇的眼睛，找寻龟兹留下的痕迹。城市尚未睡醒，静悄悄的街道两旁，排列着一个个雕花大门，墙里浓绿的葡萄遮挡着院落和房屋。大巴快速行驶，天色尚带朦胧，让城市增加了许多古朴悠远的意味。

出城向北，向龟兹川水流来的方向行驶。田野的绿色快速掠过，远处出现了山的影子。天完全亮了，我看到了克孜喀孜土塔——一大片海市蜃楼般的风蚀雅丹，像远古时期人工精心堆砌的锥形塔林。塔体上洒着朝阳金红色的薄纱，如同一个个行者。晨风在塔林间穿越缠绕，发出若有若无的缥缈声响，让我再次想到穿越时空的龟兹乐舞。风声如乐，光影似舞，弥漫着饱含寓意的神秘氛围。爬上一座塔顶，眺望四周，我看到绿洲之外，大山之前，这片土塔，似乎是古老龟兹留下的一片坟冢，让路人不由自主地停下来，收敛杂念，肃然瞻仰。

再往前，到了河水切割的格塔里丘山峡谷。公路对面的山体，竟然是一座真真切切的"布达拉宫"令人驻足。难以想象，大自然有如此逼真的造化。是"布达拉宫"模仿了这里？还是大自然在这里营造了一座宫殿？我放慢思路，慢慢想着这个问题。当然是自然造化早于人的思想。

　　进入库车河谷盆地，南岸横亘着山峰尖利的屈尔塔格山，北岸是天山南坡陡然而下的"赤沙山"——克孜利亚山。长长的库车河谷，沿217国道直上巴音布鲁克草原，100多公里的绵延山体，红、黄、绿、褐、白，色彩纷呈。一路行走，山体千姿百态，分明是层层叠叠的雕塑。世界万物，在这里几乎都有惟妙惟肖的原型。古老的城郭，雕梁画栋的宫殿，精雕细刻的楼宇，哥特式欧洲建筑，田园牧歌，乡村风情。东方的、西方的、古典的、现代的、写实的、意象的，各种风格、不同流派，石林、瀑布、山水、森林、千古名画、艺术珍品、飞禽走兽……一路走着，如同走进绵延不绝的神话故事里，令人神经错位，叹为观止。是风的雕塑？水的雕塑？阳光的雕塑？连绵起伏的多彩山体，远望，近看，浓缩世界，万物奇珍，在阳光照耀下，似有烟雾缭绕，神秘莫测。

　　克孜利亚山东段的天山大峡谷，入口处三道巨大的山体悬崖交错排列，直插蓝天。

　　"克孜利亚"，意思是"红色的悬崖"。铺天盖地的天山红，如同血液的红，火焰的红，太阳的红，沉淀了亿万年的古老赭红，红得让人心灵震颤。

　　经过亿万年风雨剥蚀的庞大山体，远看是悬崖峭壁，近看发现崖壁上密布着更加精致的雕刻。仙台琼阁，鸟鸣兽走，人间万象，神韵万端。偶有一棵植物，被红色衬托得翠绿欲滴，犹如天上的真命仙草。真是鬼斧神工，奇景天成。

　　峡谷里蜿蜒曲折，峰回路转，沟中有沟，谷中有谷，奇峰险洞，凌空悬石。南天门、幽灵谷、月牙峡、虎牙桥、魔天洞、雄狮、大象、灵猴、神犬、卧驼、飞鹰。万千景象，造型生动，形态逼真，如同刚刚被仙人点化而成。谷内泉水叮咚，冬暖夏凉，寒暑不侵，犹如神仙境界。

　　金子般的阳光，无声息地洒在天山南坡巨大的红色里，如同火焰在燃烧。女儿般靓丽的库车河，在阳光跳跃的河滩上，弹着凤首箜篌，温

柔地轻唱。微风吹拂，克孜利亚山舞起火焰般的巨幅绸幔，空灵的箜篌为舞蹈悠然伴奏。

克孜利亚，这是一个多么适合静心思考的地方。金灿灿的阳光，琴音般的流水，由衷地激发人们的心智。早在公元前后，人类迈开走向远方的脚步，从天竺、大夏、安息，从两河流域、阿姆河流域，翻越葱岭——帕米尔高原来到这里；从辽阔的中原，神圣的东方，穿越河西，穿越草原，翻越天山来到这里。他们带着各自探索的理想，贵重的物品，生存的文化，等等，在这里不期而遇。在丝绸之路漫长的岁月里，无论商队，还是军旅；无论持节的使臣，还是布道的智者；无论是东来西去，还是西来东往。他们同时被这宏大的场面深深感染，强烈震撼，放慢匆匆行走的脚步，缓解长途跋涉的劳苦，席地而坐，静心感悟。交流，融合，叠加不同的文化。

这个启迪心智之地，来自不同方向的智者，坐在阳光下，听着流水声，思辨，思悟，思礼。留下了大量遗迹。距峡谷口约两公里的绝壁之上，有一座唐代石窟，供奉着保存完好的佛像壁画"十六观音"。壁画条幅中的榜题文记，用汉文和龟兹文详书着供奉人的姓名：申令光、李光晖、寇俊男、寇庭俊。说明当时的龟兹人和来自中原的汉族居民共同尊佛，敬佛。

公元3世纪，佛教在龟兹广为传布。僧俗众生造寺、开窟、塑像、绘画、供佛，造就了宏大的克孜尔石窟、库木吐拉石窟、森木塞姆石窟、克孜尕哈石窟、玛扎伯哈石窟、托乎拉克埃石窟。将古印度、古希腊、古罗马、古波斯和中原文化融为一体。人类把融合升华后的真谛，再次广布东方和西方，传向生活的未来。

我在克孜利亚静静伫立。我清晰地听到阳光灿烂的声音，听到河水弹奏的箜篌之音。阳光和流水本应烘托出热烈的气氛，我却悟到了静，静听自己脉搏的跳动。这种静来自对天山巍峨之势的敬畏，是自然伟力对人心小我的教诲。纯净的声音让人弃恶生善，解忧明志。让人生的忧

思与疑虑慢慢飘散，欲念与躁动慢慢平息，恶与恨慢慢化为乌有。天地造就了克孜利亚，顶天的悬崖上层层相叠的雕塑，那些静静的人与物，也许都是正在修炼的精灵。

这铺天盖地的天山红，大自然赐予的万千雕塑，箜篌般鸣唱的库车河，使得这片土地，有了更多的灵气。天地造化，水土育人，灵而善，善而美。

曾经绚烂至极的龟兹，何尝不是我灵魂向往的地方。

四、佛窟门前的鸠摩罗什

大巴车在库拜盆地底部，克孜利亚山的西南角，由库车河谷转弯到了渭干河谷，拉我们去看中国佛教"四大石窟"之首，早于敦煌石窟三百多年的克孜尔千佛洞。

千佛洞位于拜城县克孜尔镇东南，渭干河谷阶地的明屋达格山崖上，被盆地南缘的雀尔达格山包围。走进现在修建的大门，顺着山坡往下走，右手是蜿蜒流淌的渭干河，左手是明屋达格山崖，山脚的河谷阶地是一大片很好的田地。除了房屋和广场，种着各种蔬菜。石窟开凿始于公元三世纪，延续六七百年时间，陆续凿出二百多座，在山崖上绵延约三公里。从地形到格局，很像一个依山而建的村镇，背山面水，南有屏障，占据了很好的风水。克孜尔千佛洞，这个延续了几百年香火的佛教圣地，已被人间疏远了近千年的岁月，20世纪初期遭到西方文物强盗的盗窃与破坏，依然散发着浓郁的生活气息。那些灰扑扑的石窟，多像我家乡依山而筑的窑洞。

鸠摩罗什的黑色铜像坐落在广场中心。他身着袈裟，裸露右肩，身材干练，眉清目秀，是一个可亲可爱的青年僧人形象。他是中国第一个系统翻译佛教典籍的传教者，却如此平易近人。那坐姿，表情，仿佛随时可以开口，等人提问，与人交谈。他守候着佛教圣地，似乎还在默默念诵经文，迎朝阳，送黄昏，为今天的人们祈福。

瞻仰悬崖上的洞窟，其形制大致有两种。一种为僧房，多为居室加通道结构，室内有灶炕和简单的生活设施。另一种为佛殿，是供佛礼拜、讲经说法的地方。佛殿分大佛窟和中心柱窟。大佛窟窟室高大，窟门洞开，正壁塑有立佛。中心柱窟主室为方形或长方形，内设塔柱。不同形制，不同用途的洞窟，有规则地建在一起，组合成一个单元。每个单元可能就是一座佛寺，一个个佛寺单元连片坐落于山崖，成为现在看到的整体状况。

不难想象一千多年前千佛洞的盛况：佛寺栉比，僧徒摩肩，佛事与人事相连。僧俗众人在河边山前共同劳动、生活与修行。

五、千佛洞

千佛洞里的精美和残缺同时切割着我的心。

这座历经人类几百年精心创作的艺术宝库，到了 19 世纪，遭到外国人的疯狂盗掠。最美的、被最残忍地破坏，满目疮痍，处处残缺。放置释迦佛的拱形佛龛空空如也，所有壁画佛像左半边金箔制成的袈裟都被剥走，整壁的壁画被揭走，洞壁上留下刀刮斧凿的斑斑痕迹。19 世纪末到 20 世纪初，接踵而至的西方探险队，面对惊世之作，狂喜到了丧心病狂。英国人，德国人，日本人，把这里的宝藏当作无主之物。德国人勒柯克盗走的壁画、塑像、手抄或印刷的多种文字的文书，以及其他艺术品上百箱。他因窃取中国文物成为富翁后，恬不知耻地宣扬，在他的考古队里，有一个叫巴图斯的人，"充分懂得怎样把一幅幅的壁画，整个地锯下来，并懂得怎样进行包装，无损地运回柏林"。

掠夺和盗窃破坏了壁画的整体美，残存的部分，仍给人以强烈的艺术感染。

孔雀洞残存洞顶的几只孔雀，翎羽艳丽，栩栩如生，仿佛稍有惊动，即会振翅飞走。壁画高超的晕染凹凸法，在人物塑造中达到了淋漓尽致的顶峰，残存佛像的肌肤，似乎按一按都有弹性。

　　我在众多的本生故事和姻缘故事里，看到了佛的入世人性。飞天、伎乐天、佛塔、菩萨、罗汉、天龙八部、佛传故事、经变图画、民间习俗、生活场景，无不描绘出古代龟兹浓郁的生活。17号洞里画有一峰满载货物的骆驼，昂首而立，眼望远方。驼前两个脚夫头戴尖顶小帽，脚蹬深腰皮靴，身穿对襟无领长衫，满脸须髯面向前方，振臂欢呼。他们为何如此兴奋？原来前面一人，两眼微闭，神态自若，高举着正在燃烧的双手，指明了驼队前进的方向。这便是"萨薄白毡缚臂，酥油灌之，点燃引路"的本生故事。撇开宗教寓意，不难想象，在漫长的丝绸之路上，骆驼商队与佛教僧徒的密切关系。僧侣为商贾脚夫们祈求平安，同时得到商队的施舍。他们与商队结伴而行，西去求法，东去传经。

　　阳光与河流的音乐灵动，感染着龟兹的一切，即使是佛教，也离不开悠长的音乐与飘逸的舞蹈。佛窟给了乐舞足够的展示空间。38窟的壁画描绘了龟兹乐舞的盛大场景。左右两壁20个乐师，每人演奏着一件乐器。凤首箜篌、阮咸、琵琶、排箫、手铃、钹、长笛……乐手乐器井然有序，每个人的手势和乐器的音位，竟然停止在一个节拍上。美丽的少女穿着紧身薄罗衫，上身半露，或立，或蹲，或腾空而起若御仙风，或脚尖着地如陀螺旋动，在音乐的伴奏下，手拿璎珞，柔若无骨，翩翩起舞。

　　我在这里没有看到佛教的修行之苦，却感到超然的快乐，解脱的轻松。佛教在那个时期，兼容并蓄，开放布道，以乐舞舒缓人心，愉悦精神。

六、横渡

　　星期五的下午，我们来到克孜尔湖边，果然受到盛大欢迎。乐声远远传来，鼓舞着我们长途旅行后疲惫的神经。勾人心魄的唢呐声，震颤心灵的纳格拉（铁鼓），悦耳的弹布尔、都塔尔、热瓦甫，咚咚脆亮的

达卜（手鼓），带着天山的热情，湖水的回声，远远地迎接我们的到来。从公路转向湖边的林间草地，多姿多彩的场面让人眼花缭乱。一群年长的男人演奏乐器，身着彩衣的男女老少纵情舞蹈。这夏日繁花般的表演，以天地自然为舞台，与远处的雀尔达格山，深邃湛蓝的克孜尔湖，与树林、草地、辽阔的蓝天、下午的阳光，融为一体，华贵大气。演绎了千年的龟兹乐舞，永远这样勾魂摄魄，无论何时何地，都能调动人的神经，催动内心的激情。昼夜奔波的疲劳不翼而飞，大家兴奋地走下大巴车，直奔湖边。

克孜尔湖是巍峨天山和龟兹川水共同的女儿，克孜利亚山是父亲送她的红头巾，雀尔达格山是父亲送她的黄头巾，树林是她的绿罗裙，草地是她的花围裙。她从南天山余脉的河谷诞生，正值十几岁的豆蔻年龄，如花似玉，温柔美丽。怀着幽蓝深邃的心，静卧于雀尔达格山前，长有22公里，最深处40多米。站在湖边望对岸，毫发不生的剥蚀型褐黄山峦下，一抹若隐若现的树梢，像一弯绿茸茸的睫毛。看不到清晰的岸线，当地人说大概10公里。处于山地峡谷的湖水温度偏低，夏季最高温度不到20℃。湖面宽阔、幽深，湖水冰凉。加之千佛洞散发出的神秘气氛笼罩着大湖，既成大湖，即有神灵进驻。人们深怀敬畏之心，尚未有人大胆游向深处，去搅扰湖水少女般的心灵。

不知组织者用了什么法术，吹了多大的牛皮，还是当地决策者固有的龟兹乐舞般飘逸的灵感，决定了这次大规模的横渡。感谢他们敢于担当的莫大勇气，敢把两大车游泳好手拉来，搞一次毫无准备的比赛，让我们像千佛洞壁画上的"飞天"一样从湖面游过，感受一次涅槃般的经历。

当天下午，组织者让我们下湖试水，游泳表演，算作对当地人热情歌舞的回报。

湖水好凉。感觉像俱乐部游泳池每年开春新换的第一池水，在炎炎夏日，把全身的燥热立即冷却，激起运动细胞的兴奋。我们在一个百八

十米宽的湖湾，10人一组，分别用蝶泳、蛙泳、仰泳、自由泳四种姿势往返。岸边站满了人，我们稀里哗啦游过去，又稀里哗啦游回来，不标准的准专业表演，赢得当地人慷慨地叫好。水里，岸上，一片喧哗，如同快乐的节日。

第二天早饭后，开始横渡比赛。参加者分为35岁以下青年组，35岁到44岁中青年组、45岁以上中老年组，每组奖励前三名。我在人数最多、实力最强的中青年组，得奖不是目的，参与就是最大的快乐。长途奔波来到这里，看湖，游湖，享受一次身心体验就是最大的收获。

比赛相当正规，我们到湖边抽签取号，裁判用油性水彩笔把号码写在每个人的大臂和大腿上。线路定为从对岸往回游，两只快艇送我们过去，上船过程即为比赛的正式检录。我们排着队，一一验明正身才能登船。两条快艇在湖面往返，11点半，所有横渡者集中到对岸的山坡上。12点准时开赛，发令枪响，几十人同时跳入水中。偌大的湖面，只有两条快艇保护，几十人散入湖中，如何顾得过来。我们自动相约，速度差不多的游在一起，相互照顾。两条船在划定的区域两边划动，把住两头，让人尽量游在一个比较集中的区域。

比赛打破了水面的平静，水库建成十几年，第一次有人，而且是这么多人，搅扰克孜尔湖宁静的心。平静的湖面突然起风，湖水开始动荡。我在风浪中沉浮，一边追赶身旁的同伴，一边暗自琢磨，这突然而起的风浪，是湖的不悦还是欢迎？游到半程，有人受不了寒冷，起水弃游。我抑制着自己的内心，掐住怕冷怕累的念头，坚决不让它往外冒。听着湖水哗哗的声响，分明是用她独特的语言，讲述自己孤独的心声。美丽的克孜尔湖，孕育着多少生命，多少宽容，她的胸怀能容得下各种风浪，自然是表达对勇敢者的欢迎。我用时1小时45分钟，顺利到岸。据时推算，湖面宽度大约五公里，远没有事先说的那么远。中午时分，大家全部安全到岸。

晚上，湖边燃起熊熊篝火，认识的人，不认识的人，围着篝火尽情

跳舞。火光把人们的影子拉得很长很长，一直拉到若隐若现的湖面，营造出变幻莫测的虚幻氛围。我的神经再次穿越古今，在历史与现实中徘徊，与千佛洞壁画上的人物共同舞蹈。仿佛看到他们的快乐，以及快乐背后随时光消逝的忧伤。

很大的树木不停地抛向火堆，火光燃烧出越来越浓的神秘。人们忘乎所以，跳啊，跳啊，丝毫没有停止的意思。

夜空的星辰全部出来，很低很亮地看着地上的今夜，这突然出现的场面。这样的夜晚，如何还能安睡。直到我睁开眼睛，看到早晨的阳光，不知自己何时入眠。

我在晨光中走到湖边，看到一层踩踏出的浮土和黑色的灰烬，这是我们来到这里的短暂留痕。下一场雨，刮一阵风，不用多长时间就会消失。然而，刚刚度过的龟兹之夜，会给我留下记忆和回味。

我站在湖边，看清清的湖水幽静地向下飘移，流出水库大坝，到千佛洞前的河道里，继续去唱龟兹川水的欢歌。湖水轻柔的波纹，如同排队走向舞台的歌者，牵着从过去到未来永不止步的时光，为我的身体注入徐徐而鼓的魔力。

七、雪盖加依

几年后的冬天，再次来到龟兹绿洲。

地处天山南麓的新和县，冬天很少降雪，一场大雪恰巧让我赶上了。头一天进县城时飘着微雪，晚上越下越大，第二天早晨看窗外，白雪覆盖了高高低低的屋顶和宽窄不一的街道。我就在这样的天气，踩雪走进离城不远的加依村。村口广场迎立着一座巨大的人物雕像——一位五官饱满、浓眉大眼的长髯老者弹着一把巨大的都塔尔琴。雪花飘落的寂静里，回旋着穿越古今的乐音。我在童话般素净的村巷，一步一步，留下一串醒目的脚印，仿佛连接龟兹乐律的音符。

雪花飘舞，大地洁白，我在这样的日子，走在静谧的加依村。地上

白茸茸的雪花羽毛正在加厚。道路两边高高低低的红泥涂仿古房屋，也被白茸茸的雪花覆盖。也许来得太早，街道像洁白无瑕的绒布。每走一步，都在把帷幕覆盖的音乐世界踩出音符，又若踏着龟兹音乐的大河，向源头的清泉边一步步迈进。

新和县曾经是龟兹的核心区域，在渭干河以西，塔里木河以北，是一片水源富足的绿洲，自古就是人口稠密的富庶之地，留下世界罕见的古城遗址群，被上海大世界基尼斯总部认证为"基尼斯之最——汉唐时期屯田遗址最大规模县"。距县城20多公里的玉奇喀特古城是著名的"三重城"。先后出土了西汉最后一任西域都护的"李崇之印"和汉朝颁授给西域首领的印信"汉归义羌长印"两件大铜印。这里毫无疑问是"汉唐重镇、班超府治、龟兹故地"。

充足的阳光和丰饶和河水养育了古老的龟兹，催生了龟兹乐舞，产生了许多弘扬后世的世界性乐器。生活在这片土地上的人们，正是那些乐器祖祖辈辈的传承制造者。加依村，是乐器制作者们聚居繁衍的典型村落。没有文字记载，但村子里代代相传的故事，却是活生生的现实延续，印证着清晰的历史脉络。

传说三百年前，村里来了阿比孜·卡里和热希兄弟，他们是手艺高超的乐器制作人"萨孜其"，把独特的技艺传授给村民，人们边从事农业生产，边制作乐器。制作和演奏乐器，是生活中快乐的一部分。时至今日，加依村依然是闻名遐迩的"乐器村"，全村两百多户人家有多半从事乐器制作，每年有数以万计的乐器销往世界各地，世界各地的人们循乐而来，感受这里生动的音乐传奇。

我在吉祥的雪天来到这里，生出走进传说的幸福感。新建的"龟兹歌舞文化艺术展示中心"，九曲回廊，展示着从民间收集的一件件或悠远、或近代、或粗糙、或精致的独具个性的乐器。艾依提·依明从爸爸的爸爸的爸爸那一代开始，艾依提·依明家就做乐器，到现在已经有两百多年。他从15岁学习，40多年潜心制作，都塔尔、弹拨尔、沙塔

尔、热瓦甫、达普、纳格拉……继承了龟兹所有的乐器品种。他的制作房间里，摆放着许多成形或不成形的桑木原件，从一截桑木开始，凿、雕、刻、磨……每一道工序都决定着一件乐器的成功还是失败，凝聚着千百年来制作者对音乐的感觉。乐器陈列室，靠墙四周摆放着琳琅满目的乐器，屋顶上悬挂着森林一样的弹拨乐器。

艾依提·依明随手摘下一把都塔尔琴，坐在木床上弹起来，年轻美丽的妻子依偎在他的身旁。清脆美妙的琴声响起，在整个世界袅袅回旋。这样美妙的声音，百灵鸟听到都不肯飞走，传说有盘旋飞舞的鸟儿直接撞死在琴弦之上。艾依提·依明年轻的妻子，分明就是陶醉于音乐与爱情的百灵鸟。没有图纸、没有乐谱，所有图谱都是他血液里流淌的基因，就凭心灵的感悟传承。

回想夏天的横渡，龟兹之旅建立的情感。这一次与艾依提·依明相会，谁能想到，还在一个容易诱发千古思绪的大雪天。只遗憾匆匆来去，不能久留。假以时日，在开满杏花的时节，在桑葚成熟的时节，在麦子金黄的时节，在硕果满园的时节，来聆听琴声弹奏的故事，参加盛大的麦西来甫，该是多么美妙的事情。

遥望阿拉湖

一、特别的塔城

冬天，我到了塔城，又要转往伊犁。老风口大雪封路，反倒给了难得的机会，走了从裕民县到阿拉山口的国防公路。行走在边境线，看到历史悲剧的发生地，让我思考一个支边守边人对国家的情感和责任。站在边境高地，遥望隐隐约约的阿拉湖，那个汇集了塔额盆地大部分河流的大湖，内心涌起新的向往。我能在哪个夏日去把它横渡？近在眼前的国界，比遥远更难跨越。围网之外，是别国的土地。对阿拉湖的向往，在我心中泛起许多晦涩复杂的历史记忆。

地处边境的塔城有许多的特别。这些特别与塔城的过去和未来紧密相关。去往塔城的必经之路，托里县境内长达 20 多公里的老风口。从东北到西南，塔尔巴哈台山、齐吾尔喀叶尔山和巴尔鲁克山形成一列山系，将塔额盆地与准噶尔盆地分离，形成背靠祖国大地，开口向外的西北角地。两山夹口从准噶尔盆地挤压形成的大风，横扫老风口，吹向库鲁斯台大草原。夏季飞沙走石，冬季大风卷雪。季节交替之时，更是行

人的噩梦。漫长的冬季，道路常被一米以上的积雪覆盖。塔城被老风口挡在角落，想进来的人进不来，想出去的人出不去。于是老风口成为塔城的第一个特别记忆，流传着有很多骇人听闻的传说。

这次来塔城，恰逢初冬时节，正是大风肆虐无常之时，一路想着千万有个好运气，能够顺利往返。到了老风口，果然狂风大作，开始下雪，所幸涉险通过。等我们过去了，大雪很快封路，许多车辆被困。

塔城还有个特别的地方，进城先看伟人山。走在额敏到塔城的公路上，远远看到一列山脉，酷似仰卧的伟人。衣着、身形、肚腹酷似，鼻、脸、额头，连下巴上那颗著名的疣痣都几乎一样。那列山脉静卧于现在的哈萨克斯坦境内。人们说那里曾是我国的土地，伟人躺在那里，天天提醒后人，不忘初心，牢记使命。

塔城历史上与俄罗斯有过很多交集，受俄罗斯文化影响很深。早在1851年，清咸丰元年，清政府与沙俄签订了第一个不平等条约——《中俄伊犁塔尔巴哈台通商章程》，让俄国人在塔城有了如家的优越感。俄国在塔城派驻领事官，俄商建贸易圈、住人、存货，在塔城通商免税。住塔城的俄国人不受中国政府管理，"自有俄罗斯贸易官管束"。俄商犯罪，由俄国领事究办，不受中国法律制裁。此后的一百多年，塔城基本就是俄国人在新疆的大本营。1864年10月7日，沙俄经过几年军事逼迫后，在他们感到最安全的塔城与清政府代表名义上签署了《中俄勘分西北界约记》，一次割去中国领土44万平方公里。

一个多世纪的峥嵘岁月，俄国人在塔城留下了深深的印迹。塔城有许多沙俄时期的老建筑，基本保留了城市发展的历史脉络。城里有五条自然河流，冬天滑冰，夏天游泳，给人们的童年鱼儿戏水般的快乐。塔城的街道自然形成，有许多戏称"裤衩子"的丁字路，虽不平直美观，但让远行多年的人能记住回家的小巷。城市的个性没有被过度建设淹没。相比很多城市快速生长的水泥森林，把历史存在和现实空间同质化地隔离，塔城的街道依然保留着过去的样貌，让它的子民有家乡故园的

温情记忆。

我住在塔城地区宾馆，曾经的俄国领事馆。院子里遗存有俄国人1852年建成的红色砖砌水塔。塔身五节，高有十多米，每节约两米。第三和第四节连接处，两只鸽子在窄窄的砖堀上侧身挪动，在冬日的阳光里，犹如一对安怡快乐，幽默调笑的情人。现在的餐厅是领事馆当时的舞厅，遥想那些充满异域风情的夜晚，这所房子里可曾有过多少浪漫故事。满院子除了草坪花圃，都是平整的柏油路。我在院子里散步，不由得想着过去的事情。在过去的很长岁月里，这个院子里只有俄国人才能行走，如今却已换了人间。

塔城市位于新疆西北角，毗邻哈萨克斯坦，是祖国版图鸡尾处美丽的翎羽。这样的地理描述应当是正确的。当我站在城西五公里的巴克图口岸，看着国门外的广袤土地，总觉得有些不得劲。两百多年前的清乾隆时，置塔尔巴哈台，设参赞大臣，至雅尔地方屯田筑城，即今天哈萨克斯坦的乌尔扎尔。后因雅尔冬令雪大难于驻扎，移进二百余里到楚呼楚——现在的塔城市区，另筑新城，颁赐城名绥靖城，隶属伊犁将军府。清光绪时设塔城直隶厅，隶属伊塔道。"民国"二年改为塔城县，仍隶属伊塔道。冬天的大雪把清朝的一个道台逼退了两百多里，之后两百多里的国土慢慢就变没有了。作为千万名支援边疆的建设者之一，止步于现在的国门，望着曾经的大片国土，心情真的十分复杂。此时，老风口的风雪正在肆虐，也许正是那段畏途，挡住了大清官员们继续后退的道路，才使这宝贵的西北一角，没有被那个贪婪的邻居全部占走。

二、巴什拜

我要赶往伊犁，老风口的路何时能通，尚无确切消息，一切要看天气。实在不能再等了。听说沿巴尔鲁克山西部山麓，从裕民县到阿拉山口的国防公路只有180公里，此时山里的风雪不太大，吉普车行驶应该没问题。但要得到特别批准。我们将工作性质、人员车辆情况按要求申

报，竟然得到通行许可。

美丽的巴尔鲁克山，见证了中俄边境纷争的百年历史。18世纪中叶，沙俄大肆武力扩张，乘清政府同叛乱的准噶尔部作战之机，侵入中国巴尔喀什湖以东以南的广大地区，使原本处于内地的巴尔鲁克山成为边境。1883年，沙俄通过《中俄塔尔巴哈台西南界约》，强行租借巴乐鲁克山10年，作为放牧之地。10年后，清政府通过艰难谈判，巴尔鲁克山重回祖国怀抱。直到20世纪80年代，苏联仍然在那里不断制造事端，迫使我边防军民奋起抗争，演绎出许多保家卫国的英雄史。此刻，我将迎着冬天的风雪，去走漫长的边防线，看望那片英雄的国土，像一个被家长委以特别信任的少年，满怀激情与自豪。车上装了必要的应急工具和食物饮水，立即出发。

从塔城市到裕民县，路过额敏河的支流也木勒河。冬天封冻的河流并不起眼，河上有一座没有显出什么特别的大桥。车行于此，同行的朋友突然叫停，特意介绍，这就是巴什拜大桥。他带我们步行过桥，由桥及人，讲起巴什拜·乔拉克·巴平，一位著名的哈萨克族人的故事。20世纪40年代，河水大到夏季可以行船，过往行人非常不便。一位乡绅架了一座独木桥，只要是用脚走路的，过桥必须交费。1940年的一天，巴什拜路过此桥，恰逢一位穷苦牧民因交不起过桥费惨遭毒打。他愤然对大打出手的恶奴说，明年你们就不能在这里称霸发财了。第二年，巴什拜捐资5.5万元，聘请苏联桥梁专家设计，建了一座长87米、宽6米、载重量25吨的木质大桥，一直使用至20世纪70年代，人们称之为巴什拜大桥。现在通行的钢筋水泥大桥为后来新建，为了纪念巴什拜，仍用原名。我们步行过桥，是对他尚未走得很远的背影表示尊敬。

我们在裕民县城吃午餐，走进巴尔鲁克山，走过察汗托海切格尔河边的切格村，行动饮食，始终关联着巴什拜的传奇人生。

1889年，巴什拜生于巴尔鲁克山一户普通的牧民家里，原名叫巴依主玛。传说在他很小的时候，母亲做了一个梦，梦中一个白胡子老人

说："你的儿子将来一定有大福气，但他必须叫巴什拜，那样就会成为富人中的富人。"他的父母杀鸡宰羊请乡亲们见证，为他改名巴什拜。

他长到20岁，与父母分家得到150只羊和几匹马，开始独立生活。他不是简单地子承父业，而是精心经营，想着如何让自己的羊群变得很多，长得更快。他一边放牧，一边痴心于品种改良。也许他的努力感动了上苍，有一天，遇到暴风雪回不了家，他把羊群赶到山谷避风，夜晚发现野生公盘羊钻进羊群与母羊交配。母羊后来产下的小羊，有盘羊般强壮的身体和敏捷的反应，产羔率提高到两年三次，肉质也很鲜美。巴什拜发现了这个秘密，有意赶羊群到野生盘羊经常出没的地方，倍加呵护与盘羊交配过的母羊，生下的羊羔精心喂养，让它们为羊群传宗接代。长期努力，培育出了优质肉用绵羊新品种，著名的巴什拜羊。这种羊膘肥体壮，成熟期早，即使到了科技发达的今天，仍是我国特有的优良品种。羊肉远销国外，被东南亚客商赞为"第一贵羊"。当地农牧民靠养巴什拜羊脱贫致富，把它称之为"富贵之羊"。裕民县向国家工商管理总局申请注册了"巴什拜羊"商标，打出了"裕民巴什拜羊之乡"品牌。巴什拜羊成为他荫福后世的宝贵遗产。

经过多年精心经营，到了20世纪40—50年代，巴什拜的事业取得巨大成功。巴尔鲁克山漫山遍野都是他的羊，最多时有25000多只。还有数不清的马、牛和骆驼。他真的成了"富人中的富人"。穷人一年四季不断来到他家门口，有的来自很远的地方。他亲自询问每一个人，只要理由正当，就慷慨相助。

1945年，巴什拜肩负百姓重托，当上了塔城地区行政公署第一任专员。他对家人管得更严，对国家和老百姓更加慷慨，在中华人民共和国成立前后的复杂形势下，为当地社会做出了开创性的贡献。

巴什拜纪念馆里记述了他的主要捐赠：1935年，捐资兴办裕民县第一所九年制学校，出资为教职工发工资。1936年，捐资成立塔城新光电灯股份公司。1937年，捐资修建塔城人民俱乐部。1941年，捐资

修建巴什拜大桥。1938～1939 年抗日战争最艰苦的时期，捐献良马 200匹，小麦 42 石 8 斗。1940 年，为支援世界反法西斯战争，向苏联红军捐赠鞍具齐全的战马 500 匹。

1950 年 8 月 19 日，巴什拜在大会上说："听说出了一个厉害的敌人，在我们的邻居打仗，就要打过来了。如果我们的家都被人占了，我们的财产往哪里放？我们一定要把敌人消灭掉。天上飞的那个东西，最厉害的那个武器我捐了，你们算算要多少钱？"他说的最厉害的那个武器，是当时世界上最先进的喷气式战斗机。他拿出 400 匹马、100 头牛、4000 只羊和黄金 100 两，捐献一架战斗机给国家，成为全国捐献飞机的两人之一。

1952 年，巴什拜因病辞去专员职务，1953 年 11 月 3 日在赴内地考察途中病故于杭州，享年 64 岁。他的后代都是生活在裕民县的普通百姓。两个孙子毛肯和窝坦，一个是退休驾驶员，一个是企业职工，生活并不富裕。他们说自己有那样的爷爷，感到无比自豪。

斯人已去 50 年，从塔城市到裕民县，到处都有他留下的英迹。我走过巴什拜大桥，午餐吃了巴什拜羊肉，一路看到成群散养或圈养的巴什拜羊。走进巴尔鲁克山，走进巴什拜的家乡，内心增加了对这片土地敬重而又亲切的感情。

三、孙龙珍

初冬的巴尔鲁克山银装素裹，河谷把大山分割成一条条巨大的山坡，白雪覆盖着肥沃的土地，显得辽阔而苍茫。我们一路南行，一条沙石路接近山脚，左手缓坡而上是一片片墨色的森林；右手慢坡而下，是一望无际的雪原。等到春天来临，雪水滋润着土地，溪水潺潺，河水奔流，草长莺飞，山花烂漫，该是一派多么迷人的景象。然而，一道结结实实的铁丝网，把山坡与河谷拦腰截断，那是不可逾越的国界线。一片美丽的家园被强行分割，咫尺成天涯。春天里，小溪与河水流向境外，

— 143 —

去滋润那边的辽阔草原时，饱含有多少无以言说的留恋与无奈。

吉普车快速行驶，或远或近的铁丝网一直陪伴在右侧，我心里有一种被关围栏的不自在。如果能拆除铁丝网，把整块草原连为一体，那该多么美好。下到一条峡谷，沟里的河水冲破冰面哗哗流淌，这便是山里较大的河流塔斯提河。吉普车四驱加力，从冰水混合的河道里呼啸冲过。走出峡谷，山梁平坦处一个村庄叫塔斯提村。

离开村子不远转了一个弯，一座突起的山冈下，突然出现一丛绿绿的青松。茫茫雪原中，那一丛醒目的绿色，纪念着一位永远年轻的女性——孙龙珍。我们下车前去瞻仰，两排整齐的青松，护卫着一座红色大理石砌成的陵墓，墓前矗立着两米高的黑色纪念碑。碑文记载了她的生平事迹：

> 孙龙珍，1940 年 10 月出生于江苏省泰县（今姜堰市），1959 年支边来到新疆吐鲁番，1962 年主动要求到裕民执行"代耕、代牧、代管"任务。1969 年 6 月 10 日，在反击苏联入侵巴尔鲁克山西部地区的战斗中，为了保卫祖国领土，捍卫国家尊严，把个人安危置之度外，带着六个月的身孕参加了战斗，不幸中弹牺牲。1969 年 8 月被自治区革命委员会授予"革命烈士"称号，被追认为中国共产党党员。

从孙龙珍陵园抬头仰望，高高的山梁上，就是著名的小白杨哨所。一座瞭望塔楼周身涂着明亮的迷彩，五星红旗在塔顶高高飘扬，两名战士背着钢枪在塔楼放哨。我们绕过山前公路，从南面的山坡上到哨所的院子里。山梁低洼平整处，一个不大的院落，中间一条不长的甬道，正面一排平房，便是战士的营房。甬道左边专门建了一面墙，中间画着鲜艳的五星红旗，两边用卵石各拼了六个大字：牢记我军职责，不辱戍边使命。营房右侧的墙面上画着精美的墙报，内容是小白杨哨所简介。营房后面与山坡的拐角处，矗立着一棵高大挺拔的白杨树，树干上写着

"小白杨守边防"六个红漆大字。我与那棵著名的白杨合影，回头再看密密的树枝，像一簇聚拢在一起的剑锋，一起刺向边疆的天空，春天来临，该是一片很大的绿荫。冬天里看不到的山风，在白杨树梢上刮起一阵哨声。白杨像一个勇敢的战士，岿然不动。我看过白杨，走上哨楼所在的山梁顶。哨楼上两名威武的战士，目光炯炯，向西方严阵眺望。我在哨楼下，随战士的目光远望，开阔的原野，直到极目以远，一派和平安静的苍茫。祖国正在强大，宽阔的胸怀，把曾经争斗的邻居化为友人。白雪覆盖的巴尔鲁克山，依然刮着呼呼作响的大风，告诉我这里曾经发生的不平。

1962年春天，苏联在伊犁、塔城地区煽动和胁迫中国部分边民外逃，造成大片耕地无人种，牲畜无人管，这就是震惊全国的"伊塔事件"。远在吐鲁番工厂工作的支边青年孙龙珍，主动要求到边疆的最前沿，经领导批准来到巴尔鲁克山西部地区的新疆生产建设兵团161团12连牧一队，与男人们一起做牧工。把满山遍野无人看管的牛羊收拢起来放养，等待着出走的牧民回归时，归还他们。当时的边境战云密布，边境线上，播种收割，放牧牛羊，时刻面临着对面武装的威胁。

1969年6月10日，太阳还没有从巴尔鲁克山爬上来，牧工张成山出牧了。羊群顺着它们熟悉的牧道，追寻着肥美的草滩。没有"政治观念"的羊群，走进塔斯提河与布尔干河交汇处的三角地。苏方出动数十名军人，驱赶羊群，绑架张成山。

"快来人啊！我们的人被绑架了！"一个牧工看到，赶回连队紧急呼救。牧工们操起铁锹棍棒，呐喊着冲向三角地。

孙龙珍也操起一把铁锹。小姑子于志兰急忙阻挡："嫂子，你有身孕，我替你去！""不，我是民兵！"孙龙珍不顾已有6个月的身孕，与同志们一起冲去。

他们跑到距事发地还有百米远的地方，对方突然打响了机关枪。子弹疯狂地飞了过来，其中一颗穿入孙龙珍的腹部。人们迎着弹雨把她从

草地上抢救回来，她已停止了呼吸，鲜血渗透了衣服，腹中的胎儿还在挣扎……

塔斯提哨所的战士义愤填膺，排长李永强带领官兵奋起还击，事态得以平息。这就是历史上的"塔斯提事件"，也称"孙龙珍事件"。孙龙珍是第一个为祖国边防献出生命的兵团人，她的遗体安葬在哨所旁的塔斯提河畔，永远守卫着祖国的边疆。

四、小白杨守边防

站在哨所的山梁上，迎着猎猎寒风，环顾四望。哨所右侧那片平静的村庄，就是牧一队的驻地。此时炊烟升起，有人赶着一群巴什拜羊走出村子，羊群在雪地上寻觅干草。

"我家住在路尽头，界碑就在房后头，界河边上种庄稼，边境线上放牛羊。"兵团农垦人来自江南水乡，来自繁华都市，来自祖国各地，他们告别故乡和亲人，舍"小家"，为"大家"，带着难舍的思念，驻守在这里，过着艰苦的生活。同样是耕田放牧，却被他们赋予了超越一般的重大意义，承担着守卫边疆的使命。

那些年，巴尔鲁克山西侧的边境线上，始终翻滚着战争的阴霾，哨所官兵与农垦战士携手戍边。苏联军队在争议地区拉起了铁丝网，强行划分国界。中国人怎能容忍国土被强占，苏军白天拉好，我军晚上拆除，你拉我拆反复较量，铁丝网终究没有拉成。为了守住祖国的每一寸土地，农垦人在边境开荒种地，放牧牛羊，不顾恶劣的气候环境，永不放弃。春种，夏耕，秋收，冬牧，在敌人的枪口下毫无畏惧。种地就是站岗，放牧就是巡逻，永做祖国边境线上的生命界碑。这不是口号，而是日常生活。这样的人生，令我由衷敬重。

对峙持续了很多年，农垦人一手拿镐，一手拿枪，与边防官兵一起坚守着祖国的神圣领土。

巴尔鲁克山考验着战士的忠诚，英雄事迹激励着战士的斗志。驻守

塔斯提哨所的官兵，一代又一代，一天又一天，踏着先烈的足迹巡逻，铭记着鲜血和汗水铸就的忠贞，传承着每一个脚印里留下的故事。

1978年春节，锡伯族战士陈福森回伊犁探亲，全家吃团圆饭时，他讲述了哨所的英雄历史和战士们每一天的生活。老母亲听着流泪了，为儿子和战友们戍守边防前哨自豪，也为孩子们艰苦的生活揪心。儿子要归队了，母亲把亲手培育的20棵白杨树苗交到他手中，叮咛他："把树苗栽在哨所旁，让白杨树陪伴你们守边防。"

陈福森辗转千里背着树苗回哨所，给战友们带回了意外的惊喜，青春的憧憬。哨所建在山冈上，周围土质碱性大，方圆几里没有水源。战士们信心满怀，下了岗哨，轮流到很远的地方去背黑土。把20棵小白杨喜盈盈地栽在哨所的屋前房后。他们原来每周到几里外的布尔干河背水一次，为了20棵树苗，改为每天去背一趟。洗脸不用香皂，洗衣服不用洗衣粉，省下每一滴水去"喂"小白杨。然而，肆虐的风沙摧残着幼小的树苗，两个月之后，19棵小白杨相继枯死，只有离哨所最近的一棵还在顽强抗争。战士们伤心落泪，更加精心地呵护这个小小的战友。这棵小白杨不负众望，终于发出新芽，苗壮成长，长得身材挺拔，枝繁叶茂，相伴戍边将士的青春，成为哨所的绿色风景。

小白杨的故事被战士写进日记里，抄在墙报上。1983年夏天，诗人梁上泉来哨所采风。他听了许许多多感人的故事，读了战士的日记，看了墙上的板报，仰望高高的白杨，心潮澎湃，彻夜难眠，写出了饱含深情的《小白杨》。一年后的"八一"建军节，军旅歌手阎维文把这首歌唱响全中国，唱成全国人民向边防战士抒发情怀的深情之歌，代表战士情怀的军旅之歌。塔斯提哨所更名为"小白杨哨所"，《小白杨》也成了哨所之歌。战士们每天早晨起床唱，集合站队唱，走向哨所唱，打靶归来唱，一唱几十年。小白杨成为戍边军人的象征，哨所成为边关将士的精神家园。

《小白杨》唱响的那一年，我正是眼前这些战士的年纪，当一名边

防战士成了最大的青春梦想。我是家乡的基干民兵，拥有一支崭新的56式半自动步枪。整天唱着《小白杨》，枪不离身，梦想有一天走上战场，建功立业，流血牺牲。何曾想到，过了不惑之年，能来到梦中徘徊多少次的地方。今天站在哨所的山冈，与梦中的白杨和守卫边防的战士一起眺望祖国的边疆，心中依然涌动着山风般呼啸的激情。

历史的硝烟已然淡去，中华民族迎来新的伟大复兴的历史机遇。祖国日益强大，赢得边疆新的和平。国界两边化敌为友，哈萨克斯坦成为与我国紧密合作的"上海合作组织"成员国。我看到对面山头上，与我方对峙多年的暗堡长满荒草，荒草上面覆盖着杳无声息的白雪。当年离家而去的边民，面对山花般欣欣向荣的祖国，羡慕中感怀久别的思念，频繁往返于国界，探亲访友，贸易交流，分享着祖国繁荣的福祉。风雪依然寒冷，和平却如不可阻挡的春风。我站在这里，远望天际，真切地感受到祖国强盛的自豪感，像一股强劲的暖流在血液里流动。

五、铁列克提的英雄们

告别了哨所年轻的战士，告别了寒风中昂扬的白杨树，继续行走在巴尔鲁克山麓的雪原上。空旷的雪原没有路标，不见行人，只有呼呼作响的风声。边防公路像雪原上一条褐色的飘带，车轮发出碾压积雪和沙砾的声响。偶有从山梁中间开出的槽形路段，被大风刮来的积雪掩埋，吉普车从山梁绕行，有惊无险地通过了。当我们放宽心态，不再担心行驶安全时，险情突然出现。最后一段槽形路被大雪完全覆盖，观察试探，两边的山梁也无法通过。按照时间推算，离阿拉山口不远了，返回去却要走夜路，无线通讯处于盲区，我们陷入进退两难的境地。两位经验丰富的驾驶员决定涉险而行。汽车果然陷入雪中，幸好吉普车带有自救绞盘，可以互相牵引。人工挖雪，机械自救，两个多小时紧张战斗，我们胜利了，转过那段山梁，前面基本都是坦途。也许是冥冥之中的安排，有意让我们中途停留，在夕阳的余晖中走到铁列克提，回忆那场血

腥似乎仍未散去的战斗。

1964年，被我国边民称为"破裂烂尿壶"的勃列日涅夫，通过政变推翻赫鲁晓夫上台执政，国际冷战轮番升级。苏联成为军事超级大国，推行勃列日涅夫主义。声称只要华约成员国的社会主义政权受到威胁，苏联就可以武力干涉。以此为由，1968年派兵侵略捷克斯洛伐克，后来又发动了阿富汗战争。20世纪60年代中后期，据说他曾想动用核武器攻击中国，先后挑起边界事件1700余起。1969年，中苏边境演变成了强烈的军事对峙，进而发生局部战争冲突。3月，苏联首先在东北挑起珍宝岛战事，遭到中国军队的迎头打击，转而到新疆伺机报复。6月10日，他们在塔斯提引发"孙龙珍事件"，自认为没有占到便宜。又选择便于机械化部队行动的铁列克提地区，预谋着一场更大的报复。

8月13日清晨，中国三支边防巡逻队共90多人，按既定路线开始巡逻。苏军先出动两架直升机侵入我国领空，随后开出指挥车、装甲车、卡车多辆，步兵数十人，越界向我676高地西侧开进。铁列克堤边防站副站长裴映章带领的巡逻分队与对方相遇，苏军突然开枪打伤我两名战士。巡逻分队立即与无名高地的掩护组汇合，打出几发点射以示抗议。对方不顾我抗议又打伤了两名战士。我方被迫自卫还击，击退了数十名苏军在三辆装甲车掩护下的进攻。苏军从南侧再次进攻，再次被击退。不一会儿，苏军发动第三次进攻，装甲车从南北两个方向，迂回到无名高地后侧，以猛烈的炮火掩护步兵攻击，遭到我方的顽强抵抗，多次冲击被击退。最后，苏军出动10多辆装甲车和T-62坦克，步兵300余人，直升机2架，猛烈攻击我阵地。我边防战士寡不敌众，处于孤立无援的境地，20余名官兵全部阵亡。

副连长杨政林率领另一队官兵巡逻，他发现周围熟悉的地形变得有些陌生。突然，一发炮弹带着尖厉的呼啸落在队伍中间，"轰"的一声巨响，几名战士被炸飞。"卧倒！"杨政林大声发出命令。苏军六辆坦克巨兽般摇晃着，抖掉伪装的杂草浮土，呈扇形从三面包围上来，一群

步兵也从土堆里爬出来，尾随坦克开始冲击。杨政林意识到，这是苏军周密计划、蓄谋已久的行动。巡逻队被四面包围，已经没有退路，官兵们抱定必死的决心开始抵抗。望着呐喊着冲来的苏军，杨政林挥动手臂，"打！"机枪手将一串串子弹扫向敌人。杨政林的左臂被子弹打穿，忍痛将报话机从牺牲的报话员身上解下来，大声呼叫："塔城！塔城！我是杨政林，我们在铁列克提以东十公里处遭敌伏击。"他最后沉重地说："请党相信，我们会战斗到最后一个人。"杨政林扔下话筒用冲锋枪扫射敌人，想转身时，发现自己的右腿已被炸断。苏军看到我军孤立无援，马上改变战术，不再用坦克引导步兵冲击，而是将我军团团围住，用炮火打靶似的轰击。空旷的戈壁变成了血腥的屠杀场，汽油燃烧弹在我阵地炸开，随着四散喷溅的黑色油液，大火张开血红的嘴巴，吞噬着我军官兵的身躯。副排长程古栾带着新兵李长建和袁宝仁继续战斗，916阵地最后只剩他一个人。

等到我增援部队从巴克图赶来，战斗早已结束了。方圆几十里的戈壁，仿佛被天火烧过，变得漆黑一片。夕阳惨照，天地欲倾，英烈赤魂泣血黄昏。

我边防指战员及三名随军记者共28人牺牲，被俘后活下来的新兵袁国孝临死不惧，竭力抗争，经外交交涉于9月22日才被送回。那片争议区域被苏军长期占领。战士程古栾退役时将自己使用过的56式冲锋枪转到了袁国孝的手中。

此刻，那几个洒下烈士鲜血的高地，在夕阳映照下，拖出了长长的影子，似乎在诉说与祖国分离的悲伤，表达想早日回归的依恋。

六、遥望阿拉湖

我站在巴尔鲁克山的高坡上，向铁列克提牺牲的英雄们默默致敬。目光越过山头，看到远处尚未完全封冻的阿拉湖水动荡着内心的不平。那一片迷茫的水域，汇集了塔额盆地和巴尔鲁克山绝大多数的流水。湖

水是一面明亮的镜子，映照着巴尔鲁克山的四季，山与湖本为一体，现在却被一道国界无情分离。据说，到了夏季，湖水镶嵌在开满鲜花的茵茵草原，是哈萨克斯坦著名的度假胜地。多好的湖泊，离我所站的地方，只有大约20公里，假如没有国界的隔离，我立即就想跑过去。椭圆形状的阿拉湖，面积2650平方公里，深约45米，比博斯腾湖大两倍。如果到湖里游泳，该是一件多么愉快的事情，如果能在某一个夏天横渡，会给我增加多少体会，以及生命里超越自我的意义。

曾几何时，阿拉湖是我国西北美丽的草原明珠。据说湖边的草原非常茂盛，春天里大部分时间隐藏在云雾之中。湖心有两座小岛，在薄雾中若隐若现，犹如仙境般迷人。夏秋季节，落日余晖将湖水染得一片潮红，红色的水面给托热加依劳草原和巴尔鲁克山峰也映上一片红晕。湖水难舍对祖国的思念，让水里的鱼儿年年回老家探望。每年5月，额敏河春汛期间，阿拉湖的鱼儿要逆流到塔城的南湖产卵。哈萨克斯坦人在河水入湖口建起一道道栅栏，阻挡鱼儿游向上游。鱼儿不畏阻挡，在栅栏前排成数百米的长队，竞相撞栏，激流勇进。一条条大鱼争先恐后，甩尾腾空，鳞光闪闪，千姿百态，飞出水面一米多高，反复腾跃，直到越栏而过。每年的那个时节，人们在巴什拜大桥下水流平缓的河段等待鱼儿的到来，亲切地叫它们"爱国鱼"。

我遥望着阿拉湖，心中涌动着无限的伤感。阿拉湖紧邻阿拉山口，阿拉山口是介于阿拉套山和巴尔鲁克山之间宽约20公里、长约90公里的平坦区域，有"准噶尔山门"之称，是丝绸之路北路的重要通道。顺着这条通道，西南是哈萨克斯坦南部大草原，那里有我国唐代安西四镇中的西部重镇碎叶城。阿拉湖以远，还有许多曾经属于我国的大小湖泊。巴尔喀什湖，伊犁河带着众多天山之水的最后归宿，月牙般弯曲的世界第四长湖，东西长605公里，南北宽8~74公里，面积1.83万平方公里。伊塞克湖，唐代时叫热海，是世界上面积第二大的高山湖泊，长182公里，最宽处60公里，最深702米，面积6332平方公里。卡普恰

盖湖，伊犁河中游以洁净称著的湖泊，东西长 180 公里，南北最宽处 22 公里，最深 45 米，面积 1847 平方公里。斋桑湖，阿尔泰山西麓额尔齐斯河流经的湖泊，南北长 111 公里，东西宽 30 公里，深约 10 米，面积 5500 平方公里。还有离阿拉湖很近的萨瑟克湖、扎拉纳什库里湖。

假如那些大湖都能成为我游遍新疆的目标，我的心会变得多么辽阔。有生之年，也许能有机会踏上那些土地，就算不能横渡，至少能在湖里游泳，满足我此刻的向往之心。

可是，我站在茫茫雪原，仿佛看到一个野蛮的恶魔高举大刀，从巴尔喀什湖到阿拉湖，一刀，一刀，把那些美丽的湖泊，连同辽阔的土地，大块大块血淋淋地切割。

七、再到塔城

初春时节，我第六次来到塔城。第一站到了托里，踏着下午的阳光走在小城街头。我走到县第一中学门外，透过围栏，看到许多孩子们放学后，仍在操场上跑步，打篮球，踢足球。他们是那样青春勃发，开心快乐。学校大门边的墙上贴着上年度的高考成绩榜，全校 187 名高考学生，上线人数 180 名，成绩最好的考入新疆医学院、师范学院、财经学院、农业大学，第二排，第三排，最下面的一排是一些大专学校。我看着这个光荣榜，浮想联翩。

30 多年前，我在家乡县城为高考拼搏彷徨。我用十多年的人生走出自己出生的小村，走到 5 里远的公社初中；又用两年半的时间，走到 30 里远的县三中；又用了两年，高考落榜。我在失望中奋力挣扎，终于考上中专。用了整整 17 年，侥幸走出黄土高原深处那个贫困的小山村。而我的大多数的童年小伙伴依然留在家乡，继续祖祖辈辈的生活。我向往大海，带着闯荡人生的理想，来到了离大海最远的新疆。与家乡离得远了，但与祖国的命运离得近了。几十年苦苦求索，一次次挣断命运的绳索。所幸，我天真的内心依然天真，理想的光芒尚存一些温暖。

我走在祖国最西部的边境小城。这里的孩子们，从一片草原，一座高山，迎着风霜雨雪，跟着转场的羊群，多少年才走到县城中学，开始人生的求索。人的一生能走多远？只要不停下行走的脚步，实在难以预料。但是，正如我家乡的同伴很难走到这里，这里的孩子也很难离开他们地处边疆的家乡。同样都是人生，生在边疆，他们的人生就与国家连得更紧，普普通通的一生，可能就是一些内地青年的理想。我来到这里，真想为他们做一些事情，即使暂时做不到，也要在内心为他们祝福。

有一件惦记了一年的重要事情。我走进小城的公园，走过弯弯曲曲的小径，走向公园最深处的烈士陵园，看望在铁列克提事件中牺牲的28位英雄。陵园入口处竖着高高的石碑，写着"人民英雄永垂不朽"八个大字。石碑后面是队列般整齐的坟茔，那就是28位烈士的归宿。他们背靠东方祖国大地，面向西边的边防线，为国家永远守候。

我走上前去，看望他们的墓碑，向他们鞠躬致敬！记下他们的名字，准备告诉更多的人。

看完他们的籍贯和生平，悼念之中，心里真的难以接受。他们中间有的刚刚入伍，只是十八九岁的孩子。年轻的战士告别家乡和亲人，有的可能还没有来得及向父母报告自己守卫的地方。

到了塔城，还住在地区宾馆。院子里桃红柳绿，把春意闹得很盛，一下冲淡了在托里感染的悲伤。那座红色砖塔上，更多的鸽子在叽咕。草坪有三只闲逛的灰鹤。它们气质清高，一只脚落地，另一只半提着，不时在地上点一下。小脑袋转来转去，用红红的眼睛瞅我。小风把脑后的一撮白羽吹动。我走到离它们几乎可以相互握手的距离，它们才半含羞涩地往旁边躲一点。看起来是这里的老住户了，对来往的汽车行人，早已习以为常。我向它们吹口哨，问它们为什么是三只，不是两只或者四只？三鹤之间什么关系？父母和孩子？母亲和两个孩子？一夫二妻？一妻二夫？每年是否产卵育雏？它们显然不屑回答这样无聊的问题。

此时，朋友告诉我一个好消息，让我一下子激动万分。通过中哈友好协商，两国划定新的边界。小白杨哨所前面那片 44 万亩的争议区域，已经正式回归祖国。铁列克提那片洒有烈士鲜血的领土也回归了，国界上新拉的铁丝网，离阿拉湖已经很近。那座战斗最惨烈的无名高地前，将建一座烈士纪念碑。

听到这个消息，我想起了看杜甫的诗句："剑外忽传收蓟北，初闻涕泪满衣裳。"我赶忙转身，假装面墙打一个喷嚏，双手捂住脸庞，去抹堵不住的泪水。

长眠塔斯提的孙龙珍烈士的英灵可以安息了！

铁列克提牺牲烈士的英灵可以安息了！

也许有那么一天，我真的能去畅游阿拉湖。假以时日，能把那几个美丽的大湖全部游遍。

乌伦古之梦

一、命运之谶

　　那年夏天，我第一次来到乌伦古湖边的"黄金海岸"。百米宽的沙滩，一片金黄，犹如夏收时喜悦的晒麦场。正午时光，水面午睡般宁静。幽蓝的湖水，从远远的山边涌过来，如风鼓的水蓝色绸缦，透着纯净的湿气舞动。这水的绸缦质地光滑，波动起伏中不挑一丝白花。等到了岸边，才从缦底漏气一样，"啪嗒"一声卷出一道细浪。我迫不及待脱掉鞋子，光脚跑在沙滩上。沙子真像晒热的麦粒，温暄滑软，怎么踩都不会失去弹性，让人不由得高高地蹦跳。到了水边，看到巨大的绸缦就像蓝色幕布，被一双大手舒缓地抖动。游艇划过，水鸟飞过，如同在绸面上滑动，影子清晰倒映于水面。目光越过湖面，只见对岸的山峦漫浮于水边，看不到山脚的崖岸植物。由此判断，两岸相距很远。大海似的湖泊，这么大，这么美，我的心醉了。不顾一切甩掉外衣，急匆匆扑过去，想来个鱼跃入水。双脚踏入湖水，远远的浅滩把我急切的心一下子闪空，跑了足有 50 米，还在浅水中跳腾。难怪涌动的湖水不起浪花，原来被这宽柔的岸滩"软化"了。到了能畅游的深度，离岸已经好远。同伴们怕凉没有下水，除了浅滩上几个小孩嬉戏，只有我一人在深水里游荡。横着游，竖着游，蝶游，蛙游，爬游，仰游，潜于水底，浮出水面，我喊，我唱。此岸已经很远，彼岸反倒看不见了。我在大湖里，感到自己无比渺小，感到了恐惧孤独。

不能再远了。游回岸边，坐在遮阳伞下吃美味烤鱼。午睡醒来的湖面不再平静。浪花朵朵，波涛涌动。成群的鸟儿在水面翻飞，开始了下午的盛宴。它们像湖边来自四面八方、操着不同方言的人群，用各自的声调，讲捕鱼的快乐。抓鱼，吃鱼，大声喧哗，在水面交织成一片叽叽啾啾的嘈杂。坐满游客的快艇，一次次冲向远处，拉出长长的浪痕，拉着我的目光远去。我不断设想横渡乌伦古湖的可能。

成功横渡博斯腾湖之后，泳友们开始了"游遍新疆"的行动。我把业余时间集零为整，去实践这个诺言。越游越想远游。小打小闹不过瘾，寻找更大的目标。天山西脊的"净海"赛里木湖，高山上的神仙领地，东西长30公里，南北宽25公里，面积453平方公里，没有主流河源，没有直接出口，纯蓝的湖水深不可测，传说众多。最夸张说法是其直通地中海。美丽的湖泊令我神往。湖水太凉太神秘，盛夏最热的时候，水温只10℃上下。我每次到湖边，必然下水游泳，每次只游短短十几分钟，就冻得浑身通红，有寒冬时节冬泳的效果。两岸20多公里的距离，横渡绝无可能。艾比湖、博尔塔拉河、精河、奎屯河共同的尾闾湖，新疆最大的咸水湖，面积650平方公里，水深平均2~3米，浓浓的盐水不适合游泳。眼前的乌伦古湖，够大够宽，早就成了我心中横渡的目标。

起风了，湖水哗哗作响，一次次涌向岸边，卷着白浪向我脚边探伸，又被退却的波浪拉走。涛声阵阵，来来去去，分明在召唤我不安稳的灵魂。横渡，能行吗？我心里不停地翻滚着这个问题。隐隐的担心和恐惧从心头掠过，却压不住内心想要挑战的冲动。我去看望阿尔泰的金

山银水，倾注一片亲情。同时，一点一点，慢慢收拢散乱的信心，积聚内心的力量，向心中的目标一点点靠近。我隐隐觉得，自己在等待一个机缘，一个最后给我信心和勇气的强力支撑。

只身横渡乌伦古湖，大概是我的命运之谶。

二、姊妹河

打开地图，辨析北疆的山水。阿尔泰山脉是新疆"疆"字顶端的那"一横"，西起西西伯利亚，东至蒙古高原，绵延2000多公里，紧紧环抱着准噶尔盆地。乌伦古湖居于山形环抱的正中间，如一面宝镜，映照着阿尔泰山的雄姿。阿尔泰山处于湿润的西风气流迎风面，西南湿冷气流带来丰沛的降水。冰川雪水顺坡南流，汇成额尔齐斯河和乌伦古河两大水系，像一把巨大的梳子，为阿尔泰山对镜梳妆。阿尔泰山海拔4000米以上的皓首峰岭，覆盖着400多条冰川。冰川之下植被土壤垂直分布，有茂盛的温带落叶针叶林，华美的北国阔叶林，繁花似锦的草地，一望无际的田野。

额尔齐斯河和乌伦古河，姐妹携手，日夜欢歌。从山顶向南的众多支流，梳理着大山的神奇，装扮着无尽的诗意。

额尔齐斯河姐姐，从阿尔泰山东南的加勒格孜嘎峰出发，汇合喀依尔特河和库依尔特河，自东南向西北，一路承接着北山流出的喀拉额尔齐斯河、克兰河、布尔津河、哈巴河、别列则克河，和这些河的众多支流小溪。出境流入斋桑湖，向北汇入鄂毕河，注入北冰洋，全长4248公里。在我国境内只有546公里，依然是水量仅次于伊犁河的新疆第二大河。

乌伦古河妹妹，蒙古语称乌伦古郭勒。从阿尔泰山东段蒙古境内的阿红土达坂出发，在塔克什肯流入我国境内，与布尔根河、查干郭勒河、大青格里河和小青格里河汇合，沿准噶尔荒原北部，跟随姐姐额尔齐斯河缓缓西流，到福海县境内的乌伦古湖。全长725公里，干流长

山
银
水
之
梦

95 公里。

阿尔泰山的宝镜乌伦古湖又叫布伦托海。湖体分两部分，北为布伦托海，是大海子；南为吉力湖，又称巴嘎、吉力库勒，是小海子。沟通大小湖的水道称库依尕河，为长约 10 公里的沼泽地。大湖东北与额尔齐斯河之间有宽约两公里多的地峡。1970 年，人工在地峡处开挖渠道，引额尔齐斯河水流入大湖。后来，人们又在库依尕河建拦河闸，额尔齐斯河给大湖补水，乌伦古河给小湖补水。两条姐妹河手牵手，将大小两湖镶嵌在阿勒泰草原。两湖相连，鱼肥水美，百鸟飞翔，成为福佑人间的"天赐之海"。

这个"天赐之海"，成了我心头萦绕的梦。这个梦从乌伦古湖蔓延，连接着两条姐妹河的全部水系。每一座山峰，每一条河流，都藏着无尽的秘密，吸引我去探寻。喀纳斯、布尔根、卡拉麦里、金塔斯、可可托海……所有的美丽神奇，都在乌伦古湖宝镜的映照之中。它们隐身于山间，神秘莫测。

我怀着爱慕之心，去看望，去感知，阿尔泰的山水，累积横渡乌伦古湖的底气。

三、两个奇迹

恰库尔图小镇，是古尔班通古特沙漠北缘的咽喉要地，"绿色小岛"，即使在今天的汽车时代，依然是穿越荒漠，长途旅行中的生命驿站。早晨从乌鲁木齐出发，过了五彩湾，恰库尔图是下一个有饭吃的地方。汽车飞驰在茫茫瀚海，如同一场漫长的横渡，恰库尔图是成功的彼岸。我在恰库尔图小镇中部的大桥上，看到静静流淌的乌伦古河。

大桥两边，十几米宽的河面像仙女的发辫，柔顺妩媚。两岸柳树成行，迎风轻拂。绿绿的草滩上，徘徊着悠闲的牛羊。乌伦古河以千年不变的水意与生机，提振着长途旅人疲惫的神经。

饥渴让我的胃口出奇地好。吃了用乌伦古河水做的饭，喝了用乌伦

古河水煮的茶，精神十足，去西边山头的恰库尔图国家地质公园，看自然奇迹——硅化木。

这是一种怎样的神奇呢？寸草不生的砾石山包上，横七竖八地裸露着亿万年前的粗大树身，斑驳的树皮，硅化了的、铁化了的、钙化了的、玛瑙或玉质化了的躯干。黄色的、暗红的、深棕的颜色。通体光润，近乎玛瑙碧玉的光彩。树的枝芽、瘤节、年轮，清晰地展示着令人震撼的远古存在。这些珍贵的树干，每一根，都在演绎惊心动魄的硅化传奇。科学考证，大约一亿两千万年前，侏罗纪时期的大树，意外深埋地下。成片的树木变为泥土，极为少数的埋入火山灰。几经地质变迁，石质化后，又在地质变化中翻到地表。经风沙长期磨蚀抛光，木质细胞质变为二氧化硅，溶入水中的铁锰氧化物，终成今天五彩斑斓，镶金戴玉的树化石。这样的生命演变，于必然中包含着神奇巧合的偶然。每一棵硅化了的树，难道不是一个神奇的灵魂？

站在山头，抚摸古老的树，看山下蜿蜒流动的河。绿色葳蕤的河谷，似乎隐藏着硅化木的生命精灵，心中泛起无限悠远的想象。古与今，如此亲，如此近。河流北岸是一望无际的葵花地。无数金灿灿的脸庞，迎着阳光，强烈渲染着我飞扬的思绪。

溯河东去，离这里百十公里的上游，是中国仅有的河狸保护区，布尔根河狸活动区域。河谷里杨柳丛生，为早在3000多万年前出现的古老动物，提供着丰富食物和天然保护。有着珍贵皮毛和香腺的河狸，在这条河流，不受任何惊扰，快乐无忧地繁衍生息。这在物欲横流的当下，多么难能可贵。

山下的河湾宽阔幽深，河边是一片很大的沼泽。几匹栗色马甩着尾巴，在沼泽间的草梁上惬意地散步。作为古脊椎动物活化石的河狸，古老神奇的硅化木，两个奇迹同处于乌伦古河流域，给了这条河流非同一般的神奇寓意。河水流到乌伦古湖，湖水自然也非同一般。横渡，就是一次神奇经历，会给我的人生一段非同一般的意义。

四、黄金河谷

一年前，我们"游遍新疆"的第一站去了克拉玛依。看额尔齐斯河水，经过400多公里长途奔流，给那座缺水城市，送去人间奇观——九龙潭瀑布。克拉玛依有了穿城而过的人工河，干渴的油城变成了水城，周边的戈壁仙意般生出好几个人工湖。我们横渡了阿依库勒湖（月亮湖）与干涸又重生的艾里克湖。从那时起，我对额尔齐斯河有了如对母亲河的崇敬。去"635"水利枢纽，看引水工程的起点，到去北屯、福海、布尔津、哈巴河，在额尔齐斯河不同的河段里游泳，表达对这条河的敬重。

金秋时节，来到可可托海，看额尔齐斯河上游峡谷。这里曾经是富蕴县城所在地，哈萨克语是"绿色的丛林"，蒙古语意为"蓝色的河湾"。可可托海是全国第二冷极，有-60℃度的最低气温记录。镇子里，金色的白桦树叶，掩映着俄式建筑，透露着曾经的繁华富贵。

我踩着白桦树金黄色的落叶，想起20多年前，初来新疆结交的第一个朋友。他与我同样响应号召自愿支边，来自天府之国四川，我们一起当教师。他后来和爱人一起来到很远很冷的可可托海。当年有色工矿单位有大批人马在这里苦干，办有一所中学。他们来此教书。每年放假探亲，提前写信告诉我行程，我给他们买好火车票。到了乌鲁木齐，匆匆一见，买两公斤油炸大豆、两瓶白酒送他们上火车。他们返疆时给我带一包四川辣椒酱，坐长途班车到可可托海。直到有一年，可可托海中学不办了，他们回了四川。后来寄给我一张大胖儿子的照片。我来到朋友蛰居多年的地方，也不知他住在哪间房子，每天的时光如何度过。也许这样的季节，在铺满金色落叶的街道，他和爱人会携手走过。那是爱的超脱，还是与外界阻隔的孤独呢？孤单的日子过得慢，往往又留不下太多的内容。不知道他们对那段生活，有着怎样的回忆。

我急切想看一个地方，就是闻名遐迩的"三号矿脉"。早些年，矿

坑积了满满的水，像一颗美丽神秘的海蓝宝石。我曾想，假如有一天来到，一定要在"海蓝"里游泳。出镇南行几公里，走一条砾石路上山，迎面就是地球张开的一张大嘴。直径约 300 米，深有 200 多米，像一只巨大的朝天草帽。积水抽干了，人们又在矿坑采掘。大型卡车沿一圈圈螺纹状的盘旋路转到坑底，大型挖掘机在坑底挖出矿石装上卡车。尘土从坑底翻滚而上，烘托着矿坑的宏大。这个被称为世界第四大露天矿的"三号矿脉"，蕴藏有钽、铌、钾、硅、锂、铍、铷、钼、铷、铯、铪、铀、钍等稀有矿产和放射性元素，有 84 种共生矿，被中外专家称为"天然矿物陈列馆"。这座矿坑，给国家创造了巨大的财富。20 世纪 60 年代，三年自然灾害最困难的时期，开出的矿石归还了苏联三分之一的债务，还支撑了我国"两弹一星"的研发和国防工业建设。被誉为"地质圣坑""功勋坑"的它，现在是"国家级地质公园"。我爬上矿坑的最高处，屏住呼吸，拍一幅全景照，作为自己的珍藏。

经过卡拉先格尔地震断裂带，可可苏里野鸭湖，伊雷木湖，来可可托海看额尔齐斯河上游峡谷。一路的景色，展示着金山银水的富丽。山比金富。白桦树层层叠叠的金色树叶，比南疆的胡杨，灿烂中多了几分油润，黄色点缀着金红。河谷生长着世界四大杨树派系，白杨、胡杨、青杨和黑杨，堪称"杨树基因库"，是全国唯一的多种天然杨树林。还有大片楸树、桦树、松树，被秋霜印染得华贵无比。锦衣披挂的大山，盛产黄金、海蓝、碧玺、水晶。水比银美。丰沛的河水动静相宜，平静处泛着碧玉的淡绿，像清澈见底的眼眸。激流处浩荡翻滚，像泛着银光的水晶。河边的白桦树向水面斜倾着身子，亭亭树干顶一冠金簇倒映水中，在微风和流水的轻摇中曼舞。片片黄叶从金簇里飞出来，哗啦啦飘向碧水，围绕水里凸起的圆石，旋转着圆弧曲，而后到靠岸静水中聚拢成一层水淋淋的铂金。空气甜丝丝，凉沁沁，纯净出河水的质感，洗涤着人的肺腑。

我背着行囊，游览额尔齐斯大峡谷的美景。听说阿尔泰山 72 条沟，

沟沟有黄金。出过狗头金、人头金、骆驼金。走在色彩斑斓的林间，听着河谷里的隆隆水声，强烈预感到会有意外收获，感觉意想不到的奇迹马上就要发生。其实，正亢奋地走在大自然的奇迹之中。

走进一片白桦林，疏密有致的林间，厚厚的落叶围拢着不知深浅的水洼。水里倒映着挺拔的树干，金黄的树冠，枝叶分割的蓝宝石般的天空，还有零零散散的白云。分明是一幅落叶围成边框的油画。抬头看天，低头看地，恍如置身色彩斑斓的梦。一只大鸟扑棱棱从树冠飞起，一头小兽刺溜溜踩落叶遁去，片刻慌乱，重归静谧，让神经肆意游离。

转过一道河湾，远处一片河畔草地，浓密的金桦枝叶低垂。几匹栗马，一群黄牛，在金色叶帘里悠然漫步，低头吃草。阳光斜斜地洒过去，营造出醉人的光影。又是一幅风格不同的绝妙油画。右侧山坡上，两棵情侣树卓然伫立，一棵金黄，一棵青绿，亭亭静悟着自然的秘语。不远处的小山前，两棵同样金黄的白桦树下，是10岁美少年艾赛的家。石屋冒出一缕炊烟，左边是树枝覆盖的棚圈，右边是大大的围栏，屋后木架摞着高高的草垛。艾赛手拿时尚的太阳镜，骑坐在棚圈栏杆上，他的母亲打开栅栏，走进棚圈，放出了急不可待的牛犊。而后，挑着两只水桶去河边担水。

我在额尔齐斯大峡谷，富丽堂皇的秋景里顾盼行走。抬头看山，一口气势逼人的巨大的神钟，顶着蓝天上散乱的云絮，倒扣于河中的流水。积聚千古神韵，传达上天旨意。两岸群山耸峙，每一座山都是一座完整光洁的巨岩，显示着雄奇威武的尊严。巨岩山体的形状，像一个个神钟召唤的祥兽。骆驼峰，横卧层林，昂着刚刚饮饱了河水的头；神象峰，奔拉着两只大耳，伸着长长的弯鼻，在色彩纷呈的树林里低鸣。神鹰峰，睁开锐利的眼睛，展翅翱翔。

奇迹远不止象形山本身，而是巨石上站立的顽强生命。光洁圆润，几近垂直的悬崖，一丝细微的缝隙，长着两棵神采奕奕的小树。它们以何等毅力把根扎下，以何等毅力吸取水分，以何等毅力经受年复一年的

风霜雨雪？它们站得那么高，那么险要。与山下的树相比，显得那么弱小，又那么崇高。站在悬崖之上，迎风飘动着金光灿烂的树梢。我赞叹北疆山水的富有，能让石头里长出生命，湿湿的水迹渗出来，滋养小树成长。南疆之水，像被干旱炙烤的困顿旅人，顽强又显慵懒；北疆之水，像朝气蓬勃的少年，在山谷里奔腾；即便到了冬天，还在严冰下面隆隆欢唱。我惊奇白桦的种子如何到达那里，以多大的勇气和耐力生根发芽，毅然成长。那神奇之水，如何藏于巨崖之心，细流不断。

晚上借宿神钟山下，哈萨克牧民叶尔特斯家的毡房。吃羊肉，喝白酒，听河水流淌的声音。峡谷浓浓的黑暗里吹着清爽的风，让天上的银河，看起来更加明亮。"叶尔特斯"的意思，就是额尔齐斯河。他在这里出生，在这里长大，像河水一样豁达纯净。我惊喜此行的缘分，竟然同时结交了额尔齐斯河和与河同名的人。

吃饱了，喝足了，悄悄来到河边，钻入冰凉的河水。额尔齐斯上游的净水，洗濯我激情涌动的肉体和灵魂。

五、神仙的领地

喀纳斯是额尔齐斯河水系为阿尔泰山梳妆的人间仙境，完全是一片神仙的领地。

喀纳斯河发源于友谊峰和奎屯山冰川，流淌在中、蒙、俄、哈四国接壤的自然保护区。流到喀纳斯奎干汇入禾木河，在喀英德布拉克以下改称布尔津河，不久又汇入苏木达依尔克河。过冲乎尔乡，凡256公里，在布尔津镇归入额尔齐斯河。从北往南，自高而下，河在大山额头最美的眼眸处，梳理出美丽风景，装扮着感天动地的深情，引得世人情痴神往。一次又一次去往喀纳斯，醉心于美的追逐，从不厌倦。喀纳斯的美让我的大脑变得愚钝，像河道里流水冲刷的石头，失去自制，失去判断，端着相机，无意识行走，忘乎所以地拍摄。美丽的白湖，神秘莫测的喀纳斯湖，放眼四望的观鱼台、鸭泽湖、神仙湾、卧龙湾、月亮

湾、驼颈湾、花楸谷，静谧的禾木村，童话白哈巴。所有的一切，四季的美景，让人流连忘返。

800多年前，喀纳斯与成吉思汗的名字产生关联。传说大汗西征，路过喀纳斯，被湖水美景吸引，下马停留，捧湖欢饮，点将布兵，在月亮湾留下两只硕大的脚印。后人把喀纳斯湖称"王者之水"。湖水是山的表情，随天气和季节变化更换颜色，衬托四周景色的变化。图瓦人统领着这片神仙的领地。北国风光的雄浑，山水辉映的俊秀，不绝于耳的传说，时而现身的"湖怪"，给喀纳斯披上了神秘的外衣。

六月是喀纳斯的春天，绿草如茵，山花烂漫。赤芍、柳兰红花遍地；金莲花、郁金香、水毛茛一片金黄；飞燕草、鸢尾、翠雀花、勿忘我幽蓝同辉；防风和野胡萝卜高大的伞形花朵，像空中的白云。多姿多彩的野花，蓝天祥云，碧水雪峰，木屋丛林，构成了喀纳斯的春意图。成群的候鸟从南方飞来，在水面游弋嬉戏，相互诉说分别的思念，春天的爱恋。牛羊生活在这里，随意啃吃各色花草。喀纳斯展开春天的故事，吸引远方的客人，共同演绎难忘的春恋。

七八月是喀纳斯短暂的夏天，变幻莫测的云，随时飘落诗意的阵雨。清晨的山谷，常常被云雾遮盖，只露出一座座缥缈的峰顶。到骆驼峰的观鱼台上看日出，碧蓝的晴空，一轮巨大的朝阳升起。远处的雪峰被朝阳映染出潮红的光晕。脚下云海翻滚，时而露出一块蓝色湖面，一片绿色林海。迎面而来的彩云，披着霞光，千姿百态，变幻莫测。太阳升高，云雾消淡，远处群山间出现巨大的七彩光环，上部环绕山峰，下部没入云海。佛光闪耀，给人菩萨将临，飘飘欲仙的感觉。

九月的喀纳斯开始演奏秋天的乐章。天高云淡，层林尽染，满目流金。深绿的山坡上透出一片片黄枝红叶的色块。湖边河畔的白桦、红松、冷杉交织着金黄、橙红、黛绿，烘托着山顶耀眼的白雪，投映在翡翠般的湖面和河湾。

十月，喀纳斯之秋成了大美的写意油画。有雾的早晨，山上的树林

被阳光渲染成明亮的金黄，岸边水草凝霜泛蓝，湖面蒸腾着淡烟般飘逸的水汽。图瓦人的圆木小屋散布林间，时断时续的栅栏勾勒出道道曲线。明暗冷暖强烈对比，光影成画，韵味无穷。夕阳西下，光线柔和地穿过云层，炊烟袅袅，轻若薄纱，随秋风习习飘散。村庄是心灵诗歌，山坡上，草坝间，牛马悠闲踱步，走在回家路上。

十月之后，大雪一场一场落下来，白雪覆盖喀纳斯。漫长的冬季开始了。万籁俱静，落雪无声，生命的热情在冰雪世界里编织美好的梦。天堂很远，喀纳斯很近。厚厚的白雪，让喀纳斯的一切变得纯净。

一切都静下来，静得只能听到心跳的声音。让我放轻脚步，生怕踩出一点惊扰。偶尔有松枝经受不住厚雪的积压，迸出一声惊响，宁静更显空灵。图瓦村落里，木屋上的积雪，层层叠叠，像厚厚的奶油。挺拔的松桦，点缀着洁白的画板，俨然是泼墨写意的中国画。炊烟冉冉升起，给画面增添生活的意境。

喀纳斯河不接受冰雪束缚，还在欢快地流淌。河面雾气腾腾，氤氲阵阵，把河边的树林凝成晶莹剔透的雾凇。太阳升起来，雾凇变换着不同的色彩，朦朦胧胧，亦真亦幻。马拉雪橇从雪原驶来，人与马喷出的热气感染着天气的寒冷，驭夫打起响亮鞭声，在雪地上哧溜溜急驰而去。积雪挡不住人们的脚步，图瓦人、哈萨克族人身穿皮袍，怀揣美酒，去会亲人朋友。

看过四季美景，痴迷的头脑有了些许清醒，心怀敬意，走近喀纳斯的主人。喀纳斯村、禾木村、白哈巴村的图瓦人。他们自称是成吉思汗西征留下的后人，蒙古乌梁海人的支脉。他们基本保持着独特的生活方式。图瓦人独有的音乐，苏尔（一种民族乐器）吹奏，给这片净土无限悠远的意境。九月，乐师采来扎拉松草，截取竖笛长短的草干，中间掏空，烫三个音孔。吹奏时，一端套上牙齿，指压音孔，吹奏他们的生活与哲学。

我在喀纳斯村，见到年轻的苏尔传人米努乌尔汗。他穿着民族盛

装，坐在木屋前的草地上，凝重吹响了古朴声音。苏尔低沉的曲调，有一种穿越古今的空灵，把人带到遥远的过去，又回来手握风声和水声。米努乌尔汗带我见他的师傅，住在白哈巴索龙格老人。师傅吹奏了图瓦人的传统乐曲《七个哈巴》。这是一次朝圣般的聆听。起音低沉暗哑，豁然舒展高亢，又像几种管乐同时合奏。我听到松涛在山谷回荡，湖水在秋天回旋，骏马奔驰在宁静的早晨。这是来自大地，凝聚了阿尔泰山和额尔齐斯河山水灵气的声音。

六、送别额河（额尔齐斯河）

我追随额尔齐斯河，来到阿尔泰山南麓的哈巴河。哈巴河县因河得名。"哈巴"，有人说意思为河床坡度大，多跌水；是森林茂密的意思。索龙格老人吹奏的《七个哈巴》，内容与七条河流有关。说明哈巴河县境内多水。北部山区松林密布，冰川众多，有十几个大小湖泊。额尔齐斯河自东向西，流过哈巴河县全境。哈巴河、别列则克河、阿拉克别克河，从北向南流入额尔齐斯河。丰富的水量堪与江南媲美，可惜流向境外。哈巴河的夏季，是北方特有的好天气。冬天大风肆虐，常在8级以上，12级以上的大风常常光顾，有让人谈风色变的"闹海风"。这种大气回流性大风伴有暴雪，风起时，声同大海波涛。

秋天是哈巴河最美的季节。走进阿克奇镇，金色白桦亭亭站立于干净整洁的街道，欧式风格的漂亮小楼掩映其中，给人以清新飘逸的富丽之感。出城向西到库勒拜乡，拥有我国西北最大的天然白桦林带。柏油公路在宽2公里，长28公里的桦林穿行。白色树干远看高雅脱俗，近观质朴高贵。湍急的哈巴河自北而来，带着白桦林向南延伸，直到额尔齐斯河三角洲。穿越整齐的白桦林，脚踩厚厚的落叶，看风姿绰约的白色树干，似一只只黑黑的眼睛相互对望，交流秋天的风情。白桦树大多一根双生，两棵树干并排挺立，树冠相掺连为一体，像一对对忠贞相伴的情人。有的一根多生，几棵树干拢为一簇，像个亲密依偎的家庭。走

在林间，四面环顾，手抚树干，捡拾落叶，不是观景，而是一场拜会。它们是一个个拥有不同年龄的生命，挺拔的外表里，有着内在的秉性。

转场是季节变化的符号。秋色已深，金色的风景里，三两匹骏马，驮着牧民。几峰骆驼，驮着扎建毡房的材料和一家人的生活用品，妇女和孩子骑坐在驼峰中间。一大群牛羊，走一支很长的队伍，几只大狗前后奔跑，管束照应。

我去阿克别依特村，看望朋友喀海尔曼。他家的牛羊早两天从夏牧场转场回来。因为提前有过联系，他对我们的到来做了充分准备。我们从车上搬下礼物，立即被安排提壶洗手，进屋上炕，开始丰盛的午餐。油炸的包尔萨克，掰成小块的奶子馕，酸奶疙瘩，甜奶疙瘩，水果糖。一壶浓浓的奶茶，一桌子美食任我品尝。不大一会儿，一大盆刚刚煮熟的手抓羊肉端上来。抓饭，烤肉，羊肉纳仁端上来。朋友相聚，大碗喝酒，大块吃肉。

酒足肉饱，秋阳正暖，真想在喀海尔曼家里长住。然而，额尔齐斯河召唤我去，为它送行。

我一路追随额尔齐斯河，自东向西，从可可托海、富蕴、福海、北屯、布尔津，到哈巴河的可可托海。站在额尔齐斯河大桥，目送这条大河，背离自己的出生地，流出国境，流向远方。

回到乌伦古湖，重温额尔齐斯河和乌伦古河，两条姐妹河的梦想。

和田的河流

一

作为冬泳人，严酷漫长的冬季，让我对春天的气息特别敏感。数九将尽，中午时分，房檐上的冰溜子刺溜刺溜往下滴水。墙缝里一两根细小的草芽哆嗦着往外钻，嫩嫩的叶尖像在心里萌动，挠得心房发痒。一下子激活了蠢蠢欲动的念头。我像去见思念很久的亲人，即刻就想走出蛰居一冬的城市，去与春天迎面拥抱。远行捷走，感受春天带来的新事物。

恰在此时，单位派我去和田一段时间。真是太好了。

遥远的和田，在我心中是一部很厚的大书，我早就渴望去阅读。从巍巍昆仑发源的那些河流现在是什么温度？什么样子？有怎样不同的性格？此次有足够的时间可以游遍。

我敬仰和田，它在世界的两个最极致——青藏高原与塔克拉玛干大沙漠之间，顽强不屈。和田大气恢宏，一挥手，南山是昆仑，北滩是大漠。一块块绿洲连接而成的和田，朴实中蕴藏着珍奇瑰宝，让我痴迷。

和田倚昆仑。昆仑虚（昆仑山的别称）高 11114 步 2 尺 6 寸，叠叠重重山九层。中华文化龙脉，神话中心，万山之祖，万水之源，东西绵亘五千里。和田所有的河流，都从昆仑出发，奔腾过，泛滥过，激荡过，委婉过，为各自的绿洲浇灌，耗尽生命，最终都无声地消失于大漠。从东往西，安迪河、尼雅河、克里雅河、策勒河、玉龙喀什河、喀拉喀什河、桑株河、皮山河……那些激情澎湃又无限伤感的河流，与我的命运多么相似。我与那些河流会有什么共鸣？它们从昆仑到大漠，流淌到现在，储藏着历史，让生活保鲜、沉淀、发酵，由清淡变得浓郁。我去伸手触碰，不知不足的心智能否与它们沟通。

我一直认为，和田是一部历史与哲学的珍藏。在那条古老的生命走廊里，悠远的丝绸南路往返不停，流淌着人类记忆的历史长河，层层沉淀着四大古代文明。奇特的风光，神秘的民俗，沧桑的历史，执着的宗教，厚重的文化，一切无不充满悬念。人头攒动的巴扎，混浊弥漫的阳光，古老的和田像一个热闹非凡而又似是而非的谜，强烈吸引着我的好奇。

多少年时光流逝，多少代历史更迭，和田的现实里保留了许多久远的过去。那些古老的河岸上，千年水磨为今天的人们磨制粮食；千年无花果结出甜美的果实；千年核桃树历尽沧桑，依然枝繁叶茂，一年又一年结出油汪汪的美食；还有作为中华文化珍藏特殊印记的和田玉。河水浇灌的土地上，几多繁华又几多沉寂的文明，曾经活跃又被沙尘湮没的城郭。多少年过去了，外面的世界变得不可思议，和田的生活还在重复着多少千年不变的方式？人们吃的饭食，穿的衣裳，行的规律，讲的语言，还保留了多少从前的样子？须发皆白的老翁和面如核桃的老媪在田间劳作，果园采撷，草地放牧，赶着毛驴车到巴扎会友易物，交流信息，或者慢慢地守着时间凝望太阳、山川、田地、房舍、一棵树、眼前的孩子、吃草的牛羊做思考或回忆。和田的每一滴水、每一粒沙尘，似乎都凝结着历史的深沉，闪烁着哲学的光芒。这样的地方，不知外面的

东西如何浸入，浸染到何种程度？

这是多么难得的春天。出行前一天的下午，我逛遍周边的菜市场，追寻小菜贩经常出现的街巷，如愿以偿，买到一小扎冰疙瘩泡着的嫩香椿，一袋子被水浇得直愣愣的野荠菜，一把价格昂贵的野沙葱。第二天中午，做了一席临行小宴，用春天的新绿为这次隆重的出行庆贺。乘机起飞，攀升到与太阳比肩的高空，我看到机翼下的世界沉沉暗去，从机翼平行远望，晚霞的红飘带围拢着渐渐变浓的黑暗，快速变黄，变成泛黄的一抹白，进而被黑幕抹杀，消失殆尽。

我打开记事本，记下每一滴时间里看到的一切。

拜见和田河流的古今，亦仿佛回归故乡。

二

玉龙喀什河，喀拉喀什河；一河和田西，一河和田东；一为墨玉河，一为白玉河；夏天水浩浩，秋天水澹澹。

每次去游新的河流湖泊的前夜，我总是整夜做梦在那里游泳，似乎是我的灵魂提前去预习水情。这一夜，灵魂随梦漂游，一会儿在城西，一会儿在城东；一会儿墨玉河，一会儿白玉河；一会儿游于夏天的浊浪，一会儿游于秋日的静水。

分明是中秋之夜，玉河秋水澹澹，两岸倾斜着果实沉重的枣树，清凉透彻的河水飘摇着红晕闪闪的银盘子月亮。月亮一个接着一个，原来是水色里透出的白玉。我在河里游泳，身边许多美丽的少女身穿红罗短裙，白玉般的小腿飘飘然去踩水中泛红的月亮。踩到一个，枣树下"当啷"一声铜锣响，记录她们采玉的数量。有人于月光明亮的枣树下绘一幅《天工开物》描述的画，一边口中琅琅："玉璞堆积处，其月色倍明矣。……女人赤身没水而取者，云阴气相召，则玉留不逝，易于捞取……"我在采玉人中间游来游去，手脚一次次与美玉相碰，但内心遵守采玉之规，不敢伸手捞取。恍惚间又是炎炎夏日，河水浊浪滚滚。

我在浊浪里搏击，犹如在黄河里游泳。传说黄河源于昆仑，潜入地下，又出为黄河之源。玉河是一条勇敢的水龙，成功穿越塔克拉玛干大沙漠，汇入塔里木河，到达"盐泽"——罗布泊后，潜入地下流了很久，最终与黄河相连。我在梦里思索着关于黄河源头的文化传说，似乎是真的。难怪我在玉河的浊浪里，感觉回到了故乡的黄河，感觉这条河如此亲近。有人向浊浪里抛入水戽，戽起水倾，戽底的泥沙卵石中夹杂着光彩夺目的美玉。前一天，听和田的一位朋友讲，玉河看似混浊，实为净水，常喝可治愈各种结石之症。他曾于河边挑水时，水桶里捞到一块拇指大的籽玉，至今戴在儿子的胸前。此时，我看他又在河边挥戽捞玉。我在玉河里游泳，心里畅快无比，喜悦无限。

做了一夜的游河梦，早晨醒来不愿睁开眼睛，躺在床上回味梦境。现在是四月的最后几天，和田的季节已是仲春。万物萌生，昆仑山上的冰川开始融化。源于昆仑山和喀喇昆仑山冰川的玉龙喀什河与喀拉喀什河，像两条刚刚睡醒的春龙。此时山洪暴发，汹涌澎湃，泥沙裹挟着玉石滚滚而下，在阔什塔什相聚，合为和田河，穿越浩瀚的沙漠，向塔里木河进发。

这是我来和田的第一个周末。天气像梦中的夏日一样，我与同行者急急赶往城东，去游想象了无数遍的玉龙喀什河。

现在的河流，大多改变了原来的模样。有很多变成枯萎丑陋的样子。我想，在遥远的昆仑山下，纯朴的和田，充满传奇的玉龙喀什河，就算变得有些干瘪，还承载不了我的游泳梦？

我提前穿好游衣，内心匆匆，来到河堤，做好随时脱掉外衣下河游泳的准备，以免人前换衣的尴尬。看到的却是与想象完全不同的情景。玉龙喀什河大桥横跨宽阔的河道，桥下基本没有流水，满河卵石垒垒叠叠。飘浮着沙尘的天空，像一块毛玻璃。太阳光穿过天空照下来，如同经过温室发酵，闷乎乎地洒在石头上，蒸发起满河道的欲望与失落。远处有一洼淤积的黄水，一群小巴郎（小男孩）一丝不挂，泥猴子一样在里面扑

腾。与我在家乡小河里远去的童年几乎一样。这是我在这条大河里看到的唯一能漂浮身体的水。可是我无法从现实回到记忆深处的童年，与异域的孩子们一起，无忧地扑腾。游泳的冲动被热烘烘的阳光蒸发殆尽。

三

我丢掉自己的游泳梦。看到无数心怀梦想的人，手拿十字镐、铁锹、铁钩，乘坐拖拉机、摩托车、三轮车、毛驴车、呼啸而过的越野车，像赶巴扎一样向玉龙喀什河汇聚。

河道里到处是挖出的大大小小的坑。不知道那些坑洼里遗落的汗渍，成就了多少人的美玉梦，又使多少人失望而去。一些塑料布搭成的简易帐篷，是挖玉人的临时居所。稍远的河床上，喘息着大型机械劳作的声响。挖掘机起起落落，每一台旁边围着数十人。一斗沙石挖起来，一群眼睛盯着一点点往下倒，用手里的工具仔细扒找。哪怕有一丝玉的"毫毛"，也绝不让它偷偷溜走。有的五六人一小群，抬一架柴油抽水机，用长长的水管从水坑里抽水冲洗沙石堆找玉。看他们干得热火朝天的样子，不知能有多少收获。同行的当地朋友"嗤"地笑了一声：哪有那么容易，你以为是地里收庄稼，干得多就收得多。然而人心如此，即便不怀暴富梦想的人，闲暇时也到河坝转悠。低头漫步，用锄耙翻找。人们走在路上，见到石头，总会下意识多看一眼。随手拿一瓶水，见到疑似之石就浇一浇，细端详。谁能说好运气不会意外降临呢？

和田的朋友带我们去体验挖玉，权当一次周末游玩。有人笑言：内急时切记要对石而溺，男人要顺流观望注尿冲石，女人要提起裤子回头看。一定要看看那湿湿的一片里石头颜色的变化，说不定就有一块籽料。此言引得一片"哄"笑。

我们沿河堤东边的公路南行30多公里，到了清代著名的官方挖玉处——大小胡麻地，玉龙喀什河从昆仑山口流出后形成的冲积区。由于河水流速骤减，挟带而下的籽玉会沉积下来。眼前的胡麻地一片荒芜，

哪里还有少女在月下秋水里踩玉的身影。千疮百孔的河道，仍然残留着人们的美玉梦。

同行者手拿二齿耙、小铲刀、十字镐之类的工具欢欣而去，在乱石中翻翻拣拣。我实在不相信这乱石滩里有好运气，会等着我们这些不速之客。拿着照相机漫无目的地游荡，捕捉人们各种不同的表情，作为玉河之游的记忆。

一位挖玉的老者，在乱石间挖出一个宽三四米，深约两米的"窝子"。铲出平底，把沙石一点一点挖下来。仔细查看后，用铁锹铲到身后，堆成一个新堆。此时，他坐在自己铲出的沙石堆上午餐。一手拿着半个馕，一手端个脏乎乎搪瓷缸，一脸愁苦地坐在那里。身旁插一根细细的树枝，枝头拴一个残破的塑料袋，在风中斜斜地飘摇，昭示着一种失落的情绪。我走过去与他说话，问他多大年龄。他拿出身份证：霍西托木尔·阿洪，75岁，策勒县卡哈乡人。老伴去世了，三个丫头出嫁了，一个儿子和他一起挖玉。（他们）在旁边的村子租了一间房子，（房租）一个月40元，家里有2.5亩地，种了小麦。每天嘛，早晨9点钟来，天黑了回去。（有）一个礼拜嘛，400块钱挖（挖玉赚了400元钱）。又一个礼拜嘛，10块钱挖（挖玉赚了10元钱）。还一个礼拜嘛，没有（一点没有挖到）。一个窝子挖了，再一个窝子挖（一个窝子挖一个礼拜，换一个地方再挖一个窝子）。问他今天挖到没有。他从衣袋掏出一个揉成小团的塑料袋，一点点打开，里面是一个比小麦粒略大的青色石子。一头完整，一头断裂。他看着我问："要么？1块钱。"我给了他10块，把那个小小的破石子拿在手里，权作给他买了几个馕。

一丝若断若续的细流，如同地图上标出的河流标记，淤积出一片水洼。我用长焦镜头瞄过去，看到水洼西岸几个挖玉人也在午餐。一位胡子白白的老者蹲在水坑旁，就着浑黄的河水吃馕。手里的干馕，在水坑里泡一会儿，拿起来吃掉泡软的部分。再泡进去，再拿起来吃。一块馕全部吃完，双手掬水喝两口，撩水洗了洗嘴唇和胡须。看他吃得很香，

动作从容优雅，颇有长者风范，我心里泛起一阵酸楚。他的年纪，他的健康，他的心情，他的收获，很多问题涌上心头。我走过去，他们把我当成了买主，拿出一小堆小如豆粒，大如花生米的玉籽。我按他们要的价钱买下来。与其说是买卖，不如说是一次交流。他们在分钱，无论老少，平均分配，一人一份。这是他们的"体制"，活儿一起干，价钱一起商定，收入平均分配。一种朴素的集体主义物权观。我在河道里继续游荡，懊恼地想，没有水的河还是河吗？从昆仑山流出的河水到底去了哪里？

四

一心想看到玉龙喀什河奔流的模样，沿东岸公路逆流而上。从布雅乡一直往南，终于看到玉龙喀什河从山口奔流而出，紧接着被倒喇叭形的堤坝拦截，漏斗一样引入人工渠道。主河道就被漏干了。混浊的河水像活力迸发的龙驹，被强行拦到大渠里，奔腾喘息，四处撞击，终不能挣脱，只好蹦跳着滚滚而下。大渠西边的河滩，一看就是被翻腾了无数遍。卵石堆里星星点点，散布着挖玉人用塑料布搭的地窝子。逆河而上，下午明亮的光线里，都是一样的景色。正在挖掘的人和挖出来的坑坑洼洼。河这边的石滩里，有一个很近的地窝子。我走近观看，卵石堆成的圆圈上压了一块塑料布，下面是人能爬着进去的空间，潮乎乎的碎石上铺了一块薄毯子。这就是挖玉人的临时家。要不是亲眼所见，如何能将高贵的玉，与如此挖玉的人联系在一起。我品味着心里五味杂陈的感慨。

过同古孜大桥，进入昆仑峡谷。河床变窄，河水在寸草不生的山谷里弯曲，扭动，不安地呼吼。两岸陡峭的沙砾悬崖边，仍有一两个孤单的人，挖掘不止。太阳高傲地浮在山尖上，把山的阴影，厚厚地盖在河谷。时间不早了，我们掉头返回。

山外的阳光还在。我们在回程中，赶上了名气很大的渠首玉巴扎

（集市）。星期六的最后一段时光，是巴扎最热闹的时候。公路上人头攒动，如一片汇成漩涡的深水，让不识水性者望而生畏。朋友告诫我，在这里可不敢轻易出手。玉贩子接力转手贩卖，从挖玉人手中收到玉，到河坝边交易一手，到附近的村子又交易一手，来渠首巴扎已经是第四手交易。价格虚高，真假难辨。我想着河道里挖玉的老者，再次泛起潮潮的酸味。从河道到巴扎距离并不遥远，是什么阻隔了他们直接来这里交易？

玉龙喀什河渠首，河水通过人工河道汇集到这里，向下游的大小渠道分流。流向每一片田园，每一个村子，每一户人家。渠首是计量昆仑乳汁的量具，浊浪翻滚的河水在大渠里争吵，随后顺从地流向该去的地方。

沿着渠边的道路行走，视觉梦幻般转换。我看到图画般美好的田园。浓绿的核桃树横排竖列，将碧水般的麦田分成整齐的条块，半腿深的麦苗舒展着阵阵微波。树与麦的叶面沉积了一层尘土，仍然是一派喝足了水分的满足。道路将碧绿的田园分开，犹如快船划出一线白浪。走在这样的路上，如同在碧水里快速游泳。这绿分明就是玉龙喀什河的水，从大渠、小渠、斗渠、毛渠分流辗转，通过植物的脉络，呈现出来的水色碧浪。更宽广，更纯净，有了更加美好的意义。

五

我再次来到玉龙喀什河东岸，探访两家依河而建的工厂。

位于吉亚乡的艾德莱斯丝绸厂。核桃木雕花的精美大门，为这家古老的厂子，装点出高贵的气质。这里是艾德来斯绸正宗的发祥地之一。早在2000多年前，这里的人掌握了来自中原的养蚕织绸工艺，完整地保留到今天。走进厂子，首先看到露天廊棚下，一男一女，两位看不出年纪的很老的老者，煮茧缫丝。老太太坐在锅台上，从蒸气缭绕的大铁锅里，把蚕茧的细丝拉出来，接到半只葫芦做成的丝槽上。老大爷坐在

锅台下，摇一台直径足有5尺的大纺车。丝线从铁锅里拉起一团水雾，连着嗡嗡作响的纺车，摇着一首吟唱了千百年的乐曲。两位老者，是一对长久不变的和谐搭档。他们微笑面对游客种种好奇的表情和各式各样的合影，无言展示着千百年不变的故事。另外一口热气腾腾大铁锅，为蚕丝染色。一绺绺丝线，被槐角、茜茸、绿矾、核桃英片、靛蓝、红柳花，各种植物制作的染料，染成永不褪色的自然色彩。一间阳光散乱的大房间里，75岁的买买提·依明、70岁的买买提·努力、16岁的女孩迪丽·胡买尔和他们其他的徒弟，赤脚踩着踏板，在木制手工织机上，行云流水般传承着古老的技艺，平滑地织着艾德莱斯绸。最早的纺织总是与河有关。正是有了玉龙喀什河的滋润，他们才长久地保持着流水般的动作。

相距不远的手工地毯厂，与玉龙喀什河里的籽料一样著名。和田也是世界地毯的发祥地之一，这里编织的地毯，自古就有着尊贵的地位。或为皇家贡品，或为意义非凡的赠品，或为收藏品、拍卖品。经久耐用的质地，丰富独特的图案，长久地收藏着和田的古今。织毯厂房里，一排排男女老少，坐在一条条长凳上，对着眼前的经纬，双手飞快地编织、切割。他们的专注，犹如雕刻历史注解里精美的玉器。一个大约四五岁，睫毛长长的大眼睛女孩，认真学着大人的样子，犹如地毯上绽放的美丽花朵。

工厂院子里的紫花槐开得正艳，似乎在为丝绸和地毯最后提色，使它们的色彩水洗般鲜亮。艾德莱斯绸是天边摘来的彩霞，飘逸着和田人外表的风韵和内在的浪漫。地毯则采集了四季开放的花朵，浓缩了和田人多彩的生活，沉淀了历史的条纹，凝结了文化的融合。它们的美丽，越是在干旱缺水，沙尘弥漫的地方，越显得光彩夺目，鲜活明亮。这都是昆仑之水哺育出来的滋味。

我继续追寻玉龙喀什河水的踪迹，到了洛浦县多鲁乡，惊喜地看到布尔库木水库。好大的一片水，奢侈地聚集在一起，被打造成水意葱茏

的玉龙湾风景区。碧水与沙漠巧妙组合，呈现出一种超乎想象的意境。我的游泳梦飘荡回来，在身体里不停地躁动。

朋友带我走进沙漠，沿沙山间一丝细细的湿漉，走了好一阵。沙海里出现了一个梦境般的泉水湖。真不可思议。茫茫沙海，突然就有了一洼碧波荡漾的湖，分明是一只充满灵性与幻想的眼睛。北岸生长的芦苇，可不就是眼睛上眨动的睫毛。半圆形的湖面东西长约 2000 米，南北宽约 500 米。沙海里一只美丽的眼睛，点缀着一些稀疏的绿，就是一个特大号天然游泳池。我追寻多日，焦渴难耐的身体一跃而入。略微发咸的湖水让我陶醉。长着游一趟，宽着游一趟，转圈放开游。我在明亮的眼睛里找寻泉眼，思索这沙海里的泉水从何而来。一定有一个美丽的神话，让玉龙喀什河的水神受到特别的感动，让昆仑之水穿越沙海的底层，来守望她的感动。

六

又是一个周末，我早早做好准备，去游盛产墨玉的喀拉喀什河。细细的沙尘依然在空气里浮动，像一种根深蒂固，挥之不去的世俗观念。阳光依然混沌，变得更热。我回想玉龙喀什河的模样，心怀忐忑。不知喀拉喀什河会是什么样子。

西出和田市，走和田县朗如乡，远远看到喀拉喀什河谷。灰褐色的荒漠突然陷落，在风尘朦胧中显出一线青绿。汽车越往前，青绿越宽广，直到河谷边缘，才发现阳光下生机勃勃的河谷犹如世外桃源。喀拉喀什河在荒漠中流出一个鲜活世界，童话般惊现于眼前。

整洁的乡村公路，两侧排列高高的白杨，杨树后面满渠清流。片片房舍，家家门前用手臂粗的长杆搭成坚固的葡萄架，有的干脆架成横跨公路的拱形长廊。葡萄藤上新发的嫩条，正探着娇萌的芽尖往上爬。假以时日，绿藤完全覆盖长廊，将会格外清凉惬意。

和田人把果树与庄稼间种的田地叫"园子"。田园与房舍相连，房

舍、果树与分割整齐的田地相互掩映，真是名副其实的美好田园。成排成行的核桃树，间或桃树、杏树，护卫着茂密的青麦地。此时杏花凋谢，桃花正红，点缀着房舍田园，像一幅心旷神怡的风景画。

我忍不住去探访一户田园人家。推开雕刻精美的大门，门廊摆着一架木制"卡它尔"——炕一般大小的木床。上面铺着地毯，地毯上是厚实的花布褥子，随时准备着让外面进来的人坐着休憩。穿过宽阔的庭院，与门廊对应的房子筑有长长的檐廊。廊下一盘很大的土炕，炕上同样铺着地毯和褥子。炕沿上坐着的一位白须长者站起来，客气地同我握手。这露天炕是人们活动、休息、用餐、待客和夏夜睡眠的地方。老者请我走进房间。房子很大，靠墙四周也是土炕。屋顶中间敞开升高，再用屋顶覆盖，四周花棂木窗。此时木窗全部打开，阳光像明亮的帘子垂下来。这种独特的房子叫"阿以旺"。过去穷的时候，屋顶中间完全敞开不加高顶，那种房子叫"阿克赛乃"。

庭院旁边一道篱墙留有宽宽的篱门，连通旁边的田园。篱墙边的核桃树上，拴着两只白山羊，咩咩向我问候。庭院，田园，明与暗，闹与静，露与藏。巧妙的安排，阻挡了风沙，开放了空间，营造出自由放松的心境。

告别田园人家，汽车驶出河谷绿洲，奔走在沿河公路上。喀拉喀什河一览无余，完全保持了本来的模样，美得让我心里发痒。河水泛着碧玉般青绿的光泽，在宽阔的河道里自由流淌。一会儿分流几股，如散乱的发辫纵情舞蹈；一会儿合流一起，像勇猛的青龙浩荡奔流。我在陶醉中直奔上游的乌鲁瓦提水库。

水库建于喀拉喀什河上游的昆仑山口，号称"昆仑小三峡"。和田最著名的景点，"三棵树，一潭水"。一潭水就是这座水库。离水坝好远，听到隆隆水声。河水从100多米的溢洪道直冲而下，在坝底出口处撞击，飞腾成为一道巨大的飞瀑。白色水浪爆炸式飞溅几十米，在阳光里映出层层彩虹。

走上大坝，看那一湖水，纯净得让我倒吸一口凉气。四周干燥剥蚀，毛发不生的群山，峰如刀割，陡峭险峻，被太阳晒得红中泛黄。碧蓝的湖水镶嵌其中，真像一块翠色欲滴的美玉。水面静，静到极致。四周的一切倒映进去，连直直的山峰都没有一丝摇晃，使人分不清水上水下。维吾尔语"乌鲁瓦提"意思为"英雄的父亲"。不知指的是这里的山，还是水。我感觉这水，是昆仑山蓝色的心脏，宁静里有着巨大的搏动。这颗蓝色的心，包容着山里山外的一切，滋养着万物生灵。

空气带着神秘的意味静悄悄地流动。我想下去游泳，如果能游在这蓝色的心脏里，将是一次神圣的洗礼。我心旌荡漾，开始计划游泳的线路，寻找能够下水的地方。向陪同的朋友吹嘘了自己的游泳本事，说出了心里的"妄想"。那位朋友像被马蜂蜇了鼻子，张开大嘴，不可思议地看着我。他的过度反映，让我认真地回归了自己的年龄身份。是啊，这是昆仑山蓝色的心脏，神的地方。一名游客，有这样的想法，只能被看作是冒犯神威的"邪念"。除非能有更多的时间，以一种权威的方式，得到水库管理方的允许。我压抑着内心的冲动，赶忙向朋友解释：只是开玩笑，开玩笑，说着玩的。

大家一起去乘船，可以在水面往里走五公里。作为"游遍新疆"的一分子，平常水域，我是不屑坐游船的。这片水域不一样，或许永远没有第二次机会。乘船一游，是一次奢侈的享受。我坐在汽艇最后最靠边的位置，手伸进水里，拍打着船桨划出的浪花，体会昆仑之水的感觉。撩起净水，抿在嘴里，咂摸甘美的滋味。

回程中，去探访一个古堡，意外走访了旁边的村子。距离乌鲁瓦提8公里的河岸，是一片高高的台地，与河道形成很高的悬崖。古堡建在悬崖边。走近看到有块牌子，写着"普基亚城堡"。牌子后面铁丝网围着几道残破的土墙，墙里有一些倒塌的土块。我站在悬崖边，凝望这条美丽的大河。河水碧蓝，在宽阔的河滩分成几支随意流淌，构成一幅精美的图画。突然听到身后有人说话，原来是当地指派的文物管理员。他

住在悬崖下面的村子里，看到我在古堡边徘徊不去，特意赶来履行自己的职责，提示我不准走进古堡，踩踏文物。我向他出示了证件，表明了尊重文物的一贯态度。气氛变得十分友好，他热情邀请我去他们村子。

我们边走边聊。他的普通话很好，语言畅通，提高了相互交流的兴致。村子就叫普基亚村，他叫阿不都·哈拜尔，34 岁。管理古堡没有工资，可以顶一部分义务工。他像背书一样告诉我家里的情况："（有）四个巴郎，老大丫头，（上）小学四年级。老二儿子，（上）学前班的大班。两个小的是龙凤双胞胎。种了小麦 7 亩，苞谷 2 亩，西瓜 5 分。有核桃树 40 个，杏子树 20 个，羊 25 个，1 个牛，1 个毛驴，20 个鸡。有摩托车、拖拉机。（村子里）原来电没有，柏油路没有，现在都有了。去年电话也有了。"他的叙述给了我温暖的亲切感。我像离家很久的兄长，跟在弟弟的身后，回到已有些许陌生的家乡。

村子掩映在绿树之中。一条很宽的水渠，从村子南头几百米处，利用自然坡度，把喀拉喀什河水引进来。一渠碧水满满溢溢，在村子里分出许多支渠，迂回交错，流向每一户人家，每一块田园。真是一个如诗如画的村子。

阿不都家的房子很小，只有里外两间。他说明年政府给抗震安居补助款后修新的。他的大女儿赶羊回来，拿一只白白的大碗摘了半碗青杏，蹲在身旁的水渠里洗干净，湿漉漉地端过来。我萎缩的牙龈，早已无法承受青杏的酸。此时看着一碗水淋淋的青翠，还是忍不住拿一个含在嘴里。主人请我们吃馕，小女孩又从渠里舀一碗河水端给我喝。自然，纯净，一切都那么坦然，那么亲近。

我给村里的人拍照。女人、小孩羞答答地躲闪。给他们看液晶屏上的照片回放，又乐得不行，争着要照。阿不都的爸爸和弟弟来了，好些邻居也来了。我说给他一家照张全家福，结果所有的人都跑进镜头，拍成了一张大合影。一群孩子围着我，闪着清澈的眼眸。我没有什么礼物，又想给他们点什么。掏出一把零钱，一人发了一张。

快乐的场面持续扩展，树叶间洒下的阳光，转移了很多地方。我该走了，心里留恋难舍。阿不都最后提了两个问题：村里的学校两个国语老师有（有两位国语教师），国语书（课本）没有，娃娃学习国语不好（条件不好）；山里有一个放羊（一个牧场）的地方，可以850个羊放，（现在）有3000个羊在放，草不够吃，每年二三月份羊娃娃生下来，死得多。我无法答复他的问题，还是拿出笔记本认真记下，同时记下他的电话号码。也许有一天，我还会来到这个村子，看望这些纯朴真诚的人。

和田的朋友带我去看喀拉喀什河渠首。又一座拦河悬板分层式引水枢纽工程。电脑控制的闸口准确计量着河水，三分之二分给左边的墨玉县，三分之一分给右边的和田县。

下午的最后一段时光，我追着分流的渠水，到了和田县拉依喀乡，看渠水带动的千年水磨。穿过一条繁华的街道，走进一个长满杏树的大院。奔涌的大渠之上，横跨一栋两层磨坊。二楼是陈列室，从雕花窗棂钻进来的光线幽幽暗暗。房间里摆放着许多精美的木器，展示着看不出年代的水磨历史。一楼有10台水磨正飞快旋转，三个女人披了一身一脸的面粉忙碌着。大渠边的棚子是敞开的磨坊，排列着6台水磨，一老一少两位男子也在忙活。渠水隆隆，水磨飞转，面粉的香气充溢了整个院子，引得我打了一个大大的喷嚏。和田人纯朴自然的生活散发着这醇香的味道，也许就是他们健康长寿的秘密。

美丽的喀拉喀什河，我最终没有在河里游泳。

七

立夏之日，万物勃发。我沿皮山河看到喀喇昆仑如何把生命的绿洲从冰川摘下，铺到山下的沙漠。它像一位爱心涌动的母亲，迎着热力渐旺的天气，使劲分泌乳汁，汇成匆匆奔腾的河流，哺育急切生长的绿洲。用68条冰川的融水，汇成皮山河的一条支流阿克肖河；用45条冰

川的融水，汇成另一条支流康艾孜河。两条支流在垴阿巴提塔吉克民族乡汇合。上百条冰川像母亲并不丰满的乳腺，汇成皮山河，从6300多米高的雪山出发，匆匆跳下冰雪天地，积聚力量，穿越高山峻岭。只用了160公里的距离，就跳过五级地形高度，带着昆仑山的泥土和养分，冲出山口，在山下淤积出一片土地。分解自己，把土地养育成肥沃的绿洲。而后到尾闾的雅普泉水库停下来，最终无声地消失于塔克拉玛干沙漠。皮山河在漫长的冬天枯萎蛰伏，到了夏季，全力奔腾，用短促的生命历程，滋养着从高山到平地的生命万物。皮山县境内有5条中小河流，都是这样的使命，发源于喀喇昆仑山冰川，滋养一片绿洲农田后，消失于茫茫沙漠。这些绿洲断断续续连在一起，成为皮山绿洲。皮山属暖温带极干旱气候区，年平均降水量不足50毫米，平均蒸发量却有近3000毫米，如果没河流从喀喇昆仑哗哗啦啦跑下来，怎能养育大地的生灵？这片绿洲分明就是喀喇昆仑一手缔造。

　　我迎着立夏第一天的阳光来到昆仑山口，看皮山河带着生命的冲动，威猛呼啸，狂野奔流。它不是一条水量很大的河，却表现出了十足的个性，像一位急于建立功勋的勇敢少年，不顾前路险阻，摧枯拉朽，在出山前的最后一段高地，切割出一道幽深的峡谷。我听着隆隆水声往前走，去探寻河的所在，要不是朋友及时提醒，差一点失足落入谷底。好恐怖的峡谷，只有几米宽，在整体岩石的中间一道深豁直光光下去几十米，扭动弯曲长有几百米。探头去看，湍急的河水对着谷底的岩石翻腾怒吼，似乎还在往下切割。阴气上冲的吸力，能把人一口吞下去。难以想象，皮山河的力量如此强大，把一座山的基石割下去。峡谷起处，河水从一道石坝喷涌而下，形成高悬的瀑布。瀑布的飞沫映出一圈彩虹，如同切割的火焰，让岩石消融，让峡谷延长。

　　许多不贪岁月悠长的少年英雄，用自己浓缩的年轮折合为瞬时力量，迸发无限光彩。皮山河亦如此，它短暂，它奉献，出山之时，尽显伟力，释放桀骜不驯的真性情。

这样的河流无法游泳，不能漂流，却让我敬畏、敬仰，引发我走向昆仑深处的强烈愿望。

人是上天撒在土里的种子，长在哪里，就是哪里的模样，但人性大致相同。沿河而上，走过垴阿巴提塔吉克民族乡的几个山里的村庄。一群孩子抱着书本，拿着笤帚去上学，男孩子打打闹闹，女孩子说说笑笑。一对老年夫妇非常有趣地蹲在路边筛捡豆子，让我想起家乡的农村生活。他们一早蹲在路边忙活，是一种生活的坦诚，在新的一天与往来乡邻见面打招呼，或是等待远归的子弟亲人。我给他们拍照，他们立即拘谨地配合。乡政府所在地康阿孜村有一个不大的街心花园，路口一家小商店。几个塔吉克妇女肩扛砍土镘，准备去干什么活儿。她们高高的鼻梁，深深的眼窝，面对镜头，坦然微笑，表现出高贵自信的气质。

走完柏油路，走完尘土滚滚的土路，走到塔吉克乡最后一个村子的河滩边。从冰川下来的皮山河在铺满卵石的河道里哗哗流淌。河上有一道断桥，在阳光灿烂的流水声中静静横卧着，说明走向山的深处还有很远的路程。同行者到河里翻捡石头，希望找到一块奇石甚至美玉，最后把捡来的石头又扔回河道。抬头看见我的皮山朋友独坐山坡向远山眺望，他说自己经常独自来这里静静地坐一会儿，以静为修。我感觉这里的人与河相似，在严酷环境里坦然淡定；但是，他们的内心也会有河水一样的波澜。

我脱掉鞋袜在河水里走动，感受皮山河的流速和温度。望着河水流来的方向，山峰高耸但不险峻，黄土山坡以上是土黄色的山石。

中午时分，我们穿越30多公里戈壁，从皮山河谷到了桑株河谷。桑株河全长只有45公里，却同样缔造出一片神话般的绿洲。皮山—桑株—康克尔，曾经是古老丝绸之路上一条穿越昆仑的"皮山道"，可直达天竺（古印度），连通波斯，从西汉至清代，一直有人行走。

此时的桑株，在黄褐色的山丘戈壁间绿色盎然，民居掩映，感觉是又一片世外桃源。路边渠水洋溢，成片的杏林，许多超过500年的核桃

树，一个个篱笆小院。正值放学时分，白衬衣，红领巾，活泼可爱的孩子们拥挤在街道上。

溯行桑株河，走在古老的"皮山道"，再去昆仑深处。桑株河在山里就被水库拦截，失去了皮山河那样短暂恣意的机会，平静地滋养着自己的绿洲。一个意想不到的诗意画面突然出现。一位柯尔克孜族妇女身穿长裙，头戴花巾，独自在开阔的河滩上扬一堆金黄的麦子。我醉心惊叹，桑株河是多么温柔体贴，让它的子民把劳动演绎成心旷神怡的意境，与大山河谷，构成一幅神仙般飘逸的风情画。

桑株河谷的最后一个乡，康克尔柯尔克孜族乡，光秃秃的群山间又一片绿树掩映的村庄。康克尔、吾拉其、色日克克尔，昆仑深处的每一个村子都像一个神话。

我看到了著名的桑株岩画。一道高墙般的巨石靠近地面的部位，刻着一个欢乐场面：正在舞蹈的人群，有人作弯弓射箭状，有人跟于马后作行走状，也有人作骑马而行状。有兽面图，几只头长双角的动物，类似一些大角羊。还有一个正在喷射的男性器官，下面三个汉字"吾拉其"，有"巨大"之意，应该是古人由生殖崇拜引发的性崇拜的一种表现。据说这幅名气很大的岩画形成于青铜时代，相比北疆天山和阿勒泰山的大片岩画，画面显得孤单，但记录的肯定是古人非常看重的事情。"吾拉其"三个字明显是今人的"批注"。

过了岩画再往前，一片不大的田园，一幢孤立的泥墙小院。主人是两位身材矮小的老人，66岁的阿不都哈里克·沙地克和他的妻子。他说村子叫岩画村，我猜想一定是以不远处的岩画为自己独自一户的村子起的名。桑株河上游，昆仑深处，一个人的村庄，一个孤立小院守护着一片田园，像那幅岩画一样。阿不都哈里克·沙地克夫妇，村子的开创人。多少年之后，如果村子还在，他们就是村子故事的源头。

返回桑株乡，所有的店铺人来人往，大人小孩围坐在街头小摊的条桌旁，悠闲地吃着冷饮。人生如浮萍，命运无常。我何曾想到，有一天

会突然来到如此遥远的地方，与这里的居民似曾相识地坐在一起。一贯不争气的肠胃，对小摊上的冰凉小吃有了难以抑制的渴望。一碗凉粉，一块馕，用掰小的馕饼当匙抄起凉粉往嘴里送。粉块精滑、萝卜丝甜脆，醋的味道也不错，还有面面的鹰嘴豆，真是天下少有的美食。再来一碗刨冰，冬天从水库里打下的大冰块藏入地窖，此时置于台桌，嚓嚓嚓刨一碗冰末，加酸奶、糖稀端过来，在嘴里倒吸着凉气吞下去，带着泥土的清香，分明就是河水的味道，一点点浇灭心头燃烧的火苗。

下山路上，我们的汽车爆胎了。等待中，闻到焦渴的空气里飘着青杏子酸酸的气味。田垄间的杏树像一道道浓绿的厚墙。远处一对老年夫妇在种着什么。老翁用锄头在焦黄的土地上一下一下地挖，老媪紧跟其后，一下一下地点种。他们在长长的条田往返，留下一行行深褐色的迹印。立夏前后，种瓜点豆。我怀着对耕种天生的好感向他们走去，想看他们种什么作物。老翁看到我，赶忙直起腰，双手也在衣服上擦着也走过来，文质彬彬地向我伸出双手。或许因为丝绸古道上的居民，经常面对远道行走的客人，养成了注重礼节的遗风。我们在昆仑脚下的田野里郑重地握手，用各自不懂的语言相互问候。老媪远远看着我们，脱水丝瓜般的脸上带着喜悦的笑容。他家的毛驴在田边蹦跶着够树上的叶子吃。这次问候打动了我的心，成了我告别皮山的一个画面。

八

我到了策勒县，到处寻找水的踪迹。策勒县境内有策勒河、奴尔河、恰哈河、乌鲁克萨依河等9条河流，但水量都不大。这些河同样源自昆仑冰川，消失于塔克拉玛干沙漠。我在宾馆客房的宣传资料里看到了对水利工程的介绍，胜利水库工程、先锋水库、丰收水库、固拉哈玛乡调水工程、策勒河干渠等等。把水利工程作为当地最自豪的事对外宣传，由此可见水在策勒人心中的位置，以及他们对水的精打细算。

策勒县属极端干旱型大陆荒漠气候，降水量极少，蒸发量极大，日

照时间长，昼夜温差大。然而，越是这样气候极端的地方，越能出产一些极其罕见的好物产。策勒红枣含糖量可达42%以上，据说有很高的药用价值。策勒大石榴，红如玫瑰，一颗可达半公斤以上。策勒黄杏个儿大味美，中缝深圆，两半对称如婴儿细嫩的小脸蛋。

策勒给了我非同寻常的感受。这样的地方，总是演绎着非同一般的传奇，在与严酷自然的相处中，磨炼出非同一般的虔诚人性。

第二天，星期六的早晨，我去达玛沟，策勒河最后流过的地方。策勒河从昆仑山中段海拔6638米的慕士山冰川出发，在消失于沙漠之前层层漫流，到了达玛沟。将历史的幕布一次次拉开，又一次次合上，留下了层层覆盖的历史遗迹。这是一条南北走向的冲沟，泉水汇集，常年不竭，曾是西域绿洲小国蒾摩的中心。

我带着怀古的深思，与策勒县的朋友在不远处的丰收水库大坝野餐。策勒河在荒漠围困中聚集成最后一片水域，再从大坝下面的水渠，计量精确地流向每一处田园，去滋养田园里所有的生命。初夏的正午，水库散发着青绿色的诱惑。朋友们在大坝上一棵柳树的浓荫下烧烤，我到水库里游泳。在如此缺水的地方，游泳是一件多么奢侈的事。温婉的水感给了我恣意放纵的冲动，我毫无顾忌地向水库深处游去。突然发现水下长着密密的水草，提醒我必须收敛自己情绪。这是荒漠深处的生命之水，无论是谁，都不能太多贪恋，要时刻心怀敬畏。

我享受了游泳，带着水的平静，吃烧烤，喝啤酒。惬意的心情，却弥漫着挥之不去的沙尘。朋友谈论起沙尘天气的三大原因：一是开荒种地，二是气候变化，三是绿化工程。前两种原因好认同，至于绿化工程，猛一听是一种悖论。沉思再沉思，我终于承认，此时此地，包含了自然界铁的定律。这是用水度量生命的地方，有水即生，无水即死。水的流向决定着生命的走向，有多少水，决定多少生命。生命在沙漠里跋涉，一部分生命喝多了水，另一部分生命就会死去，死去的沙尘就要飘到活着的上空。昆仑之水蕴含了伟大的精神，无论以什么形式存在，总

是牺牲自己，变成其他的生命。人们植树造林，把更多的水截流，美化家园，却剥夺了沙漠边缘许多植物顽强的生命。在极端环境里，你死我活是迫不得已。人为活得更好，强占其他生物的生命之水，做过了头，就会遭到沙尘的报复。所以科学合理的绿化和用水是何等的重要啊！

　　一般而论的道理，在和田接受自然法则更严格的考量。土地变成沙漠，是因为水的离去。水离开一片土地，就让生命与这里有了距离。如果人非要把离去的生命叫回来，别处的生命就可能死去。这样的地方总是给人提出非常纠结，难以抉择的问题。沙漠制定了水的分配规则。与沙漠为邻，但凡使用珍贵的生命之水，无论用于什么，都要精打算，细思量。

　　柳树绿绿的枝条在风中轻软地飘动。望着这些与别处并无不同的柳枝，我慢慢思索：该怎样理解生活于严酷自然里的人们的虔诚。

　　唐玄奘路经此地时记录了沙埋古城的故事，警示人们命运的因果。距此几十公里的沙漠故城丹丹乌里克，据考证是唐代重要佛教城邦梁榭城，留有大量波罗谜文、汉文、古梵文和突厥文的文书。有价值连城的唐代木版画，大量东西方艺术融合的雕塑和壁画。说明故城当时已经是一座"国际化"的城市，来自不同方向、不同人种、说着不同语言的人，在此进行商业、外交、文化交流等种种活动。沙漠的掩埋和极端干燥的气候，使故城曾经的繁华，虽历尽千年，犹新如昨日。我似乎闻到这些历史记忆里，飘荡着对生命之水决然离去的怨恨。

九

　　走过一条又一条传说中遥远的昆仑之河，我不再单纯想着去河里游泳，而是在拜谒中表达对河流的敬仰。

　　克里雅河，和田地区第二大河，曾经是塔里木河九大支流水系之一。它从昆仑山主峰乌斯腾格山北坡出发，携库拉甫河和喀什塔什河两大支流，蜿蜒向北530多公里，深入塔克拉玛干沙漠腹地的达里雅布

依，造就了一条东西宽 10 多公里、南北长 300 多公里的绿色走廊。在下游故道"漂移不定"的沙海里，留下了丹丹乌里克、喀拉墩、园沙等曾经辉煌灿烂的丝路故城。我想着它曾经留下的和正在流淌的内容，该如何去亲近这条古老的河流呢？

上昆仑，去阿羌流水村，看克里雅河上游的流水，昆仑深处的人家。大脑闪出这样的念头，心里就涌起兴奋与激动。没有四驱越野车，如何才能成行？恰巧，幸运地找到一辆进山送给养的皮卡车。

星期天的早晨，于田城外，晨光里的克里雅河波光粼粼。两岸稻田如镜，鹅鸭觅食，鹭鸟翻跹，一派水乡风光，美得难以置信。转眼间，水乡如幻灯片般远去，路边是大片人工开发的大芸基地，茂密的红柳在沙地里开着俏丽的紫穗花。再往前走，沙漠戈壁成了唯一的风景。在沙漠与绿洲间行走，自然变化就这样直戛戛不留一点转折回旋的余地。

阿羌村，昆仑山麓的河谷绿洲，整齐的青杨树分割出道路、田园、房舍，果树刚刚落花坐果。昨晚下了雨，一切清爽如新，给我说不出的好心情。

离开阿羌开始爬山，土山上开出的石子路，看着不是很陡，汽车行驶却感到吃力。连绵的土山包上长着稀疏的青草，如同一个个毛发脱落、挤在一起的圆脑袋，偶尔有零散的羊群跑着刨食。昆仑北坡的浅山，已接近 3000 米高度，看起来仍是平缓平和之相，就像一些如雷贯耳的鼎鼎高人，见了面才发现十分低调平常。

从山头下到沟底的索克吉亚克村，过河，上坡，再到山上，从阿羌到流水，走了近 3 个小时。绕过一个高高的山头，突然看到一片河谷绿洲，这就是传说中的流水村——喀什塔什村。翡翠般的高原村寨，著名的玉石中转站。克里雅河在谷底平静流淌，沿河两岸，长着成排的青杨树。整齐的田园，红顶砖房，安宁憩静。昆仑深处的村庄，既无偏远之感，也无想象中高山流源之地的高古。天上飘起小雨，让我感到家乡故园般的亲切。

流水村距离著名的阿拉玛斯玉石矿40多公里。那里出产最好的和田羊脂矿玉。开采的玉石，只能靠毛驴驮运，在崎岖险峻的山路上，晃晃悠悠走三天两夜，才能到达流水村，然后拉运下山。我乘坐的皮卡车，把玉矿需要的食物用品，送到在村子里租用的库尔班家。等天好的时候，再雇毛驴送到矿上。

雨细如绵，润如羊脂，村子像一首朦胧诗。我在雨丝中随意行走，人们友好地问候。语言不通，并不妨碍我与他们的简单交流。

河水绕山南流，在昆仑脚下再一次回转，才依依北去，注入于田绿洲。到水库，到稻田，到林带，直到魂归大漠。

眼前是克里雅河上游，流水河与普鲁河两条支流交汇的三角台地，有20多处古人类活动遗址。其中的康苏拉克遗址距今8000多年。由此而论，这里真的就是昆仑山的神仙家园。顺着流水上昆仑，山中有8个高山湖泊，最为壮观的乌鲁克库勒湖清澈碧蓝，倒映着玲珑剔透的昆仑冰川。传说那才是西王母宴请周穆王的瑶池。

绿色青青的流水村，弯弯曲曲的克里雅河，我在村子里行走，犹如回到故乡。房东库尔班，像我的兄弟一样。回到库尔班的家，他母亲打开炕边的柜子，拿出一个蓝布大包袱。打开包袱，取出专门待客的奶子馕，给我大大的一整块。顺手掰了几小块，分给库尔班的三个孩子。这样的情景，让我想起了远去多年的母亲。我的黄河岸边的母亲，与昆仑深处克里雅河边的母亲多么相像。我提议给他们照一张全家福。他们一家三代六口人，站到青烟缭绕的火台上。幸福的笑容，唤起我温暖的亲情。

回到于田，我找到当地最好的照相馆，加急洗出流水村的照片，托人送到山上。

克里雅河，我还有一个梦想，就是去看它最后滋养的地方，沙漠腹地的达里雅布依。去看那里曾经与世隔绝400多年，自在生活的人群，还有几百万棵苍苍胡杨。

尼雅河边的民丰县，空气里的沙尘更浓，昏黄的尘雾无孔不入，比根深蒂固的世俗观念更有穿透力。窗门密封再严都无济于事，桌子刚刚擦过，不多一会儿又是能写字迹的一层。刚刚擦洗过的仿皮沙发，看上去灰扑扑像沾了一层白土，原来尘土已渗入到皮革的纤维之中。电话机上的显示屏、汽车仪表盘、钟表内部、照相机镜头等等看似精密的地方，沙尘都能进去，只要空气能够穿越，再小的缝隙都无法躲过。

被斯坦因称为"东方庞贝"的尼雅古城，同楼兰古城互为姐妹城。古城遗址与周围的夏央塔克、提英、阿克阔其克等遗址，一起构成世界罕见的文物群。斯坦因在尼雅找到了楼兰时期的"档案库"，很多重要事项用已经死去的文字"佉卢文"写在木牍上，相当于《史记》《汉书》之外的另一部西域信史。尼雅考古发现的"五星出东方利中国"汉代织锦，证明了汉朝在尼雅的地位和影响。民丰县的历史沉积比空气中的尘雾更加浓厚，让我着迷，让我向往，但一时又难以深入。

昆仑之水偏爱民丰，县境有尼雅河、其其汗河、叶亦克河、牙通古斯河、安迪尔河等5条河流，按人口和可耕地面积计算，民丰的水资源仅次于西藏。民丰人并没有因为多水而不加珍惜，尼雅考古发现了世界上最早的"森林法"，佉卢文木牍上写着这样的条款："砍伐活树，罚一匹马，砍伐树杈，罚母牛一头"。尽管如此尼雅还是无法抵过沙漠的肆虐。过去的人们无法挽留那些故城的永远死去，让现代人面对沙尘弥漫的古迹，高举探索的火炬，在扑朔迷离的考古中不停地畅想。

尼雅河源于海拔6000米的吕什塔格山北坡，长约200公里，流过民丰县全境，最后消失于卡巴克·阿尔斯汗村附近的沙漠。河水流出山口，在地势平缓的地方冲积出一片绿洲，优越的自然环境，使这里很早就成为人类生活的中心。"尼雅巴扎"，即"尼雅河边的集市"，取五谷丰登、百姓乐业之意设民丰县。尼雅河滋养了人类丰厚的历史，人类也

在不断改变着这条河流。现代水利工程，在昆仑山口把河水截断，分流到人们需要的地方。于是，我在尼雅河大桥看到的只是一条流水不多的宽阔河道，细细的河水在乱石间缓缓蠕动，仿佛在仔细阅读自己的记忆。然而，农耕区域之外，尼雅河依然在沙漠边缘滋养出一片水泽丰润的草原，温柔的河水明镜般蜿蜒于茵茵草地，抒发着诗情画意的陶醉。

我带着尼雅草原的好心情去鱼湖游泳。鱼湖也被称作"比勒克力克"，意思是有鱼的地方。湖的名字，也是一个村子的名字，在塔克拉玛干南缘的沙海之中，沙漠泉水形成的湖泊。昆仑之水潜于沙海又源源溢出，水位始终没有减少，使得鱼湖神奇地保持着永远不变的样子。

鱼湖总长 20 多公里，由大小 5 个湖组成，南北排列，若断若连，如同沙海里一串宝蓝色的项链，在无情的沙海里点缀出一片盎然生机。最大的第四湖长 10 多公里，宽处不足 1 公里，湖水清澈微咸，湖内鱼类繁多，湖边沼泽长着茂密的芦苇、香茅和蒲草。民丰的朋友说，这个湖深得没有底。

我站在木板搭建的码头上，望着湖水"没有底"的深邃，如同凝望沙海的幽幽目光。假如没有水，这里是沙海里裂开的一道大口子，狭长深邃的湖，是被泉水溢满的峡谷。我纵身跃起，投身于湖水。温凉的湖水淹没了我缺水很久的身体，让我感到难以言说的舒心。游到中间，水的深邃让我心里闪过一丝少有的恐惧。俯身看着水下，目光里是没有任何触碰的黑暗，黑暗里是一种完完全全的未知。如果有一个不明物突然从未知里出现，我该如何应对？在这片亿万年恒定不变的水域里，生活着人所未知的生物并不是没有可能。我不能让这样的心理活动继续，人对于自然，要敬畏，但决不能恐惧，我一次次在未知的水域里横渡，就是要超越恐惧，实现心的超越。我不再看那黑暗与深邃，仰泳看天，看湖边茂密的芦苇，看水面不时飞过的鸟儿，享受独占鱼湖的快乐豪情。不远的距离，很快游到对岸，在芦苇丛里走走看看，没有什么特别的发现。再次下水游回来，有点不想上岸。这遥远静谧的鱼湖，一定不

会有太多的人在里面游泳，我与湖，有了难得的交流与沟通。

十一

回到和田市，持续两个多月的沙尘天气基本结束。天空出现了少见的蓝，空气里飘着清爽的香味。听说加买路的玫瑰巴扎开始了。

清晨，我在城市完全睡醒之前赶往加买路，远远就闻到含着晨露的花香在街头弥漫。巴扎还没有开始，花农们开着农用车、拖拉机，赶着毛驴车向这里汇集。一块又一块二三十平方米的塑料布在街上铺开，大包小包的玫瑰花裹着香风从车上搬下来，摞在上面。太阳在花农的忙碌中升起来，很多人向这里聚过来，玫瑰交易开始了。先是成包成袋钩秤易手，花农卖给花商，而后陆续离去。玫瑰花倒向塑料布，整条街下起了玫瑰雨，刮起了玫瑰风，涌起了玫瑰波浪，流成了一条玫瑰河。玫瑰的浓香在空气里涌动。玫瑰河快速流动、回旋，一家子一家子集体行动的人群来买玫瑰花，一座座玫瑰小山很快分割成无数个小堆。人们就地蹲下来，坐下来，一家人围在一起摘花瓣。有一支专门替人摘花瓣的妇女大军，穿着漂亮的花裙衫，戴着漂亮的花头巾，万紫千红地与玫瑰混杂在一起。她们动作娴熟，双手翻飞，摘一公斤2元，动作快的一天能赚200元以上。这是多么美艳的劳动，一个花季如同一场持续的欢庆，把自己浸泡在花海里，闻着花香，与花比美。把孩子带来，放在花堆里，让花朵般的孩子在花海里爬行游泳。9点钟之后，玫瑰巴扎更加热闹，加工玫瑰花酱的生意开张了。很多小型电动绞肉机开动起来，摘好的花瓣拌上白砂糖，绞成深紫色的花酱，装在罐子里，放到太阳下晒一个月以上，发酵变熟后慢慢食用。提着罐子的人走了，端着花瓣的人来了，人们排着队，不停地渲染着整条街上浓郁香艳的气氛。

美丽大气的玫瑰花，多像和田人的性情，开放、浓烈、多彩、艳丽；多像和田人的生活，他们的住房、田园、瓜果、烧烤、娱乐。

民歌唱道："你那黑羔皮做的帽子，我戴行不行？你那玫瑰似的嘴

唇，我吻行不行?"这是一种多么现实而又浪漫的情调。

玫瑰是和田人生活的一种底色，从古到今，他们始终迷恋生活的"香热"，吃馕抹上玫瑰花酱，喝茶泡上玫瑰花。不知何时开始，栽种玫瑰成了和田人的一种习俗，家家户户都种植或多或少的玫瑰。和田人懂得欣赏玫瑰的美丽，还喜欢享用玫瑰的滋味，他们看玫瑰，吃玫瑰，用玫瑰的香和美提高生活的品位。

加买路的玫瑰河，无论什么人来到这里，看到这样的玫瑰，闻到这样的香味，都会迷恋陶醉其中。

第二天早晨，我更早起床，让朋友带我去看玫瑰园，像追寻其他的河流一样，去追寻玫瑰河的源头。我们穿行于玉龙喀什河边的田园，并没有发现纯粹成片的玫瑰，人们把玫瑰套种在玉米地、棉花地、小麦地和菜地中间。亚力昆一家出门了，他、妻子、大女儿、小儿子，提着柳条筐子，拿着塑料编织袋，去麦子地里摘玫瑰，如同去摘瓜摘菜一样。我相信了，玫瑰就是和田人生活的一部分，装点生活，增加收益，锦上添花。我参与到他家的摘花劳动中，看着他把装满鲜花的袋子绑上摩托车，跟他一起来到加买路的玫瑰巴扎。从玫瑰的源头，到了玫瑰的河流，这条美丽无比的玫瑰河，强烈提升着我对和田的热爱，增添着我对和田的迷恋。

我要走了，还没有离开和田，就开始了对和田的思念……我走过的河流，河水浇灌的村庄，村庄里结识的朋友，所有的一切，不知何时还能再来。

我买了两罐玫瑰花酱，带回去，与家人共同延续和田河流里浓香热情的生活气息。

我的横渡

2002 年 9 月 5 日，我挑战横渡中国最大的内陆淡水湖博斯腾湖，用时 8 小时 25 分。

2004 年 7 月 26 日，再次挑战横渡中国十大淡水湖中纬度最高、唯一与北冰洋相连的乌伦古湖，用时 9 小时 53 分。

……

博斯腾湖：灵魂的彼岸。

一

2001 年冬至的一个话题，勾起了我的英雄梦。

这是我参加冬泳的第二年。红山冬泳俱乐部照例举行冬泳表演赛，我作为冬泳新手被选入男女混合接力赛，面对来看热闹的亲朋好友，感到自己很英雄。

活动结束后，俱乐部的几位领军人物谈论起一个话题：新疆人首次横渡博斯腾湖。刚刚完成表演的我听到这个消息，顿时血脉偾张。

博斯腾湖位于天山南坡、塔里木盆地东北部的焉耆盆地，是中国最

— 194 —

大的内陆淡水湖。东西长 55 公里，南北宽 25 公里，面积 1600 多平方公里，平均深度 9 米，最深处 17 米。汇入湖泊的河流主要来自天山的开都河、乌拉斯台河、黄水沟、清水河，经孔雀河流出，汇入塔里木河，成为塔里木河下的主要水源。

横渡一个自然大湖，是新疆游泳界前所未有的英雄壮举。过去感觉挑战极限是很遥远的事，此时话题就在身边，我就有了很强烈的参与意愿。

我参加冬泳出于一个偶然的机会。由于严重的颈椎病，医生建议我去游泳，因此结识了一批冬泳人，被他们带入过去认为非常人才能参加的冬泳圈。乌鲁木齐的冬季长达 5 个月，气温最低到零下二十多度，每次冬泳都是一次寒冷的炼狱，下水前或多或少会有一丝犹豫，结束后却有一种特别轻松的成就感。日复一日，我身体产生了很大的变化，内心的英雄情结随之增长，相伴而生的还有与年龄不大相符的好奇心。挑战极限，需要技术和实力，更是考验人的身体极限。我已年届四十，游泳技术纯属 "野路子"。可既然是一次极限挑战，就是一次身体和灵魂的共同升华，就是要挑战全新的困难和一般人看来的不可能。想到这里，我感觉自己的灵魂就要放飞。我开始加大每天的运动量，在暗自较劲中等待春天的到来。

二

2002 年初春，我们一直在谈论横渡方案。1000 多平方公里的水面，气候、水温、风向、风速……一切都没有具体的数据。横渡线路如何确定？从哪里下水？从何处上岸？横渡距离究竟有多长？导航方案，技术支持，安全保障，营养保证，很多问题，谁都没有经验。问题越说越多，越说越细，越是具体，越让人感觉理想正在向行动转化，动力开始发酵。

这样的话题每天都在说，每个人都在说自己想说的话。有人跃跃欲

试，想去参加，有人觉得异想天开。湖里有没有水怪，会不会把人吃掉；博斯腾湖曾经出过多少事故，曾经淹死过多少人。种种谈论，让这个春天变得激情又忐忑，期盼又矛盾，豪迈又胆怯，也充满期盼和快乐。

水温刚到0℃以上，我不管别人怎么说，不断增加自己的运动量，增加对寒冷的忍耐限度。边游边想，游泳不就是在水里走路吗？人天生就有水性，只不过习惯了陆地，反倒在水里不适应。地上可以远行，水里不能长游吗？只要在水里的呼吸能力没有问题，至于游泳水平，就像人走路。有人走得快，有人走得慢。真要走长路，快走能到的地方，慢走也可以到达。不怕慢就怕站，只要不停下来，只要一直坚持，目标就一定能实现。比如爬楼梯，上100层的高楼，可以分解为100个一层。如果想一口气爬到顶层，可能中途气竭而衰。一步一步慢慢爬行，一定可以到达。只要到达顶层后的快乐值得去努力，就有拼搏的激情。人生就是一次长途跋涉，走到高处，才能体会到不同的生命境界。

我在春天的阳光里一边畅想，一边等待。终于有一天，听说要开会了，地点在新疆大学北校区的一个教室。我毫不掩饰自己的心情，早早赶到开会的地方。结果去的人还真不少。会议传达了几条重要信息：横渡活动由自治区冬泳协会负责组织，横渡者自愿参加。公路局工作的几位泳友已对横渡线路实地勘察，距离大约22—25公里，横渡的最佳时间在8月。根据历年经验，那时水温应该在23℃—24℃。参加者5月统一到市郊的红雁池水库训练，6月进行选拔。入选的人再经过一个月集中训练，确定最终人选，保证横渡成功。

事情就在眼前，目标十分明确，我只担心自己选不上。据我平时观察，游泳高手的确很多，我这个"野路子"想最终入选，现在加紧学习技术都怕来不及。泳友们鼓励我说，还有几个月时间，现在开始抓紧训练，只要下功夫，完全可以。我是冬泳俱乐部成员之一，这是新疆游泳界一件开创性的大事，理应积极努力争取。即使最终选拔不上，就算

是一次免费学习，与高手们一起训练，把自己的"野路子"水平提高一下也好呀！

从这一天起，我感觉有了一项重大使命，每天的意义变得不同了。游泳成了我工作之外的第一要务，每天下午下班后，顾不上吃饭，买个馕饼就往游泳池跑。周末两天，大部分时间都泡在游泳池里。

游泳池的冰化了一半，剩下的在水面上随风漂移。我们躲着冰游，歪歪扭扭不顺畅。整个冬天积下的脏污化在水里，池底黑黑的一层，水面也漂着污黑，看着有些恐怖。这个时节，爱干净的人不怎么下水了，有的只下水沾一沾，聚在池边，一边练着健身器材，一边聊天晒太阳。我不能以任何理由放松自己，每次游到300米，任泳友们在岸上说笑。

4月，游泳池要维修了。旁边闲置的池子放了新水，我们换到那里去游。新放的自来水纯净甘洌，水温在11℃—12℃。从脏污有味儿的池子一下换过来，简直是天大的幸福。大家兴奋地游着叫着，从100—200米逐步加量。我第一天就游了500米，第二天增加到800米，两到三天上一次量，一周之后游到每次2000米，用时接近一小时。开始几百米感觉池水清凉，不小心喝一口，凉在心里，感觉不错。再游下去，体温下降，寒冷透过肌肤，一点点往骨头里渗。游到1000米之后，手指脚趾变得僵硬，四肢麻木，一张一合呼吸的嘴唇也被冻木了，牙床有些合不拢。上岸时头晕站立不稳，找个东西扶着定一会儿，慢慢移动，躺到池边热热的地上反过来正过去地烙烫。一个地方不热了，换个位置继续烙。看着高手们潇洒标准的泳姿，我实在着急。我要坚持，每天多坚持一会儿，再多坚持一会儿。谁让自己水平这么低，只有咬牙坚持，才有可能赶上。

4月下旬，游泳池维修完毕，我们从旁边的池子转回来。

横渡的事说得很热了，很多人都已经行动起来。我的暗自发力引起了人们的注意，得到了很多人的鼓励。这就是新疆特有的亲和力。无论什么事，无论什么人，大家都很包容，很容易形成共识。

横渡的目标把很多人连在一起，我们每天的游泳不再仅仅是健身运动，也不再是个人的事情，而是与一项重大活动紧密相关，从而有了特别的意义。这个目标激发我不断增加运动量，平常时间，每天下班后游3000米，周六周日游5000米。我要积攒足够的体力，应对即将到来的红雁池集训和选拔。

三

5月初，红雁池集训就要开始了。计划一周两练，线路从北岸的冬泳湾出发，到南岸的骆驼脖子，周三15点30分集合，游一次往返约4公里；周六中午12点集合，至少游两个往返约8公里。

媒体提前发布消息：今年8月中旬，新疆游泳健儿将首次集体横渡全国最大内陆淡水湖——博斯腾湖……目前正在红雁池水库集训。

我向单位领导做了汇报，表达想参加的意愿，要求每周三下午请半天假。单位领导不仅理解并支持我参加，还为我补助了汽油票。几个月来的暗自发力，体力和技术得到一定提高，心理优势同时增加，又买了一辆二手普桑，行动方便。

第一次训练，我却因事迟到了。赶到时看到泳友们已经出发。我从岸上看他们并未游远，自信地下水去追。从游泳池换到大水库，水波荡漾，微风轻抚着浪花，发出一片水响。水温微微发凉，浮力大大增加，游起来感觉轻快多了。我感觉自由泳技术不错了，游得挺顺畅，其实还跟瘸子走路一样，一起一伏，根本游不成一条线。水库一片汪洋，只能把对岸山坡电线塔当标志。我畅快地游一阵，抬头看看山坡上的电线塔，再看岸边几个白色的毡房，基本在一条线上。心里暗自得意，没想到在水库里比游泳池还游得直。过了中线，快要接近对岸了才发现，我比目标整整偏了一个大湾。游在前面的人在岸上休息了一阵，准备返回了，我还在努力游向对岸。一位女士大声喊着游到我跟前，说到岸也就几十米的距离了，如果有体力就一起回，一个人游不安全。没有踏上对

岸陆地，我有点不甘心。她说以后要经常游，第一次少一点没关系。我心里笑自己，就是呀，真是一根筋。这位女士成了我很长时间的带游人。她蛙泳游得快，曾经是自治区百米纪录保持者。她在我换气的一侧游，让我总能看见她，等于用看不见的绳子牵着我一起返回。

第一次水库往返顺利完成，没有人掉队，没有人受伤。大部分人第一次横渡红雁池，成功的欢喜抵消了身体的劳累，大家尽情表达着自己的兴奋与激动。话题突然转向我，说我善于游弧形线路，我的自由泳如猛男刨地，很有劲儿。正面评价是胆子大，心理素质超好。

这个夏天，我成了红雁池的"水鬼"。长时间泡在水里，承受烈日暴晒，几周下来，一身糙黑，全身皮肤像一块粗抹布。尤其是一张滑稽的脸，一色黑也就罢了，居然是花黑。因为泳帽遮了半个额头，没遮的地方黑，遮住的地方白，头发和眉毛之间就留下一条白印子。泳镜使眼眶部位也出现同样的情况，眉毛以下，颧骨以上，眼睛外围是两个白圈圈。以此尊容，很多场合不宜出现，只好尽量避免见人。单位开大会或有重要来宾，领导以加班写材料为名特批我不参加。

第一个阶段性的目标是选拔。横渡水库三个往返游12公里，必须在5小时之内完成，并且要做到体力不透支。

初步测算，博斯腾湖横渡距离22公里以上，加上横渡过程中会有偏离方向的因素，按25公里准备。时间必须在一天之内完成，掐头去尾，保证安全完成的能力应该在10小时以内，否则就很勉强。以此计算游速每小时至少2.5公里。从第一次训练起，到6月下旬一个多月时间，按照每周两练的强度拉体力，往返三趟是起码要求。达标者，再进行一个月训练，要达到往返四趟游16公里的能力。之后降低训练强度，每次只游一个往返，适度放松十几天，把身体状态调整到最佳。虽然没有实践经验，但这个计划和测算考虑到了方方面面的因素，大家公认科学合理。按照每小时2.5公里的速度，我在游泳池已经达到。到公开水域的风浪中游行，浮力有所增加，但方向感较差，往往因为偏离方向要

多游一些距离，此消彼长，速度上应该问题不大。关键在体力还有一定差距。

人到中年，过去没有长距离游泳的基础，现在与准专业的高手们一起集训，身体真是吃不消，每一次训练都是一次难熬的考验。浪花抽打，阳光暴晒，回家后，感觉全身肌肤像被沙子打磨了一样炽热疼痛，燥热之中夜不安寐。腰酸背疼，四肢僵硬，每一个关节都有些不太灵便。我知道疼痛不可避免，只有坚持才能慢慢适应。

训练的快乐来自群体。我们的队伍里集中了一大批游泳精英，身处其中，如同孤雁入群，感觉有了强大的依靠，心里踏实多了。大家共同把这次挑战看作集体的精神荣誉。两公里的距离，不算很远，但也存在着各种各样的危险，相互关心尤为可贵。一人有不适之感，马上有人游过来，紧紧陪在身边。一次次往返，大家的心很快走近，从相识到熟悉，短短一个多月，就成了生死与共的朋友。

四

2002年6月22日，星期六。预定的选拔时间到了，我们早早来到红雁池。今天的选拔要往返游三趟，组织者准备了一条小船做保护，营养补充自行解决。6次横渡，12公里，必须在5个小时以内完成。没有统一的营养食品，大家像郊游一般，凭自己的喜好各自带了一些黄瓜、西红柿、水果饮料、五花八门的卤制品、馕饼包子之类。这个时候，吃是很重要的事情，人是铁饭是钢，没有好的营养补充，如何保证有超强的体力应对。可我们没有专业指导，而是用原始自然的办法挑战自然。

12点，准时下水。天气很好，水面只有轻微的波浪，一切都是好兆头。双臂在水面上交替划动，一下又一下，十几公里，到底要划多少次，谁也没有算过。然而，每一次划动都不能看作是简单重复。古希腊哲学家赫拉克利特说过，人不能踏进同一条河流。水库里的水在不断流进，不断流走，还在波浪的动荡中不断重新组合，我每划一次手臂，就

是与它们的新成员握手。水与人是这样亲近，让我感觉这样亲切。它们是陪我走向挑战起点的温柔之路，它们把时间连在一起，让我一臂一臂去丈量。在平常的日子里，时间是一条隐秘的虚线，过一段就丢失一段。今天，时间是这哗哗作响的水，让我在划动中感觉到它沉稳的质地，划过了，还在身后回响。这样的感觉使这一天变得更有意义，有意义的时间就不孤寂。我在水里丈量着时间，就感觉不出时间的漫长了。

由北向南的第一趟横渡很快到岸，身体感觉很轻松。双脚触地，立即掉头返回。可能是风的缘故，水的波纹似乎一直从北往南走，就觉得水面北高南低，往回游像逆流而行走上坡，有向上冲的感觉。偶尔会有浪花打来，呛一口水。可能是风大了一些，也可能是回程中有些心急，游得快了点儿。看到身前身后都有队员，我们一直游在中间，没有落后。重新调整，放慢节奏，不去想距离远近，继续与亲切的水体一次次握手。看到了冬泳湾那个伸向水中的山岬，游进去，就算回来了。到岸了，问时间，一个半小时多一点儿，用时在要求标准以内。

第二趟出发，顾不得胡思乱想了，只顾埋头专心游，偶尔抬头看看对岸的距离，开始感觉时间跑到前面了，我追赶的力量有些沉重。再到南岸，有队员上岸休息。不怕慢就怕站，我没有休息。返回的过程有些单调，不停地游，不停地抬头看距离。体力还行，感觉速度也可以，还是有些担心超时。到岸了，时间是 15 点 10 分。还好，比要求的标准快10 多分钟，快出的时间用作休息的指标吧。以往的训练，这时就可以结束了。休息一阵，回家很疲惫，但调整一两天就好了。今天要增加一趟，感觉就与往常不同，有选拔的压力，也顾不得其他。

10 分钟的时间休息吃东西。再下水，感觉身体燥热，四肢有点发木，大腿略有胀痛感，动作还能继续，速度还能保持。我开始变换泳姿，蛙泳、自由泳、侧泳交替使用。到南岸两公里，还没有遥远的感觉。照这样的状态，估计回程没有太大的问题。第三次到达南岸，看到好几位同伴在岸上休息。我们站在浅水区问他们情况，说有一位队员严

重晕水。大家劝他不行就坐船回去，可是，他不愿意放弃最后一个单程，只要求多休息一会儿。我担心上岸休息会给自己泄气，最后两公里，咬咬牙坚持吧。两位同伴同意我的意见，看样子他们的体力没有问题。回程途中，感觉基本麻木了，两手机械地划动着，唯一的目标就在北岸。此时还没有那种极限的疲劳感，我与两位同伴紧紧相随，不再抬头看距离。游就是目标，游就是全部。我相信自己的体力不会有问题，忍住对岸的向往，忍住对时间的焦虑，把全部精力用于控制自己的动作，不停地游。

终于听到同伴的声音：快到了。

抬头一看，再次游进了冬泳湾，到岸只剩短短的一两百米。心情放松了，精神跟着又上来了。想用冲刺庆祝一下最后的成功，但是，动作僵硬，没有想象的那么潇洒。

回到岸上，算算时间，除去几次上岸休息吃东西，没有超过5个小时。虽然很疲劳，成功的喜悦却覆盖了身体的疼痛。

下一个目标：往返4趟16公里。

然而，由于种种原因，第二次选拔取消，活动无限期推迟。极度付出后的失落让人难以接受。几经周折，错过了最佳横渡时间。

五

2002年9月4日，我终于以挑战者的身份来到博斯腾湖边。站在岸边细密的沙子上，望着大海一样波涛起伏的湖水。水天相连，夕阳从浓重的阴霾中射出一道耀眼的白线，粼粼波光从脚下一直伸向天边，仿佛一条未知的天路。俯身撩拨岸边的湖水，凉滑清亮，像生活的肌肤一样温存。伟大与平常，在这茫茫无边的湖水里一起荡漾。

我感慨万千，回望自己的人生之路，多少曲折，多少艰辛，多少跌宕起伏，多少悲欢离合。内心积攒的求索与忧伤，肉体留存的磨难与坚韧，让我今天终于站在这茫茫湖水的岸边。

　　我曾无数次站在一个湖边，久久凝望彼岸的山水。今天，当我准备横渡的时候，彼岸变得不再遥远。日出，日落，也就一天的时间，就可以实现一个向往已久的目标。虽然要承受身体的极度疲劳，虽然要承受渗入骨髓的寒冷。我不怕。我积攒了几十年行走的力量，要跟着一天的时光去到自己的灵魂深处。

　　横渡博斯腾湖，我要超越自己，到达灵魂的彼岸。

　　同行的9位同伴也在秋风渐凉的岸边徘徊远望，他们此时的心情可否与我一样？眼前是水，回头是岸，每一个勇敢的挑战者，都走过怎样不平凡的人生。大家都已人到中年，有不同的职业，不同的生活。能有挑战的勇气，为之义无反顾，这是多么不易。几多周折，在希望破灭的失望之后重新鼓起勇气，在错失了合适的横渡时间之后，依然坚定地踏着苍凉的秋风来到这里。不证明什么，只要表现一种状态。

　　博斯腾湖承接了天山中部的雪水。我站在湖边，仰望天山，虔诚朝拜汇聚在湖水里的悠远历史。与高天相连的雪山神话，古往今来的游牧歌声，繁华绿洲的农耕文明。博斯腾湖的上游之水，在巴音布鲁克大草原，养育了生活在这片土地上的中华儿女。天山之水，汇集成中国最大的内陆淡水吞吐湖，是各民族人民共同的幸福之海。博斯腾湖《水经注》被称作"敦薨浦"。以它为中心，形成了塔里木盆地东北部一片最大最富饶的绿洲。仲秋时节，沿湖而行，映入眼帘的是多姿多彩的丰收。大片鲜红，红辣椒，红番茄，红葡萄；洁白的棉田；青色的蔬菜；绿色的果园；金色的稻田。蓝色的湖水与天空，映衬着色彩纷呈的大地，飘散着美好家园的幸福梦想。湖水又经孔雀河流出，穿越铁门关峡谷，养育了一个繁华的城市库尔勒。孔雀河流向浩瀚的塔里木盆地，沿途留下几个明珠般的水库，最后归入塔里木河，浇灌出又一片绿洲的万顷良田。

　　伟大的沙漠之海，我将以微不足道的身躯横渡。从此岸到彼岸，会是一种怎样的磨砺，怎样的感悟？

我不去想挑战的结果会是怎样。人生奋斗的历程就是为一个个目标求证，意义就是失败或者成功。

六

2002年9月5日，晨光在挑战的氛围中渐渐放亮。我早早起床看天气。天空布满阴霾，湖水一片灰暗。昨夜辗转反侧，梦里都在祈祷今天是个好天气。然而，新疆景点天气预报准确无误：博斯腾湖，阴有小雨，气温8℃—22℃，风力4—5级。经过几次测量，水面温度20℃—21℃。

早饭特意安排了高热量、耐消化的牛肉鸡蛋，大家都在强迫自己使劲多吃，再多吃；可是阴凉的天气使我先天不足的肠胃出现不适。我只就着咸菜比平常多吃了两个馒头。组织救护人员提前配制了以牛奶和蛋白粉为主的营养液，我请求他们带几只暖水瓶，给我中途补充时加热东西用，避免受凉后反胃呕吐。

挑战的早晨已经来临，我不能给自己任何退却的理由，对任何影响信心的不利因素视而不见。我坚信大半人生的积累，一定能支撑这一天的横渡。

9点钟，快艇送我们去对岸的出发点——"一片林"——沙岸上长着一片小树林的地方。几经挫折，长长的等待，挑战的征程终于开启。湖边的漫漫沙漠中，一小片醒目的小树林，这就是事先确定的横渡起点。喧哗的人群搅乱了树林的宁静，半入休眠的蚊虫猛然惊醒，狂喜地发起最后一次进攻，在我们身上拼命吮吸新鲜营养。我们在时间上与这些猛虫展开竞争，脱掉外衣，互相帮忙，快速做完下水的准备。就要出发了，10个人围成一圈，10双手紧紧相握。我们相互看着每一个人的脸庞，永远记住永生不忘的友情。老大哥王福兴，企业职员柴建新，检察官张玲，游泳教练文英和徐宏敏，医生刘洪武，铁路职工蒋婕，邮政职工黄兴东，英语教师朱豪。这一次握手，相互约定，结伴而行，共同

成功。10 人齐声发出鼓劲儿的呐喊："嗨！嗨！嗨！"

湖边的沙山上拉出一条很长的大红条幅，预祝我们横渡成功。

10 点 15 分，口令正式发出：起点"一片林"，终点金沙滩观礼台，全长 22.5 公里。出发！

一个漫长的终点被所有的人同时锁定，我双臂上举，做了一个展翅的动作，一声长啸跃入水中。

真是忙中出错，一波多折。刚刚游了几十米，我的泳镜漏水了，眼睛一片模糊。按照规则，横渡必须从起点到终点全程无辅助完成，中途抓靠船只或其他任何辅助物，都被视作违规，挑战则为无效，公证不予承认。我只好返回起点，再次出发已比大家晚了十几分钟。半米高的侧浪使水面飘忽不定，我在飘摇的水面追赶着远去的同伴。大家有意放慢速度等着我，半个多小时后再次汇合。

1000 多平方公里的湖面茫茫无边，我们在船只的导引下，沿着预定的方向前进。游了一阵子，适应了湖里的风浪，我感觉比较轻松。昨夜的焦躁，今晨的忐忑，直到下水前最后一刻的不安全部消失。坚定地游泳，只要中间不出意外，按照预定的时间，日落时分，我就会以胜利者的形象回到岸上。

浪涛声声，鸥鸟在头顶盘旋欢鸣。双臂划起的水流轻快地冲拂着全身的每一寸肌肤，像柔美的绸缎，像细软的亲昵，像春日铺排的阳光。我的思绪开始跳动，一点一点在水面铺出了一条清晰明亮的水路。水陆错位，道路两旁仿佛是一层一层由近及远无限延伸的风景：伟岸的山峦，幽深的峡谷，欢动的河流，烂漫的草地，弯弯曲曲的小路。我站在人生的某个驿站，看到前面的风景祥和宜人，有些庆幸自己能找到这样一个起点。

心中感悟：找一个宏伟目标并不难，难的是找不到恰当的起点；理想的彼岸并不遥远，难的是找不到合适的渡口。很多时候，人们总是在此岸的徘徊中耗尽了人生的激情，才感到彼岸的目标远不可及。如此想

着便觉得到了一个制胜的高点，回望几十年曲折漫长的历程，如同一幅刚刚完成的图画，画面物事繁杂，笨拙而生动。

我看到了那个遥远的小山村，那个曾经无限温馨的家庭，还有童年里亲切无比的小河。小河在葫芦崖上悬起的亮亮的瀑布，把隆隆的湍水没入下面的潭中，稍做停留又小声向外涌动。小小的我像一粒飞溅的水珠，带着黄土地的纯朴，与小河一起流向远方。上天有幸让我成为那个文化比生活更贫瘠的山村里少有的读书人，又成为背井离乡的远行者。我只身一人，孤独地来到了新疆。我把新疆当作第二故乡，把青春豪情洒向天山雪峰、草原沙漠。生活的磨炼让我变得坚强，坚强的性格不让我停下行走的脚步。我的脚步算不上矫健，就像我不算标准的泳姿；我行走的道路充满曲折，就像我游泳总是偏离方向。但是，我总在调整，走出了一个前进的 S 型。曲折的道路意味着更多的付出，付出与努力让我收获了岁月沧桑，收获了人格与品德。我愚钝的大脑，总在想一些高高低低的目标，终于有一天，在这片浩瀚的水域里横渡。

我看着自己的图画，心中的潮水不停地翻滚，与博斯腾湖的波浪响成了一片。水声向我讲述着悠远的历史，讲述着现在与未来。这片伟大的湖水如何聚在一起？每一滴水都来自哪里？它们曾经都过有怎样的经历？我生在那么遥远的地方，几十年漫漫的人生长路，何曾想到有这么一天，像一滴空气中飘浮的水滴，落在地上，融入水中，长途辗转没有被再次蒸发，今天能融入博斯腾湖如此浩瀚的水体，这是一个多么难以想象的缘分。经过这大海一样的湖水洗涤，我的灵魂得以净化，我的人生将更加充实，我的命运将与这片土地紧紧地连在一起。

我在思索中前进，在前进中思索，将要成功的感觉十分美妙地让我陶醉，我甚至想把这次漫长的横渡拉得更长。

当地的朋友们专门租了一条船，一路为我加油鼓劲。他们不时划到我的身边，关切地问候我的身体感觉。我伸出右手，向他们做了个"OK"的手势。两小时之后，救护船只靠近，给我递来用开水热好的营

养液，之后每隔一小时，准时给我提供一次，给我不间断地补充营养与热量，给我温暖，给我力量，给我信心。

七

快乐的时光总是短暂，不知不觉已过半程。身体里一点一点慢慢渗入的寒冷开始发作，我的四肢开始冷得发木。这时，耳朵里还听到一个不好的消息。一位同伴在出发不到一个小时，因为冷得打战无法坚持，不得不起水弃游了。这简直是一个无法接受的消息，我绝对不允许自己产生放弃的念头。

金沙滩尖耸的电视塔出现在我的视线中，把想象中的水路变成现实的航向。之前看不到目标怕迷失方向，大家紧跟导航船，快的要放慢速度，保证游在一起。有意放慢速度，热量消耗更快。看到了目标，我们开始按自己的速度游起来。在飘忽动荡的风浪中，我的"野路子"基础反倒成了优势，始终没有晕水。我和同伴分手了。博斯腾湖实在太大，放开速度没多大一会儿，环顾左右，已成了孤身一人。前面的同伴已经远去，身边的同伴不见了踪影，剩下的水路只能一个人独自完成。

游程大约过了三分之二，我开始有了疲劳反应。上臂和大腿部位出现疼痛，寒冷使身体僵硬，划水成了艰难的机械运动，速度明显下降。随之而来的孤独感一次次袭上心头。我开始频繁地向船上的人要热好的饮料，每隔半小时就与他们进行一两句语言交流，以此排解内心的孤独。他们不停地鼓励我，为我加油打气。又过了一阵子，不争气的肠胃果真出现不适，带着牛奶腥味的营养液一起吐出来。真正的困难出现了，真想去抓一下近在咫尺的船，哪怕就短短的几秒钟。我开始担心会不会坚持不下去。万一出现那样的情况，将是个天大的遗憾。胜利就在眼前，我决不允许自己失败，脑子里快速想着招数。突然想到，喝热的淡盐水可能好一些。这个念头一旦出现，就想很快喝到嘴里。我向救护人员提出要求，船上有热水，可是，哪里会有现成的咸盐呢？然而不多

一会儿，他们就把淡盐水递到我手里。喝下去果然管用。肠胃舒服了，热量也有了回升。好了，我再次调整心态，不再给救护人员找麻烦。

我心里明白，这就是极限反应。这个时候，过度依赖他人，结果只能失败。我只能依靠自己，坚持，坚持，再坚持。此时的坚持，感觉有些无望，每一次顽强的努力，只能前进一小步。而此时的一小步，在整个前进的过程中都尤其重要。一小步，可能就是灵魂飞升的最后门槛。此时此刻，停下就是危险，回头更是万丈深渊。

我全身疼痛，四肢沉重，但是我不能停下来。前进是彼岸，停下会沉没。前进与下沉，两股力量正在争斗，我感觉自己的灵魂在前进中升华。此岸与彼岸，看起来没有什么太多的不同，它们都是水边的沙土，它们在一个水平线上，人们在此岸游玩能够快乐，在彼岸游玩同样能够快乐，乘坐现代化的游艇飞快地横渡此岸与彼岸同样能够快乐。然而，当我用自己的身体渡过去，当我经过极限的考验最终成功，就能更加清晰地看到自己的灵魂。

岸上的人影渐渐清晰起来，大红横幅醒目地映入视线。岸上出现巨大的欢呼声，第一位同伴到岸了，是年龄最大的王福兴大哥。他的成功给了我极大的鼓舞，全身疲劳的不适感顿时减轻了很多。柴建新第二个到岸了，岸上再次响起巨大的欢呼声。下一个轮到我了。

就要成功了！就要成功了！我不停地鼓励着自己。

担任救护工作的朋友跃入水中，陪我完成最后的游程。船上的人每隔几分钟就大声告诉我：还有最后的 500 米，200 米，100 米……

眼前出现了为游人设置的深水隔离网，我做了一个蝶泳的鱼跃动作钻过去，完成了最后的冲刺。

双脚终于踩到了踏实的土地，岸上的人群再次欢呼，热烈鼓掌。欢呼的人群深深地感染了我，我感觉到了力量的快速回升，高举双臂，发出了一声长长的呐喊。

朋友们冲过来，让我再喊一声。我用尽全力，又喊了长长的一声。

他们说再喊一声。我再一次振臂长啸。

啊——啊——啊——

发自灵魂深处的呐喊，彻底通透了我的灵魂。

8 小时 25 分钟，我带着一份厚实的成功登上湖岸。

乌伦古湖：心在横渡

一

我向往大海，却到了离海最远的地方，逐水而行，追寻 20 多年。当我在乌伦古湖游泳，心里涌动起横渡的念头时，脑袋里轰然一声巨响：原来这就是我的命运之谶。乌伦古湖与额尔齐斯河相通，额尔齐斯河流入北冰洋，北冰洋连着世界上所有的海洋。横渡乌伦古湖，我微小的心跳就能与大海一起激荡。

横渡博斯腾湖之后，我和泳友定下了"游遍新疆"的目标，要游遍新疆所有河流湖泊。我从博斯腾湖出发，去游孔雀河、塔里木河、昆仑之河、龟兹川水，游了很多水库湖泊。小打小闹不过瘾，开始寻找更大的目标。乌伦古湖，中国十大淡水湖中纬度最高，唯一与北冰洋水系相通的湖，面积 827 平方公里，南北宽 30 公里，东西长 35 公里，面积够大，距离够宽，足够我以生命的勇气去挑战。

能行吗？这个问题在我心里翻腾了很久。与博斯腾湖相比，乌伦古湖夏季最高水温平均低 2℃～3℃。冬泳人对温度感知最深，长距离挑

战，体力消耗到极限时，差1℃都会有很大的影响。在不到20℃的水里长游10个小时，身体能否坚持？湖面比博斯腾湖小，但距离多出好几公里，我的极限耐力能否坚持？看湖盆地形，西北山峦，东南平原，风从山起，常年从山脚刮向平原。横渡只能顺风而行，到岸没有较高的参照物，如何把握方向？没有气象依据，刮风下雨不可预知，湖面无风时静如镜面，一刮风巨浪滔天，汹涌澎湃。关键的问题，横渡需要一个团队支持，要耗费一定的人力物力，这样未知的事情，有谁愿意冒险支持？还有那些横渡的朋友，是否愿意参与？假如真的成行，一旦出发，只能向前，彼岸遥遥，我要忍受的极限之苦，横渡博斯腾湖已深深体会，如何咬牙才能坚持到双脚踩到大地的幸福时刻？

隐隐的担心从心头掠过，却压不住内心里想要挑战的冲动。我去看望阿尔泰的金山银水，倾注一片亲情。同时，一点一点，慢慢收拢散乱的信心，积聚内心的力量，向心中的目标一点点靠近。我隐隐觉得，自己在等待一个机缘，一个最后给我信心和勇气的强力支撑。

2003年冬天，我收起行走的脚步，每天下班去俱乐部冬泳。新年将近，我随单位领导出差，忍不住向他诉说了心里的"秘密"。他听了我的话，当即表示，这是好事。只要方案可行，安全能有保证，在不影响正常工作的前提下，单位全力支持。

消息在身边为数不多的人群中间传开，媒体的朋友鼓动我单人挑战。也许是我心里藏着太多冒险的基因，既想探求自然的未知，更想探求智力与体力相结合的人体潜力的未知。渴求胜过了对危险的恐惧，理想冲淡了对困难的预计。挑战博斯腾湖的成功给了我信心，助长了我的不安分，总想超越自我，证明毅力的极限。

横渡乌伦古湖，身体和意志必须更加持久地耐寒。我与寒冷展开对决，开始了一个人的训练。

这个冬天剩下的日子，我把自己当作淬火的钢铁。每天一次冬泳，都要让彻寒浸透骨肉里的每一个细胞，让它们每天一次在速冻里再次苏

醒，去弱留强，除芜存精。让锥刃般难忍的疼痛在我的意志里慢慢适应。

二

冬泳是一种极端方式的健身。人在正常体温下突遇寒冷，产生应急机能，使体内血液大量快速冲涌至表皮抗寒，实现短时间的表里循环，从而保健身心，对抗衰老与疾病。我们戏称"每天给血管洗个澡"。冬泳需要勇气，更要讲科学，这种极端刺激，入水时间宁少勿过。

冬泳改善了我的身体机能，给了我挑战的勇气。可我这时追求的不是保健，而是对抗寒冷的持久耐力。正常冬泳，水温降到0℃时，一般只游3分钟左右，大多数人游50米，少数"强人"游100米。我原来每次游50米，前25米强忍逼迫口鼻的寒气和全身针扎似的疼痛，后25米呼吸变得顺畅，手指脚趾略微发木。从泳池出来，身体稍有僵硬，走回更衣室，洗完凉水澡，穿好衣服，体温随即回升，身体产生愉悦感。为提高忍耐的极限，我不断给自己加量。先增加到每次游100米；持续几天后，增加到每次150米；进而增加到每次200米，这时真正达到了极限考验。每次游完上岸，四肢僵硬，站一小会儿才保持住身体的平衡，一点点挪动脚步，慢慢回到更衣室，用凉水快速冲洗，身体刚刚软化，立即穿衣。体温回升时寒冷像暴风般发作，浑身如筛糠般，牙齿咯咯作响。我开着二手桑塔纳回单位，稳住方向，暖气开到最大，一路上双手剧烈发抖，方向盘嗒嗒作响。回到暖暖的办公室，整个下午，身体像制冷的冰箱，凉气一直从后背往外冒。打一杯烫烫的开水，双手捂着杯子，很快喝下去，感觉肠胃刚热了一会儿，就又变凉了。连喝了好几杯，上几趟卫生间，体内的凉气还是没有循环出去。坚持几次后顶不住了，有一天还没有等到下班，感到后背困疼，脑袋发蒙。等到回家，才意识到发烧了。晚上躺在床上，大脑无限膨胀，感觉身体毫无方向地飘浮在空中，怎么都无法靠实在地。早晨醒来，强忍着疼痛的身体和发虚

的大脑起床，上班后眼睛盯着手里的材料，意识不知游到何处。

中午，我依然强忍着来到俱乐部，木呆呆换好泳衣，木呆呆走出更衣室，站在零下二十几度的寒冷中，头脑反而有了些许的清醒。我在犹豫，下水还是直接进干蒸房逼汗。犹豫一阵，还是决定下水。一头扎进去，似乎没有想象的痛苦。木木地游完200米，身体反而有一点稍微轻松的感觉。钻进干蒸房，躺在木台上，意识在大脑里飘飘忽忽。平常蒸房里闷热难耐的热气，此时感觉像开春时午间的阳光，伴着寒气只有一点微热。我用冰毛巾捂着口鼻，半睡半醒，隐约听到一起蒸汗的泳友往炉子上刺啦刺啦地浇水，热气在浓浓的白雾里蒸腾。

热气萦绕着我的身体，贯通了我的神经。黏糊糊的汗水大雨一样流个不停，我强忍着一动不动。小时候感冒发烧，母亲用厚被子给我捂汗，越是大汗淋漓闷热难忍，越要能够坚持住，必须让黏汗自然流尽，体内的病毒才会随之而去。我坚持着，感觉热气往身体里一层一层地渗入，寒气在一层一层地飘散，深藏在骨头缝里的小股阴风也被彻底逼出来，在热气里立即化为乌有。我浑身虚软不能站立，连喝两瓶果汁，体力才勉强有所恢复。

走出干蒸房，寒风一吹，虚弱的身体再次被寒冷侵蚀，鼻涕哈拉，感冒症状明显表露，但痛苦有所减轻。洗掉身上的黏汗，穿好衣服，感觉脊椎缝里的困疼基本消失，依然四肢乏困，额头麻木，后脑疼痛，清鼻涕流个不止。好在我食欲旺盛，经过下午的折腾，早已饥肠辘辘。回到家里，吃了一大碗热汤饭，立即拥被而眠。这一天如同极度劳累的长途跋涉，迂回漫长，复杂曲折，终于休息了，沉睡到毫无知觉。

第三天早晨，口干鼻塞，感觉还在低烧。上午一边工作，一边在想：中午继续冬游，还是休息一天？午饭后我还是不由自主到了俱乐部。既然来了，岂有不游之理。既然下水，200米的既定目标不能少。晚上回家，感冒发烧又有所加重。又一天，再犹豫，再坚持，一周很快过去了。星期六，时间全部属于游泳，游完200米，再来一次透蒸。再

过一天，感冒竟然自愈了。

我在爬一道机能转换的慢坡，艰难，痛苦；但是高度上升，转机就会来到。坚持到超越极限，全新的机能就会产生，这种感觉，让我对每天的痛楚有了一种恐惧中的期待。战胜痛楚，就是快乐，就是每一天的成功。无论多么忙，无论身体状况如何，冬泳是一件必须去做的事。一天又一天，我感觉身体里的惰性与浊气正在消散。虽然从早到晚，总是四肢冰凉，自我感觉却是一身的精气神。我渐渐感觉到了超越的变化，慢慢体会出一个规律。感冒了，发烧了，不用热蒸，减少一半游量，病情立即缓解。不出三天，一定自愈。由此，我对精神的力量产生了某种虚妄，有了无限延长的臆想。理智告诉我，还是适可而止。极限永远在前面刚刚看到的地方，人力终究无法到达。

2004年元旦，我早早来到俱乐部，在喜庆的气氛中狂游300米，祝贺新年来临。上得岸来，兴奋代替了寒冷。没有急着回更衣室，在寒风中绕着结冰的泳池跑了两圈，兴致勃勃地问泳友们新年好。这样的状态，证明我在与寒冷的对决中占了上风。

数九的日子就要过去了，气温一天天转暖，游泳池里堆了一冬的冰雪开始融化。我游完200米，从水里钻出来，站在池边围墙下的阳光里，如同蛰伏长冬的自然之子，让发红的身体带着水珠，尽情享受阳光的沐浴。

寒冷对我已习以为常，游泳池里的积冰还未化尽，水温转负为正，升到0℃以上。我开始加量，每次游到300米。寒冷即将过去，我珍惜所剩不多的耐寒训练，让每一次初春的冰冻，继续增加身体里抗寒的能量。持久才有耐力，量变才能质变。

三

4月，冬泳池关闭维修，我们又换到放了新水的浅水池。我经过10天的递进加量，每次游到2000米，用时40多分钟。午休时间不够用

了，我把每天的训练改到晚上。每天下午下班后，买一个干馕饼，一边开车一边啃。到了游泳池，顾不上与人寒暄，简单热身，赶紧下水，完成一天的任务量。持续10多天2000米中距离长游，虽然很冷，咬咬牙，身体能够承受得住，精神状态再次调整到了上升通道。

星期六早晨，看看天气不错，预报最高气温25℃。我想了想，前一天游泳池的水温17℃，今天可能上升1℃，冲一次10000米怎么样？计算自己的速度，4个小时可以完成。一个冬天的严寒淬火，加上这一阵子体力恢复，应该挑战一次自己的耐寒能力。何况有干蒸房，游完了蒸个透汗，对身体不会有太大的影响。

拿定主意，早饭把肚子垫实，吃了两个馒头，两个鸡蛋，喝了一大碗稀饭。拿了两瓶矿泉水，两个干馕饼，上午10点30分到了游泳池，认真做了热身准备，11点准时下水。我放慢节奏，调整呼吸，一场苦役就这样开始了。为了不忘记计数，以500米为单位，400米自由泳加100米蛙泳，每1000米露一次头。

前一阵子，当我每次游到1000米时，就被泳友们叫喊铁人！游到2000米时喊英雄！许多人感到不可思议，有人好奇地摸我的身体，看到底冻成什么感觉。摸过了说：不是很冰，还是肉。今天要游10000米，10公里，我心里有点打鼓，对自己说：游吧，不是硬指标，实在不行就停下来。2000米，平时就该出水了，这还真是一个坎儿。嘴唇四肢都开始发木，手指不能完全并拢。转身，继续，坚持，忍耐。又游了不到200米，寒冷像听到口令，突然发起全面攻击，从前胸往里钻，从后背往里压。这种寒冷与冬天不同。冬天的寒冷是突然被冻木，很快又化开，短时间的刺激，忍一忍，就换得全身的清爽。此时的寒冷漫无边际，从所有毛孔往里渗，肌肉被穿透了，骨头也在疼痛。我坚持，再坚持，大脑没有其他思维，一门心思与寒冷对抗。100米，200米……3000米，感觉没有继续恶化，大脑与四肢都处于半麻木状态，还能专心数圈。太阳的光亮还照着，水在我身体上摇晃，我数着圈，一阵一阵

犯迷糊。时间似乎没有了概念，我只有一个意识，就是不停地游。

9000米了，我突然清醒，今天的目标终点快到了。我有点佩服自己，真的能够成功，后面的目标就不可怕了。但此时的动作变得十分困难，手臂沉得抬不动，大腿内侧的两根大筋整着劲，疼得展不开，一次动作做完，很难继续下一次。我想即刻停下来，可是，目标只差1000米。咬紧牙关，挺住，再坚持最后的20分钟。动作变得十分缓慢，最后几百米，真是不知道如何游完的，只记得即将被水淹死，使劲扒着岸边，怎么都爬不上来。泳友们看见了，赶紧过来帮忙。他们把我扶上岸，我在温热的池边躺了一会儿。有人问我行不行，有没有事？我说没事。勉强站起来，踉踉跄跄走到干蒸房，这才觉得真正到了终点。

就像冬天的那次重感冒似的，我躺在木台子上，平时热得难忍的蒸气，此时如同温热的微风，感觉不到多大的热量。平时要用湿毛巾捂脸隔开的热气，此时吸入口中，连舌头都暖不过来。我慢慢躺舒服了，终于感到热乎了，迷迷糊糊进入半睡半醒的状态。不知过了多少时间，梦见掉进蒸笼里，热得翻不了身。猛然醒来，一身热汗。别人说我至少蒸了40分钟。

两瓶水一口气喝干，啃了半块干馕，身体有些虚；但是，并没有感到有多大问题。我忘掉痛苦，带着胜利的喜悦开车回家。可能是过度疲劳，晚上睡觉总觉得不踏实。我高兴得过早了，第二天早晨，身体出了大问题。

头一天出了大力，星期天本该好好睡个大懒觉，可是，早早醒来睡不着。起床，感觉身体僵硬不得劲，做了几个舒展筋骨的简单动作，嘎巴一声，后背突然像岔了气，神经困疼得怎么都理不顺。三拧两扭，问题更加严重，痛得几乎不能动。

勉强吃了几口饭，到中医院的软伤科看医生。一位专家级的大夫亲自上手，望闻问切，推拿半天，困疼稍有减轻；但是，脊椎和肩胛缝还是整着筋，根本无法活动。大夫说凉气太重，拔火罐。咳！任凭大夫治

疗吧。

又折腾两个小时。医生叮嘱我回家休息，千万别再去游泳。

回家睡了一大觉。醒来后，看着红红的太阳，在家里实在待不住，还是到了游泳池。我想，按冬泳总结出的原理，下水少游一会儿，兴许就能顺过来。

简单热热身，下水游了几百米，身体刚感到热乎，赶紧上岸，果然后背轻松了许多。只是右边的肩胛缝还憋着，大臂上抬到肩部时，关节好像卡住了，费很大劲儿，忍痛才能转过来。没有想到，这次受伤留下多年不愈的顽疾。

此后的几天，每天上午推拿治疗，中午天热时去游泳池，放慢速度，可以游到 1000 米。后背的困疼基本好了，右肩却怎么都治不好。这下子麻烦可就大了。欲速则不达，悔不当初啊！

周围搞体育锻炼的人蛮多，懂运动医学的人却很少。去医院看医生，只能当普通的外伤治疗。还有个前提，所有的医生都要求必须停止训练，安心治疗，否则根本不起作用。医生的话只能听一半，我既要治疗，又不能停止训练，只是把运动量减一减。

熟人朋友帮忙，到处打听专家能人，结果遭受了许多非人的"酷刑"：针灸、拔火罐、放血、推拿。普通的折腾就不说了，绝招"高人"还真遇访到一位。

朋友介绍一位在建国路开诊所的专家，说跌打撞伤、寒湿杂症、新伤旧疾，不在话下。我虔诚地去了。专家问我怕不怕疼。我当然不怕，什么疼痛还能超出我经历的极限，何况正在痛苦中，只要能治病，啥疼都能忍。没有想到，专家的招数还真邪乎。先用一个装着密密细针的手托在肩上一顿捶打，在皮肤上扎出密密的针眼。接着在上面拔火罐，他说自己的火罐吸力超强，可以把病根儿彻底拔出来。火罐拔上，感觉要把整块肌肉撕掉一样。我忍着，专家笑着说，你真行。火候到了，罐子取下来，每一个罐子里都吸了半罐子黑血，看着都瘆人。他问我感觉怎

样？当时，针眼的疼痛超过了肩伤，肩膀像被烙铁烙了一样，火辣辣的不敢触碰。听专家上山下沟，绕了好大弯子，滔滔不绝，讲了一大堆玄妙的原理，我确信这次治疗一定可以痊愈。付了昂贵的治疗费，说了很多感谢话，把心放在肚子里，踏踏实实回家了。专家给了我一打子膏药，让游泳时把伤部贴严，游完撕下来。我忍着疼痛游了几天，针扎的伤口好了，里面的疼痛又显出来。再找那位专家，人家坚决说不可能还疼。我说真的疼，他就是不信。我疼不疼，他完全知道，还能理论个什么名堂。这才明白，专家就是常听传说中的所谓"高人"一位。总归一条，他的邪招用完了。我琢磨了好几天，应该是肌肉和关节拉伤外加寒气。与中医院的大夫交流，得到认同。可是，怎样才能治好呢？大夫说，慢慢养几个月，自然就好了。无法静养，还要挑战。怎么办？

我想起多年前为我做过小针刀的大夫，约好时间去找他。见到大夫，真的如同见到亲人。说完情况，他认为既然属于拉伤，做小针刀不会有太大的作用。死马当活马医，试试吧。做了几次，似乎有所减轻。最后他给我的建议：放缓运动节奏，慢慢恢复。

我忍着各种治疗的痛苦，咬牙坚持训练。折腾了20多天，疼痛似乎"疲劳"了。气温渐渐升高，水温已接近20℃。伤痛与我相互适应，也不管那么多了，速度放慢，每次可以游到2000米以上。

天地造化，人体如宇宙天地，五行八卦，富有各种机理，我的病痛只有靠自己全力激发，让体内的各种机能相互援助，相互补充。我的肌肉，我的骨骼，我的器官，必须全力以赴，与我一起战斗。

四

5月中旬，按照媒体的策划，横渡的消息该对外宣布了。我的肩伤没有好，右肩关节像卡了个东西，转动时"嘎巴"作响，肩夹缝一直疼痛。不过，这些天气温上升，体能也有明显提升，每天的运动量提高到3000—4000米。我心怀忐忑，但不愿放弃。经过一番商议，周五的

下午，开了新闻发布会。原来说简单宣布一下，结果声势甚大，来了很多记者。消息很快见诸各类媒体：

> 为了弘扬××企业文化，展现××人风采，今年7月底到8月初，××同志将首次单人无辅助横渡乌伦古湖。乌伦古湖是乌伦古河的尾闾湖，长约48.1公里，宽约25.3公里，面积736平方公里，是全国十大淡水湖中纬度最高、唯一与北冰洋水系相连的湖泊。××同志此次单人挑战，是人类有记载的历史上首次无辅助横渡乌伦古湖，成功后将填补一项历史空白，成为人类挑战自我的又一壮举。

我做了一份训练计划，训练时间：5月22日—7月22日；训练地点：冬泳俱乐部游泳池和红雁池水库。交通由运动员自行解决，时间为周末和平时下班后。训练量：平时每天一次，游3000—4000米；周末两天保证有一次游5000米，一次游8000—10000米；7月18日之后，每天游2000—3000米，放松休息，准备横渡。技术支持：由新疆建设兵团体育局派教练员一名，每周进行两次技术指导。

事情正式定下来，为我的梦想铺就了道路，我却有了无以言说的压力。一下子成了熟人圈里的"名人"，听着人们不停地议论，心慌意乱，很不适应。这么大的名头，这么大的气势，只能成功，不能失败。一旦失败了，如何面对？我这才感觉到群体挑战与单人挑战的本质区别。群体挑战，只要有一人成功，就是整体成功；单人挑战，成败全在一人。现在消息已对外公布，我没有了退路，只希望能有一名专业教练指导，解决我的技术问题。我主动与体育局方面联系，听人家怎么说：你自己就是最好的教练，相信你一定能行。我学游泳，就像生来学走路，没有专门教，完全是自然模仿。游得多了，水性提高，属于熟能生巧的那一种。原想通过专业教练指导，可以改改自己的"野路子"，技术长进，速度提高，体力可以节省，成功的把握就大一些。听到这样的答复，这个希望看样子是落空了。

是啊，想一想，我想追求自己的极限梦想，当然只有自己负责。挑战极限，有几个人愿意吃饱了撑的去冒险？单位能做后盾，已经十分难得。我再不能有其他奢望了，只有以勤补拙，一个人默默训练。

好在从冬天就开始准备，体能有了较好的积累。现在正式开始训练，每天下午赶往游泳池，我把计划直接定为每次4000米。从准备到结束接近两个小时，50米过去，50米过来，一会儿自由泳，一会儿蛙泳，像一条觅食的鱼儿，在游泳池不停地往返。一个人苦苦训练，感觉水的压力对身体的每一个细胞持续考验，一点点渗入灵魂深处。我崇拜古希腊哲学家，既有强健的体魄，又有智慧的头脑；既能做战场上的英雄，又能成为思想深邃的智者。我一点点地磨炼自己，甚至感觉到了灵魂被摩擦得吱吱作响。我的每一丝肌肉、骨骼、血液、气息，同时迎接坚韧带来的变化。无论是力量，还是智慧，我都要用到极致。生命的潜力只有受到最大逼迫，才能全部迸发。我一次次求证，精疲力竭，而后恢复，反复对自己无情地磨炼。

我数着圈数，在游泳池里不停地往返，常常数着数着就忘了。身体疲劳，游着游着，半醒半眠，晕晕乎乎，下意识地机械划动，常常是突然与人碰撞才清醒过来。好多次把别人一膀子打入水底，好在泳友们都很宽容；好多次被别人碰得头破血流，不管不顾，继续长游。有一次嘴唇撞上人家的脑袋，烂了一大圈，流了很多血，肿了好几天。感冒了，发烧了，打针，吃药，但不能停止训练，我不能给自己任何放松的理由。

每天晚上游到灯火阑珊，带着完成任务的满足和一身的疲惫离开俱乐部，开车回家。饥肠辘辘，但只想吃带汤的饭食。妻子给我做好一锅汤揪片，煮好一锅稠稀饭，不凉不热，呼噜呼噜一大碗，胡乱刷刷牙，倒头就睡。第二天早晨起床，迎接重复的新一天。

增体重是我要挑战的另一个难题。横渡需要超强的体能，需要身体

的热量，需要一定的脂肪积累。朋友关心，家人体贴，想办法让我多吃好东西。鸡鸭鱼肉，蒸煎炒炸，让我多长肉，增体重，抵抗长时间横渡的寒冷。可惜我从小养成的"草肚子"，享受不了油水肉食的优待。有一天晚上睡到半夜，突发"胃痛"，五脏六腑，痛得要命，被人送到离家不远的大医院急诊室。结果是胆囊炎急性发作，问题出在这一阵子吃肉食太多了。都是增体重闹的，白白浪费那么多好吃的，还闹出了急性胆囊炎。算了，该吃啥吃啥，该多重多重，顺其自然吧！

我的工作主项是不停地"制造文件材料"。这段时间，领导和同事尽量照顾，少给我派活；但是难免有一些复杂大活儿要我操刀。活儿拿到手上，难免就要加班。无论多么劳累，回家吃过稀里糊涂饭，半夜还得到办公室，干到深夜凌晨。相比挑战的艰难，这些事就不用细说了。

天天在俱乐部的游泳池里扑腾，感觉实在单调。又到周末，我划算着去红雁池水库训练。星期六睡了个大懒觉，起床好好吃了一顿，提了一包干馕、牛肉、黄瓜、西红柿，开车去了红雁池，准备横渡两趟。去了才感觉不对劲，红日当头，岸边晒得人流油。我去往返横渡，谁给照看东西？

我把所有东西放在车里，把车钥匙藏起来，一个人下水横渡。没有游博斯腾湖那年一起训练的同伴，没有泳友的相互关照鼓励，虽然只是短短两公里，一个人游在中间，显得非常渺小。去时信心十足，久在游泳池扑腾，突然到了开放水域，感觉游得畅快，很快就到了对岸。返回时，游到中途，环顾四周，水面茫茫，真是形单影只。倒不是担心自己出事，实在是太孤单。不怕一万，就怕万一，万一殒命红雁池，可真是悄无声息。这种念头一旦出现，就无法遏制。越想越孤独，越想越伤感。一趟游回来，坐在岸边开始惆怅，望着水面，这个曾经无比亲密的"老朋友"，此时却如此漠然。唉，不游了，真要有什么意外，乌伦古湖的挑战者在红雁池淹死了，那可真是天大的笑话。

开车回到市里，还是拐到俱乐部，在泳池边的树荫下，与泳友们分

享了早晨准备的野餐。补游 2000 米，回家休息。再一个周末，我想约几个横渡博斯腾湖的朋友一起去红雁池，想了又想，他们没有特别的任务，没有义务陪我到水库曝晒，何况都有各自的事情。算了吧，还是游泳池安全保险。红雁池的训练计划就此取消。

五

7月，两位媒体记者陪我去乌伦古湖实地考察，确定横渡线路和导航方案。什么叫"业余野路子"，这才是。如何考察，考察什么，去了再说。想起那年游博斯腾湖之前，有人专门负责此类问题，多次考察，深入讨论行动方案。我现在与谁讨论呢？只能凭横渡博斯腾湖的经验，去了看实际情况而定。

北屯的朋友陪我们到黄金海岸旅游区，找到搞旅游经营的崔师傅。听说他既打鱼，又搞旅游，是一位"湖通"。见面看得出，崔师傅是个热心人，听说此事，非常热情。他说，水温嘛，夏天游泳没有问题，我们经常游，具体多少度，没有量过。线路嘛，最好从对面山下往黄金海岸游，风一般从山头往这边刮，直直地游就行了。距离有几十公里吧。要精确测量好办，我们开快艇，打上码表跑一趟就知道了。他找来一艘快艇说，走吧。见到这样痛快的人，还有什么话说。不过，跑一趟的油钱我们付，不能让朋友吃亏。老崔亲自驾驶快艇，他指着对面山峦的一个缺口说，我们直直地往那边开。快艇跑起来，速度定为 60 迈，两个人同时盯着手表掐时间。我们迎着湖风，在水面划一道白浪，箭一般飞跑。蓝色的水面，静得像一面镜子。我问，水一直这样平静吗？他说，不一定，刮风的时候，浪大得很。快艇到了对岸一片芦苇滩，用时 23.5 分钟。大家讨论，距离应该是 23—25 公里。我说，既然掐了时间，就算 23.5 公里。距离就这样测出来，后来各方面的所有表述，用的都是这个数字，包括横渡公证书。

横渡的出发点就定在这里，总得有个名字。崔师傅说，这里叫四连

45 公里打鱼点。我们说要做个标记，崔师傅说，不用，到时候他带路，保证找到这里，一厘米都不会差。

返回时，快艇停在湖中间，我下水游了一阵子，感觉水温清凉，比游泳池要低不少，但浮力很好，游着很舒服。

回到黄金海岸，我盯着对面山峦的缺口看了半天。想着西高东低，这边一马平川，没有高点作参照物，怎样才能保证导航直直的？大家讨论半天，还是崔师傅有办法。他说，到时候做 23 个浮标，他亲自开快艇，一公里放一个，保证一条直线。浮标上还可以竖上彩旗，一点问题都没有。

第二天去乌伦古湖所在的福海县拜访，找到县旅游局。他们听说此事，大吃一惊，说一定向领导汇报，以后电话联系，到时候一定提供一切便利条件。说到气象资料，的确是个空白，无法提前预测湖区的天气，没有具体的水温记录。

回到乌鲁木齐，心里感觉踏实了许多。线路确定，横渡距离心中有数，剩下的就是继续训练。保险起见，我想再游一次 12000 米。

又到周末，我拉开架势长游。12000 米顺利完成，累是累点儿，但没有觉得太冷，证明体能没问题。可是，肩伤的疼痛增加了，关节转动又有了卡的感觉。过了两天，疼痛没有减轻。我又开始忧心忡忡，这可怎么办？再去推拿，贴伤湿止痛膏，减少运动量。

箭在弦上，不得不发。各方商定，横渡定到 7 月 26 日到 28 日。24日到达现场，视天气情况确定行动。

十几天时间很快过去了，眼看就到出发日。伤痛的事情不能再提，问题和焦虑只能装在自己心里。我去医院咨询，可不可以打一针封闭。医生答复，如果仅仅为减少疼痛，打一针很快见效。如果要做大的运动量，反倒会有副作用。

六

2004 年 7 月 24 日，经过大半年艰难曲折的准备，横渡乌伦古湖正

式启程。组委会各成员单位有领导要出席；俱乐部方面友情派出四位泳友负责导航救护，其中有与我共渡博斯腾湖的王福兴老哥；媒体记者要到场采访。三路人马相加，阵容相当庞大。计划 25 日做准备，26 日横渡。万一天气情况不好，可以推迟到 28 日。

我带着肩伤的隐隐疼痛，怀着期盼、激动又不安的心情乘机出发。飞机落地，走出机舱，迎面就是强劲的风。乘车去乌伦古湖实地察看，距湖还有几公里，就听到了巨大的涛声。来到湖边，看到的是白浪滔天。巨大的响声里，整个湖面白花花一片。怎么会这样？我超越了对自然的畏惧，超越了自己的心理压力，满怀激情赶来与你相拥，你却是一副翻脸不认人的暴烈模样。不祥预兆真的应验了，我的心情垂直下落。见到老朋友崔师傅，也问当地其他打鱼或搞旅游经营的人，回答说大风已刮了两天，明天可能停。如果明天下午能停了，后天一定是风平浪静的好天气。真是的，也怪我没有提前打电话咨询，晚来两天该多好，也不影响太大的事情。

我下湖试水，刚刚离岸几十米，就被风浪巨大的力量裹挟，不能自我把握方向。浪花很密，浪谷很短，很难找到驾驭规律。回到岸边，再看湖里的浪花，似乎因为我的惊扰变得更大，翻腾得更起劲儿了。它们如此激情荡漾，哪里有停下来的意思。

晚上住在北屯镇，虽与乌伦古湖有几十公里的距离，风浪的巨响仿佛一直在耳边回响。

第二天上午，我再次来到湖边，风稍微小了一点，但是，丝毫没有停下来的意思。我又到湖水的波浪里钻了一阵子，忧心忡忡地回到驻地。这一夜依然听风，想着明天的横渡，会成为怎样的一天呢？这样的夜晚，如何能够安眠？

2004 年 7 月 26 日凌晨 5 点 40 分，我来到北屯小镇的牛肉面馆。老板真讲信誉，比平时早开门两个小时。我一进门，就看到后堂热气腾腾。人是铁，饭是钢，挑战要付出超常的体力和耐力，兵马未动，粮草

先行。吃，是一件非常重要的事情。那年挑战博斯腾湖，有人专门负责饮食营养，为我们配备了高热量的好东西。可我从小不争气的肠胃，总是不好好配合消化高能量的食物，也就等于不好好配合我的横渡，挑战极限需要高强度的能量保证。吃什么，怎么吃，没有专家指导，我就自己琢磨，最好还是吃自己最适应的东西。面条是我的最爱，一大早吃一大碗热乎乎的面条，肚子舒服，心情也舒服。准备一些咸味八宝粥，巧克力，烂熟的卤牛肉，再提几壶开水，到时候把八宝粥烫热了喝，定时吃点牛肉、巧克力。肚子的问题，也就是把它哄舒服一些，保证不闹事即可。挑战真正考验的是身体的耐力和忍受疲劳疼痛的毅力。之前吃过这家店的牛肉面，感觉很好，昨天来与老板商量，请他帮忙，早晨早点开门。我吃完饭要赶到四连参加出发仪式，然后再到横渡出发点。如果一切正常，计划 10 点准时下水。所以必须早早吃饭，早早从北屯出发。老板真够意思，说没问题，不就早起一会儿嘛。你那么老远到我们这里，干挑战这样的大事，只要愿意吃我家的面，再早一点都没问题。此时天色微亮，我们刚刚坐下，老板就亲自端来一大碗热面条。按我的要求，面拉得比韭叶宽，像韭叶薄。还有一大包卤得很烂、切得很薄的熟牛肉。

6 点 10 分，我从北屯出发。车轮在砂石路面摩擦出哗哗啦啦的声音，真像风吹浪花。我把车窗摇下来，伸出手去感觉凌晨的风力。但愿，但愿……心情说不上好，也说不上差，没有挑战前应有的兴奋，也没有大事临头的慌张。

几十公里路程，到了四连，天已大亮。往日宁静的早晨被彻底打破，我看到一个非常的隆重场面。必经的路口扎起高高的充气彩门，两边飘着大气球，一边挂一条长长的条幅，上面用特大号字体写着："彰显人类勇气，发扬兵团精神""祝×××单人挑战横渡乌伦古湖成功""为新疆生产建设兵团成立 55 周年献礼"。道路两边彩旗招展，很多车辆往返奔跑。

湖边的沙滩上，同样彩旗飘飘，足有上百人的锣鼓队，衣着艳丽，威风凛凛地打着锣鼓，走着各种变阵，与晨光中涌动的湖水交相辉映。这显然不是一个连、一个团的锣鼓队，一定是好几支队伍组合在一起，才能达到这样宏大的阵势。他们一定为今天的演出，进行过多少次演练。我想，天色这么早，他们该起得多么早？分别从哪里赶来？湖风舞动着旗帜，舞动着他们的头巾和衣裙。他们组合在一起，雄风起舞，把湖风的气势完全压倒。幸好沙滩上没有浮尘，这样的阵势，如果在我家乡的黄土高坡，那家伙，一定是尘土飞扬，显出千军万马的壮阔气场。我仿佛是专程来看他们表演的看客，为他们的精神深深感动。真没有想到会有这样喜庆热烈的宏大场面。所有人都在紧张忙碌，都在尽心做好自己的事情。我到处转悠，倒像一个赶热闹的局外闲人。

8点30分，出发仪式正式开始。锣鼓队排成整齐的矩阵，锣声震耳欲聋，鼓声穿越时空，在我心里撞击着激越的回声，让我气血冲顶。稍有间歇的湖风应声而起，翻卷旗帜，啪啪作响。眼前的场景犹如一场万马奔腾、贯穿古今的出征。我走在出征的队伍里，犹如淹没于亢奋洪流里的士兵，甘愿献出自己的热血和生命。背朝湖水，面向观众，锣鼓队前面的沙滩上，摆出了一溜儿长桌拼成的主席台，我跟随各位领导站到长桌后面。锣鼓在高潮中骤停，空气中剩下风吹旗帜的啪啪声响，紧张肃穆的大战氛围显得更浓。代表各方的领导发表了热情洋溢的讲话，他们的声音与湖风一起回荡，给我以义无反顾的使命。最后一项，运动员发言。我挥挥手，双手抱拳，向大家鞠躬致谢，只重复了两个字：谢谢！谢谢！

七

9点整，我踏着岸边涌动的浪花上船，妻儿与我同船而行，去往横渡出发点。湖水动荡不安，加足马力的小船在波浪的峰谷间颠簸穿行。绕过两道山岬，我看到湖水还在漂洗她的白纱裙，洁白的浪花白茫茫铺

在水面，纱裙甩动，一个个浪头被扔到山崖上，撞成细细的白沫。我的妻儿也看到了，紧紧抓着我的胳膊。湖风吹动插在船舷的彩旗，吹着我妻儿的头发和袂裙，吹着我心头的凛然之气。

快艇到了之前选好的下水点——农十师一九零（〇）团四连45公里打鱼点。这是个小山包围的湖湾，长着大片稀疏的芦苇。快艇靠岸，我携妻儿踩着被芦苇割碎的浪花白沫，穿过苇丛，走上岸边的山坡回头看。风从身后的山头吹下来，吹过芦苇飘逸的发梢，在湖面拂起层层波涛，垒垒叠叠滚滚而去。不一会儿，大队人马从陆路绕行来到，很多人在山坡一起看湖。

10点整，预定的下水时间到了，风浪并没有停止的意思。湖水拍打湖岸，又回头相互追逐，哗哗啦啦，似乎在诉说什么隐情。它自顾自的幽怨之声，影响着我的心情，让我感到无可奈何。水浅急，水深静。乌伦古湖这么大，为什么动荡了三天还不停歇，看来它实在是装着太多的东西。

时间一分一秒地过去，站在山坡的人群寂静无声，听风走，观浪涌。

估计西北风4—5级，浪高1米左右。

还有一个致命的意外，连续几天的大风，把湖水从上到下翻腾了好几遍，湖面积存的热量被湖底的冰凉全部分散，水温有了很大的下降。量了几次，只有19℃。比上次游博斯腾湖低了4℃。虽然我做了最大限度的寒冷训练，低温仍然是一个最可怕的敌人。

崔师傅带人到湖里放浮标，刚刚放下就随波漂游，要摆成直线作为导航标志，根本没有可能。他们仍然徒劳地忙碌着，一次次把漂走的浮标追回来，一次次重新布放。

11点，一艘快艇从对岸冲过来，说那边的浪头开始变小。对岸闻讯来了很多人，有从喀纳斯游玩后下山的客人，也有很多从附近赶来的当地人。生意买卖紧随人流跟进，人群越聚越多，远远超过上次举办模

乌伦古湖：心在横渡

— 227 —

特大赛时的数量。很多人在为今天的横渡打赌。总之，对岸已经热闹非凡。

这边在煎熬中，那边在热闹中。大风起兮心飞扬，我想着梦的印证，想着我向往大海的命运之谶。我之前做过一场梦。我要横渡，很多人欢呼雀跃，没有明确支持，也没有明确阻挡，似乎在为横渡欢呼，似乎只是自娱自乐。很多人来欢送我下水，似乎又没有表达欢送的意思。风起浪涌，我在风浪里奋力游泳，似乎又不受风浪的影响，游得不是十分费劲，但又不怎么前进。眼前的场景与那场梦多么相像。风浪让我进退两难，但并不是完全没有行动的希望。浪花拥挤在一起吵吵嚷嚷，让我难辨其中的含义。是欢迎，还是阻挡？我决定下湖看一看，到底是个什么意向。

崔师傅开着船，我们去湖里看风情。向湖心行驶大约 10 公里，看到风浪虽大，但基本已不再乱扭，是向着对岸的顺风浪。离岸越远，风力渐小，似乎正在失去后劲儿。崔师傅再次预测，百分之七八十的可能，风到中午会停。

返回岸边，看大家期待的目光，当然希望挑战能顺利进行。

如果导航有把握不偏离方向，我可以顺浪游。假如中午风停了，今天搞出这么大的阵势，不游就有点泄气。游，可能成功；不游，这么多人等在这里，真是不甘心。讨论半天，还是由我决定。我相信命运，相信冥冥之中的天人感应，只要下定决心，老天爷保准让路。崔师傅说，前半段他带路，保证导航不偏方向。

我决定 12 点整下水。

可是我感到肚子已经空了，6 点钟吃的牛肉面好像不在了。唉，此刻也不好再说什么，不管了，就这么着吧。

既然决定下水，当然不希望出现万一。我想着梦的印证，想着命运之谶，心怀忐忑，默默祷告：老天爷让路！老天爷一定给我让路！

咿，老天爷真像听到了我的话，风力虽然没有明显见小，但方向更

顺了，波浪顺风起伏，似乎在表达可以配合的意向。

我脱掉外衣，挥了几下手臂。凉风一吹，感觉右肩隐隐作痛。不管了。让人全身涂抹凡士林，防止长时间游泳磨坏皮肤，同时也起隔水防寒的作用。这也是自己想出来的土办法，应该管用。

崔师傅的船等在一公里开外，作为导航标志。两条船等在旁边，一条由三位泳友乘坐，上面放着我的食物给养，作为导航救护；另一条由阿勒泰地区公证处的两位女公证员乘坐，她们将全程监督公证。

时间到了 11 点 50 分，再有 10 分钟就要出发了，我在心里暗暗运气，准备出发时要做的手势。突然间，也不知谁开的头，山坡上的人群同时呼喊：10、9、8、7、6、5、4、3、2、1。我抬头看了看，人群整齐地喊着数字的节奏。"开始！"

我在茫然失措中稀里糊涂地下水了。后来看到公证书上写的出发时间：2004 年 7 月 26 日 11 时 53 分。可惜了，不是个吉祥的整数。正像许多大事的发生，并不完全按预定的时间进行。

八

我设想过很多种出发姿势。最好是双臂展翅，大喊一声，从船头高高跃起，大鸟一样飞身入水，潜行很远再钻出水面，开始潇洒地划行。实际却像一只觅食的鸭子，被人赶着，在浅水中稀里哗啦一阵乱跑，直到水没胸口，趴倒就游。

无论如何，横渡正式启程。我已经投入乌伦古湖的怀抱，与湖水融为一体。所有的焦虑，所有的犹豫，所有的不安，都已不复存在。我的理想，我的痴情，我的命运，此刻跟着启程。我曾经酝酿过无数次的情感，想象中横渡开始的一刹那，与湖水相拥的一刹那，该有多少激情涌动。经过一波三折，经过内心的起起伏伏，经过对风的忧虑与沉思，现在终于并不潇洒地出发了。风在刮，浪在涌，我顾不上去想别的事情，赶紧调整呼吸，平复心态，专心驾驭风浪，尽量保持身体平稳，四肢放

松地划水。水面巨大的起伏使我无法游出直线，起起伏伏中，不一会儿就感觉有些头晕。

崔师傅在不远处放下一个浮标，再开出去一段距离，导航船尽量与他和浮标保持三点一线。我有点儿心存疑虑。他在断断续续地行进，看不到对岸，如何能保证不偏离方向？浮标一直在动，一个移动的目标拉起两船之间的连线，如何保证与对岸的终点保持一致？我感觉风向偏左吹，便使劲偏向右边游，纠正风浪带来的偏差。船上的人却一直喊着让我偏左，偏左。好吧，我在水里，他们在船上，他们负责导航，我必须听从他们的指挥，必须对他们百分之百地信任。

起起伏伏，晕晕乎乎，我开始在心里埋怨湖水了。本来要献诗于你，本来以为你哗哗大叫的声响是为了欢迎我的到来，此时却一点都不可爱，不友好。我一边划水，一边在心中默默念叨。

也许是湖神听到了我的心声。是的，这样的大湖，一定住着湖神。我在风浪中游泳，不管速度，只求平稳，体力消耗还是很快。实在是早饭太早，折腾的时间太长，加上与风浪缠斗太费力气，原计划下水两小时后开始进食，结果下水之前就感觉肚子空了。游了一个小时，就出现饥饿感。饥饿是最会落井下石的魔鬼，一旦出现，就会越来越张狂。饿了就吃吧。船上的人热了一罐八宝粥，摇摇晃晃靠过来，伸长胳膊递到我手里。我踩着水，张开鱼龙大口，哗啦直接倒进去，没有怎么停留，就沉入胃底。温热的八宝粥，立即将热量从胃肠传递到全身。我又要一把牛肉片，塞进嘴里，边游边嚼，必须把往上爬的饿鬼摁下去。

风在刮，浪在涌，我听着船上的命令，向左，向左。就算我容易偏离方向，也不至于偏成这样。还是服从指令吧，我在离船不远的地方晕晕乎乎地游呀游。

三位泳友轮流下水陪游，为我排遣寂寞，同时也消遣他们的无聊。两个相距不远的快艇驾驶员，当着我的面打赌。一个赌能过，一个赌不过。还在大声喊话，陈述自己的理由。赌能过的说，人家既然搞这么大

的阵势，肯定能过。赌不能过的说，几十公里，就这样晃悠，我们在船上都受不了，何况在水里游，泡都泡死了。不相信，等着见分晓。两人相互争执，赌注从100元增加到了500元。他们如此无视我的存在，无视我的感受。我的心是铁吗？三位泳友责怪他们。唉，我的心就是一块有感情的铁。让他们享受打赌的快乐吧，无论我能不能过，他们肯定是赢家，500元的消费等着他们横渡结束后去享用。最苦的是两位女公证员。她们不会游泳，出发不久就开始晕船。最不便的是无处去方便，所以不敢喝水。

九

美丽的乌伦古湖终于被我感动了，她终于敞开博大的胸怀接纳了我的真心追求。14点，湖面突然静下来，静得像一面平滑的镜子。前面两个多小时与风浪缠斗，耗费了不少力气。现在风停了，水静了，除了皮肤有些火辣辣，我感到难得的轻松，感觉到了与湖水和谐交融的美妙。每一次划水，都感到湖水充满轻柔。赌赢了天气，所有人都松了一口气。如果大风真的不停，很难想象今天的结果。好在风停了，停得如此神奇，如此宁静。经过前面的曲曲折折，经历了内心的跌宕起伏，现在感到了抓住机遇的幸运，有了战胜自然的幸福感。

我感觉到了信心的回归，看到了必胜的希望，游起来踏实放心了许多。

事情一旦开个不顺的头，往往会有连锁反应，预想之外的问题果然一个接着一个。我刚刚在心里庆幸，很快又有了不好的消息。崔师傅跑了一趟对岸，回来后懊悔地说，风把我们吹偏了很多。横渡结束后才说实话，偏了大概有五到八公里。接下来的时间开始纠偏。浮标鲜艳夺目，一溜排开，我们从正西出发，现在变成了西南—东北方向。朋友呀，朋友，你们就一直偏左，偏左，现在该一路偏右了。他们笑着安慰我，没有偏多少。现在不是较真的时候，既成事实，谁也不能埋怨。老

天已经开恩了，无论多游了多少，只能照单全收。接下来，一定要放平心态，不急不躁，耐心，耐心，耐心。千万不能求快。否则，身体一旦出现问题，就会前功尽弃。

我的数学很差，一直没有计算的兴趣。此时，脑子里却在不停地盘算。二十几公里的距离，偏一度，增加二百多米；偏十度，增加两三公里；偏二十度，就是五六公里。我在水里都明显感到偏了好多，估计二十度不一定能打住。之前实测距离 23.5 公里，我按 25 公里做心理准备，现在可能要游到 30 公里。增加六七公里，可不是个小数字，放到平时可是一次扎扎实实的大运动量训练课。极限挑战的最后时刻，增加这么远的距离，增加两小时的考验，对我带伤的臂膀，几经折腾的体力，身体的耐寒力，将意味着什么？难说不会改变结果。我越不想算越算，越算越懊恼。不管它，不去管它。不管距离多远，不管时间多长，统统扔到云霄之外，游是硬道理，划一臂，少一臂，划两臂，少两臂。现在线路直了，坚持，平静地坚持。我要找回好心情，必须找回来，平复再起波澜的心态。

湖水平如镜，开始与我对话，给我感悟。它问我，为什么来横渡？现代社会，交通如此发达，挑战体能极限有什么意义？一天的时间，早晨出发，晚上到达，湖还是这个湖，人还是你自己，能有什么变化？

这可不一样，我用生命的毅力，感受水的力量，得到水的感悟，才能刻骨铭心，与生命同在，增加生命的质量。我来横渡，就是与水生死相交，血脉相融。横渡大湖，就是横渡自己的人性。渡过极限，就会渡过欲望之海，少一些欲望的人生，才能有君子的淡定。

此时，我与乌伦古湖心灵相通。相互倾诉，相互聆听。我感怀新疆之水的臻美，给我以灵魂深处的深深感动。每一条河流都有不同的生命曲线，每一条河流都想奔向大海故乡。新疆之水，却有着不同的命运，它们却无怨无悔，自成湖泊，担当起大海的使命。正如来自四面八方的人们，远离家乡，根植于此，忠诚守卫，无怨无悔。乌伦古湖留在准噶

尔，成为北疆最大的湖泊，成为一片陆地之海。她与额尔齐斯河相连，让河水到达大海后，捎去女儿给母亲的口信，告诉大海她无私的志向。乌伦古湖让我感悟水的纯净，水的源远流长。让我再次感悟新疆之水，从雪山到河流，从草原到绿洲，直到魂归大漠。昆仑之水，天山之水，阿山之水，都是那样圣洁，那样无私，那样忘我。水的流淌，浇灌着这片大地的脉搏与命运。

我不问距离还有多长，时间用了多久，只把前面的浮标当作目标。不积跬步，无以至千里；不积小流，无以成江海。我的目标就是超越一个个插着彩旗的浮标，暂且不去想那个远远的终点。只要不停地超越近处的目标，自然会到达成功的彼岸。

导航的人看着时间，过一个小时，给我补充一次营养。喝一罐热好的八宝粥，嚼几片牛肉，吃一块巧克力，或者喝一点热水，增加能量的同时，增加一点排遣孤独的内容。他们轮流下水陪我同游，不时提醒我放松动作，放慢节奏。

我感觉太阳的光线开始偏移，平静的水面出现了浮标和船只的影子，估计时间不早了。他们看到了我的心思，告诉我时间过了 5 小时，距离过了一半多，黄金海岸已遥遥在望。我果然看到远远的岸上，影影绰绰的人群。预计还有五小时的漫长距离，还要像鱼一样在水中吃四到五次东西，到太阳只剩余晖时，也就到了。我要耐心，更耐心。

十

危机不期而至，我突然感到难忍的疲劳和疼痛。漫长的距离，单调的划水，天气的考验，准备的不足，时间衔接上的问题，一切的一切，很多方面超出预想，导致我在下水出发之前，不仅没有应有的兴奋，反而有些疲惫。早晨 5 点起床，到此时已经超过一轮对时。我的神经出现了疲劳，几处疼痛同时袭来。一直担心的肩伤倒没有过分作怪，隐隐作痛，关节转动时出现轻微的响声，时间长了，似乎已经麻木。然后，全

身的疲劳让我感到动作僵硬，身体发沉，大腿根部的大筋痛得不能蹬水，肘关节和膝关节都在疼痛。还有好远的距离。我开始担心，这样的状况如何坚持，说不定什么时间会突然下沉。大腿根的大筋不光痛，还蹩着劲。不能蹬水，就不能游蛙泳，我像已经缺氧的鱼，双腿下垂，只用双臂机械划动。

难道失败真的来临，如此收场，我何以心甘。人在自然面前，力量毕竟有限，我不该在风浪面前逞强啊！我开始后悔今天下水的草率决定，当时考虑，这么多的人耗在这里，多一天，就增加不少花费，何况大家都有各自的很多事情。真不该迎着风浪下水。事已至此，只能面对，我一定要坚持到最后一分钟。好在还没有寒冷的感觉，身体还有热量。我尽量放缓动作，咬紧牙关，一点一点地坚持。这一次，我心里的理想浪漫主义也变得现实了，几乎已不抱太大的希望。疼痛可以最大限度地忍受，如果再出现抽筋，或者别的什么情况，终止横渡是一个必然的结果。我只有一个信念，最大限度地坚持，看看到底会发生怎样的情况。

不敢想象，我的坚持竟然出现转机。可能是将要失败的不安调动了潜藏深层的神经，精神的疲劳被驱走了一些，身体的疲劳和疼痛也有了缓解的迹象。没有出现最担心的抽筋，心里重新燃起了继续下去的希望。我向船上要了一罐热好的八宝粥，又要加盐的温开水，几杯喝下去，劳累带来的干渴渐渐消退，身体的热量慢慢上升。趁热打铁，又吃了些牛肉和巧克力。自己伸手对疼痛之处按摩，刚才有些痉挛的肌肉和神经得到一定程度的放松。试着游了几下，好了。哎呀！真是大难不死，我长长地松了一口气。只要能够坚持，就坚决不能放弃。

幸亏刚才的情况没有跟船上的朋友讲，否则，现在很可能已经被他们强行拉到船上。好啦！刚才的情况，应该是身体的极限反应。极限过去了，就能继续坚持，就必须坚持到底。

一场惊心动魄的极限较量悄然过去，没有人知道，也无须他人知

晓，只要自己知道，我在与极限的较量中，涉险赢于最后一丝即将挣断的神经。随之而来的是深深的痛苦和孤独。还有几小时的漫长游程，每一秒都变得异乎寻常的漫长。我在时间的绳索上惊险爬行，时刻担心突然断开，让我掉进无时的黑洞。

我的身体开始发冷，冷得身体僵硬，冷得心起寒战。我开始想念一碗热乎乎的汤面条，想念踏踏实实的大地。这是不好的兆头，说明意志在产生动摇，我要把这些温暖踏实的念头赶走。可是，它们一旦出现，就非常顽固地盘踞在心头。

浮标和船只的影子越拉越长，今天即将离去，斜阳尽现日暮的美景。我已清晰地看见终点，人声鼎沸的湖岸犹如幸福天堂。我多想快快游过去，摆脱漂浮，站立大地，让斜阳把我的影子融入这美好的风景。心渴望，近在眼前的成功是难以克敌的诱惑；力衰竭，身重千钧欲速不能。我感觉身体出现了第二次极限反应，挑战到了最后的危难时刻。然而，岸边传来的欢呼声唤起我心底的激情，唤醒我身躯里最后的潜能。

船上的朋友告诉我，还有最后两只浮标，最后三公里。致命的三公里，还要一个多小时的极限忍耐。我再次提醒自己，不能激动，千万不能激动。要忍耐，更顽强地忍耐。再补充一次食物，增加身体的能量。耳边有再大的声响，坚决不听；岸边繁花似锦，坚决不看。忘记时间，忘掉疲劳与疼痛，用眼睛的余光看着旁边的导航船，埋头游泳。我变化着泳姿，一次一次，不停地，不停地，拨动水的波纹。

终于再次超越一个浮标，前面的浮标只剩最后一个，最后目标就是坚实的大地。

来一次横渡聚餐吧。我让船上的朋友把所有的食物共同分享。一点牛肉碎末，几块巧克力，半壶加盐的热水。最后两罐八宝粥，给了两位焦渴的公证员。食物微不足道，却是我的横渡珍馐，我们共同分享的感觉，抵得过任何豪华盛宴。

最后两公里，快艇接来我的妻儿，她们陪我完成最后的游程，分享

我对美丽湖水的至诚表达，用生命的力量对她们爱的表达。

很多船只划过来，水里和岸上出现了波涌般的激情，我在船只的簇拥中游向最后一个浮标。一个男孩跳入水中，船上的大人高喊：跟着叔叔，长大了也当英雄。多么勇敢的孩子，我有意慢下来，等他到我身边同游。

我看见了最后一个浮标，旗帜飘飘，色彩艳丽。那是胜利来临前美丽的花环。超越它，迎接最后的欢呼。我忘记了疲劳，忘记了疼痛，忘记了心里的饥渴，把最后的浮标落在身后。

最后一公里，那是成功铺出的锦绣水路。日落之际，晚霞与云雾交织出神奇的色彩，余晖在水面洒下成群金色的星星，我游在星光闪闪的水波中。这是多么迷人的水面，我在晚霞与星光的簇拥中游泳，就算生命极端疲惫，也不能淹没我心底涌出的陶醉。最后几百米，所有的船只全部撤走，所有帮助我横渡的人全部回到岸上，只留我一人，在霞光渲染的湖水中游泳，在金星铺成的水路上游泳。我的肉体，我的精神，我的灵魂，每一个细胞，每一丝神经，都被最后的横渡磨砺得吱吱发响。我享受这种磨砺，珍惜超越的感觉。我站在自己之上，感受着每一滴水的细腻；我游于湖中，面对这海一般的伟大。

岸上的人潮湖水般涌动，巨幅横标在人潮里涌动。人潮齐声呼喊：勇士——加油！×××——加油！加油！加油！

我身体里最后的水分，化作激动的泪水。我摘掉泳镜，让它们落入湖水，成为乌伦古湖里的水滴。

岸上欢呼，把我带向更加辽阔的地方。欢呼吧，我的朋友！我的昆仑深处的朋友，我的天山之巅的朋友，我的阿尔泰山的朋友，我的城市朋友，我的乡村朋友，我的放牧草原的朋友，我的沙漠深处的朋友，我与你们同根，我与你们共渡。

到岸了，就要到岸了。我的力量即将用尽，我的情感正在涌动。体力不能支持我最后冲刺，我还是努力做出冲刺的样子。就要到岸了，已

经看到水底的泥沙，我不愿站起来，像一只鸭子涉水而行。我是横渡的勇者，我要游到水的尽头，直到双手触到岸边。当朋友们准备扶我的时候，我双手撑地，坚定地站立起来。我终于再次站在坚实的大地。

我的妻儿奋不顾身扑过来，抱着我放声大哭。这是极限顶端的抒情，心底爆发的欢歌，生命畅通的激动。这是灵魂分别之后的重逢，一天，却是一生最深沉的篇章。我的孩子见证了今天，她将走出坚定的人生。

最后的霞光饱含深情，向乌伦古湖洒下激情万丈的浓红。湖水再次涌起轻浪，把早晨的白纱裙换成了红纱裙，迎着霞光和人潮，舒缓地舞动。哗啦……，哗啦。为我欢庆，为我欢送。我的冰冷的身体开始沉重，我的思想开始沉重，我的灵魂开始沉重。我感到湖水给我的情感，给我的力量，给我的思考，都是分量十足的沉重。我的每一个细胞，每一丝神经，都感受到从所未有的满足与沉重。我想躺下，躺在有湖水伴唱的大地，沉重地睡去，与湖水与大地交流思想。

欢呼的人潮涌过来，无数双手伸过来，架起我的沉重，不停地与我的手握在一起。两个天真无邪的孩子从野地里采来大把鲜花，送入我洗涤干净的胸怀。

霞光铺天盖地，湖水哗哗作响。这一刻，心的横渡无限延伸。我游遍了新疆所有的河流湖泊，在肉体与灵魂的吱吱磨砺中感念新疆，感悟人生。我知道，此生已离不开新疆大地，我的心将永远横渡其中。